식/민/지/시/기

소설과 매체 수용

식/민/지/시/기

소설과 매체 수용

오연옥 지음

개항 이후 조선에 유입된 '편지·전화·신문·서적·유성기·라디오' 매체에 대한 민중의 인식 및 수용, 그리고 그것이 당대에 갖게 된 의미를 알아보는 것이 연구 목적인 만큼, 필자는 식민지시기의 소설을 통해 작중인물이 '통신매체, 인쇄매체, 소리매체'를 인지·소통하는 양상에 주목함으로써 매체 유입에 따른 사회상을 해명하였다. 새로운 매체는 정도의 차이를 수반한 채 수용되거나 거부되었다. 특히 일제 지배 정책의 일환인 매체에 대해 작중인물들은 향유와 저항의 이중성을 드러낸다. 이는 매체가 갖는 공적 영역에 대한 저항임과 동시에 사적 영역으로의 전유를 의미하는 것이다.

Ⅱ장에서는 통신매체의 제도화와 근대적 소통에 관해 논의하였다. 근대적 통신에 대한 인식과 전통적 사고 사이의 갈등은 원활치 못한 소통의 원인이 되었다. 우정제도는 내용증명·채용통보서·대출거절장과 같은 편지의 배송과 같이 공적 영역에 기여하기 위한 것이며, 편지의 검열을 통해 파놉티즘 효과를 얻기도 하였다. 이와 마찬가지로, 전화는 국민의 신체를 감시하고 관리함을 전제한 것으로 공적 영역의 실현을 위한 규율 훈련용 매체에 해당한다. 우편 제도에 대한 인식은 가속화된 근대제도의 활용과 함께 개인 욕망에 따른 사적 전유를 가능케 하는 도구로써 수용되었다. 그러나 제국의 기획된 전화 당첨 제도를 거부함으로써 통신정책에 저항하기도 하였다.

Ⅲ장에서는 인쇄매체를 통한 공론장 형성과 공적 의미, 신문과 서적의 사적 영역과 그 수용, 그리고 제국의 식민정책에 대한 저항에 관해 논의하였다. 인쇄매체의 등장은 당대 대중의 공동체적 독서를 통해 '상상의 공동체'를 형성함으로써 새로운 공론의 장을 마련한다. 이렇게 형성된 공론은 사적 영역으로의 전유를 통해 근대적 개인을 창출하는 데에 기여한다. 식민지시기 일부 독자는 사적 전유를 통해 자아와 가치관을 형성하기도 하였으나, 완벽치 못한 독서경험으로 인해 독서환각을 경험하기도 하였다. 독서를 위한 사적 시간의 확보는 일제를 중심으로 한 공적 영역에 대한 분리를 의미한다. 서적은 지식을 전달함으로써 이 세상을 이해하게 하고, 사회적 에너지를 확대시킴으로써 사회개혁에 기여하게 한다. 신문 매체는 일제에 대한 공적 기능에 봉사하는 것임에도 불구하고, 밥을 쌀 수 있는 사적 욕망을 실현할 포장지로 전유 되기도 한다. 신문사는 신문지법이라는 지배 정책과 열악한 재정 현실 속에서도 민족에 대한 의무를 지키기 위해 신문 발행권을 포기하지 않고 저항한다. 독서는 곧 현실의 불합리에 저항할 의지를 갖게 한다.

Ⅳ장에서는 소리매체를 통해 생활 감각을 규율하고자 한 일제 지배 정책과 취미 제도에 관해 논의하였다. 취미 제도는 정치적 지배 원리에 근거한 것이며, 일제는 유성기를 통한 음악소리가 대중을 취미 제도 내에 위치하게 함으로써 지배 정책을 실현하고자 하였다. 예술에 대한 사명감을 가진 지식인들은 일본을 통해 들어온 외국의 클래식 음악을 향유함으로써 일제에 의해 기획된 감각의 지배 속에서 유행을 따르게 되었으나, 지식인들 모두가 유성기를 통한 복제음향을 수용한 것은 아니다. 대중의 음악에 대한 열정은 예술의 진정성과 아우라의 복원으로 이어졌으며, 기계 테크놀로지인 유성기와 라디오의 음향을 거부한다. 근대적 기계매체의 소리 문명의 거부는 일제의 책략에 저항할 수 있는 의지의 핵심으로 작동하였다.

|차 례|

1

서 론

1. 연구사 검토와 연구 목적

문화의 생산은 사회제도와 긴밀한 관계에 있다. 이는 근대적인 문화, 문학 생산에도 적용된다. 제도는 사회적 실천이다. 따라서 문화 실천에도 적용되며 문화생산과 관계있다. 제도는 개개인의 삶의 방식과 세계인식, 그리고 문화생산에 깊은 영향을 미친다. 제도는 어떤 방식으로 수용되는 사회적 관행이므로 개인의 힘으로 바꾸기 어렵다. 객관적이고 조직화된 실천이며, 지속적으로 반복되는 사회적 실천으로 문화적 실천에도 적용된다.[1]

근대화에 대한 연구에서 일제의 정치·경제적 수탈은 직·간접적으로 논의가 된 데에 반해, 일반적으로 근대적인 기술의 유입에 대한 연구는 주목하지 않았다. 개항과 함께 유입된 '우편, 전화, 도로, 철도, 사진, 축음기, 그리고 인쇄매체'는 근대적 기술을 전제한 새로운 매체[2]에 속한다. 개항기 조선에 이러한 근대 문물이 유입되면서, 이전에는 볼 수 없던 문화적 제도가 생긴다. 근대소설은 이러한 제

---

1) 제도는 사회의 객관적이고 체계적인 요소를 나타내는 일반적이고 추상적인 명사이다. 한 사회의 조직화된 요소는 정규적이고 지속적으로 반복되는 사회적 실천이다. 따라서 물리적 제도에 해당하는 감옥, 수용 시설, 학교, 병원, 관공서뿐만 아니라, 언어·도덕과 같은 문화적 실천들을 포함한다.
(앤드류 에드거·피터 세즈윅, 박명진 외 공역, 『문화이론사전』, 한나래, 2007, p.383, 레이먼드 윌리엄스, 김성기·유리 공역, 『키워드』, 민음사, 2010, pp.250-251)

2) 마샬 맥루언, 김성기 역, 『미디어의 이해』, 커뮤니케이션북스, 2002, pp.24-26, 122-125, 238. 맥루언은 커뮤니케이션에 사용되는 매체를 기계적인 매체와 전기적인 매체로 분류한다. 즉, '우편, 도로, 철도, 사진, 축음기, 라디오, 활동사진, 전화, 그리고 문자를 중심으로 한 인쇄매체'는 기계매체로, '텔레비전·인터넷·컴퓨터'는 전기매체로 분류한다. 이 책에서는 근대적 기계매체에 해당하는 '우편, 전화, 서적, 신문, 유성기, 라디오'를 대상으로 논의한다. 조선은 개항과 더불어 새로운 매체를 받아들이게 되었다. 그 당시 개화 문물은 새로운 매체임에 분명하다. 따라서 이들 매체를 '새로운 매체' 또는 '신매체'로 명명할 수 있다. 이때, '신매체'라는 용어는 전기 매체를 지칭하는 '뉴미디어'의 번역어와 혼동하지 않고자 한다. 따라서 이 책에서는 근대적 기계매체를 '신매체'로 명명하되 '매체'로 표기하도록 한다.

도의 산물이라 할 수 있다. 이는 새로운 근대 제도와 문학 작품 생산이 긴밀한 관계를 형성함을 의미한다.

문화는 감정·행동·사고를 비롯한 우리 삶에 깊은 영향을 끼친다. 새로운 매체의 유입은 당대 대중의 살아가는 방식의 변화를 의미한다. 조선의 근대화는 서양 문물에 대한 '경이(驚異)'를 수반한 채 진행된다. 즉, 식민지시기에서 근대로 이행하며 겪게 되는 과도기적 반응은 새로운 매체에 내한 '경이로움' 그 자체라 할 수 있다. 놀라움이란 유쾌한 것이기도 하지만 두려운 것이기도 하다. 이 두 가지가 융합되어 한데 섞여 있다면 어느 쪽도 명쾌한 것 없이 혼란스럽게 된다. 당대 대중은 근대적 제도에 해당하는 우정국을 통한 편지·전보·전화의 놀라운 소통능력에 충격을 받는다. 그러나 이들은 매체에 대해 각각의 인식 과정을 거치게 되고, 곧 매체에 대한 다양한 반응 양상을 드러낸다.

작가는 자기에게 주어진 당대 사회의 조건 안에서 문학 행위를 하게 되므로, 자기가 놓여 있는 사회에 대한 구체적 상황에 입각하여 당대 현실을 전제로 글을 쓴다. 허구 세계를 창조하는 작가의 문학 행위 자체도 당대 사회의 중요한 현상을 이루고 있으므로 시대적·역사적 성격을 띠게 된다. 따라서 문학이 시대의 산물이라는 인식은 간과할 수 없는 것이다. 개항과 함께 유입된 근대 문물 중 '우편·전화·책·신문·유성기·라디오'는 매체로 기능한다. 이들은 신소설을 비롯한 여러 작품에 소재가 되거나 서사 담론의 확장에 기여해왔다. 당대 작가는 매체에 대한 대중의 다양한 인식 및 수용 양상에 주목하였다. 그리고 작가는 등장인물을 통해 당시 대중의 신매체에 대한 인식과 반응을 형상화하였다. 다시 말하자면, 작품에 형상화된 작중 인물의 매체에 대한 반응 양상을 살펴본다는 것은 곧 당대 대중의 매체에 대한 반응과 인식, 그리고 수용 양상을 확인하는 과정임을 의미한다. 이에 따라 이 책에서는 식민지시기 소설에 나타난 작중인물들의 매체에 대한 인식과 수용이 당대에 어떤 의미를 갖는 것인지를 밝히는 것을 목적으로 논의할 것이다.

매체가 당대를 살아가는 대중의 삶에 다양한 각도로 영향력을 가진 만큼, 식민지시기 소설에 반영된 매체의 수용 양상에 대한 연구도 다양한 관점에서 논의되어 왔다. 이 책에서는 이들 다양한 연구 중에서 '인쇄술의 발달과 신문·잡지매체, 모티프 차원에서 매체의 수용, 그리고 서사담론의 차원에서 매체 특성의 수용'에 대한 논의를 중심으로 검토하고자 한다.

첫 번째, 인쇄술의 발달에 따른 신문·잡지의 보급은 근대소설 발생에 초점을 두고 논의되어 왔다.

초창기 신문매체를 기존 소설을 소통시키는 도구이자, 동시에 소설이라고 하는 서사텍스트 장르에 대한 특성을 발견하고 창조하는 기제[3]로 보았으며, 소설은 다양한 매체의 등장과 변화 속에서 신매체와의 경쟁 및 교섭에 대해 집중함으로써 매체의 문제를 대중성의 문제로 확산시킨 것[4]으로 보는 것이 일반적이다. 계몽의 효율성을 위해 도입한 논설과 잡보와 같은 서사적 언어는 기존의 문학어와 연계되자 문학작품으로서 형성[5]되었다. 1910년대 ≪매일신보≫에 게

---

3) 최성민, 「은유의 매개와 서사의 매체」, 『시학과언어학』제15권, 시학과언어학회, 2008, p.69.
4) 최성민, 「근대 서사 텍스트의 매체와 대중성의 문제」, 『한국근대문학회』제13호, 한국근대문학회, 2006, pp.65-91.
5) 한기형, 「매체의 언어분할과 근대문학-근대소설의 기원에 대한 매체론적 접근」, 『대동문화연구』제59집, 성균관대학교 대동문화연구원, 2007, pp.9-15, 31-32.

재된 장편소설의 전개과정과 문체 변화6)에 대한 연구 역시 같은 맥락에 해당한다.

　신문과 언어매체에 대한 종래 연구가 신문매체의 핵심인 '언어'에만 집중하여 신문의 근대문학 형성에 대한 역할을 강조하고 있다는 점을 비판하며, 신문매체의 새로운 기술적 성격에 주목해야한다7)는 주장은 인쇄매체가 과학 기술을 전제한 것임을 확인케 한다.

　근대 소설의 형성과 발달이 신문매체를 통해 활성화된 것은 주목해야 할 부분이다. 그러나 인쇄술의 발달이 신문과 잡지의 활발한 보급을 가능케 한 점에 치중한 나머지, 핵심 논의 대상인 소설에 대한 검토를 소홀히 한 채 잡지 또는 신문매체에 편향된 연구가 진행된 것도 사실이다. 이는 신문매체와 소설매체 사이의 불균등한 위치 관계를 상정하고 있으며, 근대소설의 태동이 신문매체를 통해서만 가능했던 것으로 오인케 한다.

　근대소설이 독자적인 소통 매체를 갖지 못한 채, 대중 인쇄매체에 의존하여 소통하는 것으로 파악하는 것은 지나친 매체결정론에 입각한 것이다. 따라서 소설의 형성에 있어 신문과 잡지매체 이외의 다른 사회적 조건을 검토하는 것은 필수적 과제라 하겠다. 근대소설의 형성과 신매체의 유입은 개화기를 기점으로 보완적인 상관관계 속에서 진행되었다. 신문과 잡지의 보급을 활성화시킨 인쇄술 역시 개화기에 유입된 새로운 과학기술에 해당함을 이해한다면, 근대 소설의 형성이 신문과 잡지매체를 비롯한 다른 매체와의 관계 속에서

---

6) 양문규, 「1910년대 『매일신보』 소설문체의 변화와 독자의 형성과정」, 『현대문학의연구』 제40집, 한국문학연구학회, 2010, pp.308-310.

7) 양문규, 「1900년대 신문 · 잡지 미디어와 근대 소설의 탄생」, 『현대문학의연구』제23집, 한국문학연구학회, 2004, pp.119-229.

진행되었음은 결코 간과할 수 없다.

두 번째, 서사담론의 차원에서 매체 특성의 수용에 관한 연구는 소설과 다른 매체와의 장르 혼종을 중심으로 논의되었다.

1930년대 활자매체인 문학을 중심으로 새로운 기술매체인 영화·라디오·유성기와의 '매체 혼종'에 대해 고찰한 연구[8]는 주변 매체를 통한 문학의 확장에 대한 논의라 하겠다. 서사 텍스트가 영화소설·방송 소설과 같은 이종(異種)혼합 장르를 시도한 것은 매체와의 경쟁 및 상호간 교섭에 해당하는 것[9]이며, 소설 장르는 사회·정치·문화적 상황에 따라 끊임없이 동요를 반복하며 존속하는 것이기에 1920년대 소설이 당대 매체의 영향 아래 변화[10]한 것으로 보았다.

여기서는 매체의 영향력과 제도의 상관관계에 주목한 바, 매체와 당대 대중의 인식 양상에 대한 연구에 있어 먼저 '우편매체'에 대한 논의에 집중하고자 한다. 편지매체에 대한 논의는 서사양식으로 내재화 된 서간체 소설을 중심으로 연구되었다. 전통적 서술형식의 관념성과 신소설의 상업적 통속성을 극복함과 동시에, 집단의 운명이나 공적 사건의 보고가 아닌 근대 속의 자리 잡은 한 개인의 고통의 내면을 그려내는 문학 장르로 가장 적합한 양식인 자전적 소설장르는 아직 서구적 의미의 소설작법이 체득되지 않았기에 결국 한국문

---

8) 조영복, 「1930년대 문학의 테크널러지 매체의 수용과 매체 혼종」, 『어문연구』제37호, 어문연구학회, 2009, p.243.

9) 최성민, 「근대 서사 텍스트의 매체와 대중성의 문제」, 『한국근대문학연구』제7권, 한국근대문학회, 2006, pp.65-91.
박상준, 「소설의 장르 교섭; 한국 근대소설 장르 형성과정 논의의 제 문제」, 『현대소설연구』제42호, 한국현대소설학회, 2009, pp.67-99.
김외곤, 「1920~30년대 한국 근대소설의 영화 수용과 변모 양상」, 『한국문학이론과 비평』제32집, 문학이론과비평학회, 2004, pp.353-374.

10) 홍순대, 「근대소설의 장르분화와 연설의 미디어적 연계성 연구」, 『어문연구』제37권, 2009, pp.381-383.

학의 내재적 전통으로 계승되어오던 서간체 형식을 빌리게[11] 되었다는 연구는 근대 서간체 소설을 소설의 장르 확산이라는 문학 내적 관점에서 논의[12]한 연구 중 특히 주목할 만하다. 그러나 근대 서간체 소설을 문학 중심주의에서 벗어나 서간 자체로 논의하기를 주장[13]하는 상반된 논의 역시 간과할 수 없는 연구이다.

이들 논의와 달리, 편지매체가 매파와 사진·강연회와 신문·잡지를 연결하며, 이들이 지닌 매체 특성을 성과 연결히는 서사적 전략으로 활용[14]하고 있음에 주목한 논의는 본 연구에 있어 많은 시사점을 준 바이다.

당대 매체의 주도권은 사회제도의 영향력 아래에서 형성되었다. 근대적 제도로서 설립된 우정국은 편지의 활발한 소통이 가능할 수 있는 제도적 여건이 마련되었음을 의미한다. 지금까지의 연구는 편지매체에 따른 근대 서간체 소설과 장르적 위상을 명확히 설명하고는 있으나, 공통적으로 '매체가 전달하고자 하는 내용 또는 식민지

---

11) 박재섭, 「1인칭 소설의 화자 유형 연구: 근대 일인칭 자전적 소설을 중심으로」, 『한국문학논총』제29집, 한국문학회, 2001, pp.239, 240-241.

12) 최서해의 서간체 소설 <탈출기>와 <전아사>가 서간체라는 소설적 형식을 빌어 식민지 시기를 살아가는 하층민과 지식인의 각기 다른 현실 대응 자세를 사실적으로 보여주고, 그들의 가출을 정당화함으로써 궁핍으로부터 탈출을 지향하는 글쓰기를 제시하였으며(김성옥, 「빈궁으로부터의 '탈출'을 지향한 글쓰기」, 『한중인문학연구』제26집, 한중인문학회, 2009, pp.141-142), 서간체소설이 지문만으로 소설 진행이 연결되어 지루하고 단조로울 수 있으나, 춘원의 <어린 벗에게>와 <사랑에 주렸던 이들>에는 대화가 도입됨으로써 이러한 한계를 극복하였다(임종수, 「이광수 소설의 문체 고찰」, 『어문논집』제29집, 중앙어문학회, 2001, pp.223-224)고 보았다.

13) 김성수, 「근대적 글쓰기로서의 서간양식연구(1)」, 『민족문학사연구』제39권, 민족문학사연구소, 2009, pp.57-58, 86.
서간이 근대 우편제도를 비롯한 교통 통신 발달에 따른 사회적·역사적 산물이 아닌, 글쓰기 양식의 내적 변화 자체에만 주목한 연구이다.

14) 박수영, 「<제야>와 ≪어떤 여자≫에 나타난 신여성의 성 서사전략으로서의 매체 활용 양상 비교」, 『외국문학연구』제43호, 한국외국어대학교외국문학연구소, 2011, p.117.

시기의 비극'에 집중하고 있다는 점에서 매체로서의 편지에 대한 논의가 활발히 이루어지지 않았음을 의미한다. 이는 곧 매체에 대한 연구 입장의 차이를 의미하는 것이며, 새로운 연구 입장을 통한 논의가 활발히 이루어져야 할 필요성을 의미하는 것이기도 하다.

세 번째, 매체를 소재로 선택한 문학 작품에 대한 연구는 최근 들어 활발히 논의되었다. 모티프 차원에서의 매체 수용에 대한 논의는 문학 작품에 소재가 된 매체가 작품 전체의 의미 구성에 기여하는 것과 작품 전개에 있어 특정한 부분에 소재가 됨으로써 작품의 의미 구성에 기여하는 것으로 연구되었다.

이기영의 ≪고향≫에서부터 김영하의 ≪퀴즈쇼≫에 이르는 문학 작품과 영화가 제공하는 매체를 통해 형성되는 새로운 사회와 인간 관계를 살펴봄으로써 매체와 우리 삶에 대해 논의하였다. 신문과 저널리즘이 보편화되고, 우편제도·전보·전화·인터넷이 일반화된 오늘날, 다양한 매체가 반영된 작품을 고찰함으로써 미디어 발명과 보급에 대한 문학적 대응15)에 주목한 연구는 '매체 이론을 통한 문학 연구'를 시도하는 본 연구에 많은 시사점을 주었다.

우편에서부터 라디오에 이르기까지 개항과 함께 유입된 매체가 식민지시기 소설에 형상화 된 양상을 고찰하고자 할 때, '영화, 시뮬레이션 게임, PC 통신, 만화 TV, 비디오'와 같이, 현재 떠돌고 있는 다매체 환경과 소설장르의 인과관계를 밝힌 연구16)는 '매체와 문학'

---

15) 김만수, 「미디어의 보급에 대한 문학의 대응 : 신문에서 인터넷까지」, 『한국현대문학연구』제32집, 한국현대문학회, 2010, pp.541-569.

16) 황국명, 「다매체 환경과 소설의 운명」, 『현대소설연구』제11권, 한국현대소설학회, 1999, p.8. 황국명, 「현대소설의 가상현실 재현전략과 정치적 환상 연구」, 『한국문학논총』제35집, 한국문학회, 2003, p.358.

사이에 존재하는 놓치기 쉬운 연결점을 인지하는 데에 있어 많은 시사점을 준 주목해야할 연구라 하겠다.

전화는 당대의 사회상이나 사람들의 욕구와 맞물려 진화해 왔다. 즉, 1970년대는 경외의 대상, 1980년대는 소비의 상징, 1990년대는 공중전화의 보급을 통한 감성적인 면을 획득, 2000년대는 전화의 기능을 넘어 인간의 동반자적 위치로 확대임을 소설을 통해 확인[17]하였으며, 염상섭의 <전화(電話)> · 이기영의 ≪고향≫에 드러난 전화 매체의 인지 · 소통 양상에 주목함으로써 문학이 전화 매체를 어떻게 반영하고 있는지를 논의[18]한 연구가 있다.

지금까지 연구 중, 개항기에서 식민지시기[19]까지 유입된 여러 매체가 당대 문학과 어떤 상관관계를 갖고 있으며, 이들 새로운 매체의 유입으로 인한 당대 대중들의 의식구조 변화와 그 의미를 소설을 통해 논의한 연구[20]는 그리 활발히 진행되지 않았다. 근대로의 이행

---

17) 안숙원, 「전화텍스트론」, 『국어국문학』제115권, 국어국문학회, 1995, pp.375-400.
이승하, 「한국 현대 소설에 나타난 전화를 통한 일상성 연구」, 『한국문예비평연구』제36권, 한국현대문예비평학회, 2011, pp.449-473.

18) 오연옥, 「현대소설에 나타난 통신매체 인식 연구」, 『한국문학논총』제65호, 한국문학회, 2013, pp.445~475.

19) 한국 근대사는 1876년 개항 무렵부터 일본에 병합되는 1910년까지와 식민지 지배를 받은 1910년부터 1945년까지로 구분된다.
전자에 해당하는 기간을 '개항기 · 개화기 · 구한말 · 한말'이라는 용어를 사용하고는 있으나 각각 그 용어 사용에 문제점이 존재한다. 이 책에서는 새로운 매체가 유입이 개항과 함께 시작된 점을 근거로 '개항기'라는 용어를 사용한다.(이윤상, 「한말, 개항기, 개화기, 애국계몽기」, 『역사용어 바로쓰기』, 역사비평사, 2010, pp.89-94)
후자에 해당하는 기간을 일본의 지배를 받던 시절인 '왜정', 민족국가로서의 주체성이 강제로 상실된 '일제강점기', 일본 제국주의의 전성기를 의미하는 '일제시대'라는 용어를 사용해 왔다. 이 책에서는 '시대'라는 용어가 사회 전체를 표현하는 총체이며, 시대의 구분이 각 사회가 특정한 기간에 갖고 있는 개별적 특질을 세계사의 보편성과 함께 통일적으로 인식하고 그 발전 논리를 이론화하려는 노력의 소산임을 간과할 수 없다. 이 책에서는 과거 일본 제국의 식민지로 일정한 기간을 겪었으나 민족의 해방을 이루어낸 역사적 사실을 근거로 '식민지시기'라는 용어를 사용한다. (김정인, 「왜정시대, 일제식민지시대, 일제강점기」, 『역사용어 바로쓰기』, 역사비평사, 2010, pp.95-100.)

기에 '매체와 그 시대를 살아가는 대중'에 대한 연구는 매체 이론을 통한 문학연구이다. 매체론을 중심으로 한 작중 인물의 매체수용 양상에 대한 문학연구는 보다 적극적으로 진행해야 할 필요가 있다. 21세기를 살아가는 현대인이 식민지시대 대중의 삶이나 사고에 대해 논의하는 것은 곧 시대와 시대 간의 소통을 의미하기 때문이다. 그리고 이러한 논의는 과학기술의 발달과 더불어 새롭게 개발됨으로써 등장하는 뉴미디어에 대한 논의로 확장시킬 수 있다. 따라서 새로운 매체를 인식하고 수용한 양상을 연구하는 것은 오늘날 새로이 등장하는 매체에 대해 어떻게 반응하고 있는가에 대한 의미 고찰과 결코 무관치 않다.

식민지시기의 소설을 통해 작중인물이 매체를 인지·소통하는 양상에 주목하는 것은 매체의 유입에 따른 사회상을 해명하는 데에 도움이 된다. 따라서 이 책은 개항 이후 급격한 정치적·사회적 변동을 겪는 과정 속에서 조선에 유입된 여러 매체에 대한 민중의 인식 및 수용, 그리고 그것이 당대에 갖게 될 의미에 대해 알아보는 것을 연구 목적으로 한다. 새로이 유입된 매체는 정도의 차이를 수반한 채 수용되거나 거부되었다. 특히 일제의 지배 책략으로서의 매체에 대해 작중인물들은 향유하는 동시에 저항하게 된다. 이러한 이중성은 매체가 갖는 공적 영역에 대한 저항임과 동시에 사적 영역으로의 전유를 의미하는 것이다. 따라서 이 책에서는 매체가 갖는 공적 의미와 작중인물의 사적 영역으로의 전유에 대해 논의함으로써 매체의 향유와 저항이 식민지시기라는 역사적 특수성과 어떻게 관계되

---

20) 새로운 매체와 소설에 관한 이승하, 안숙원, 오연옥의 연구는 대부분 특정 매체의 공시적인 연구로 제한되어 있다.

는지를 살펴보겠다.

2. 연구 방법과 연구 범위

이 세상의 모든 것은 매체이다. 인류가 존재한 이래, 매체는 항상 존재해 왔다. 그러나 광범위한 대상 모두를 매체로 정의하지는 않는다. 그 이유는 다음과 같다.

첫째, 단순한 매개 수단은 매체가 아니다. 어원론에서 살펴보면, 매체를 뜻하는 라틴어 메디움(medium)은 '가운데'를, 메디우스(medius)는 '사이에 있음'을 뜻한다. 이때 매체의 의미는 목적을 수단이나 도구가 아닌 미정(未定)의 상태로 '가운데에 있으면서 매개하거나 전달을 가능하게 만드는 무엇'이다. 17세기에 이르러 매체는 물질적인 연상이 기술적인 연상과 결합하여 마침내 여러 가지의 함의를 가진 것으로 개념화되었다. 이는 매체에 기능적 속성을 부여한 기술에 맞춘 매체 개념이다. 그러나 18세기 후반, 중력과 전기와 같은 비물질적인 환경이 발견되면서 매체는 에너지와 관련된 용어로 전이된다. 매체는 물질을 움직이는 '사이공간(Interspatium)'으로 발전한다. 매체는 종교적인 신성함과 신학적이고 주술적인 품격까지 담은 탈물질화 개념을 내포하게 되고, 이는 매체의 형이상학적 특성으로 발전하여, 맥루언 매체이론의 출발점21)이 된다. 맥루언에게 매체란 "우

---

21) 다른 것을 인지하기 위해서는 매개물이 필요하다. 이때 매개물은 인지의 주체도 아니고 인지 대상도 아니다. 매체는 플라톤이 미정(未定)의 장소로서 표현하는 코라(chora)처럼 부정적(否定的)인 모습으로 드러난다. 그러나 자연철학과 고전물리학에 이르러 감각적 인지론을 중심으로 매체의 물질적인 면과 구성적인 면의 결합에 관해 논의하게 된다. 이때 매체는 중간 영역에 속하면서 사라짐 속에 나타나고 나타남 속에 사라지는 이중의

리의 감각적 활동이나 사고를 가능하게 하는 매개"22)이다.

둘째, 매체(Media)는 연구자의 연구핵심에 따라 그것을 논의하는 관점이 다를 수 있다.23) 따라서 연구자에 따라 매체 개념은 각각 다르게 정의된다. 이는 달리 말하면, 매체는 없다는 것, 적어도 실체적이고 역사적으로 불변하는 의미에서의 매체는 없다는 것을 의미한다.

매체는 연극이나 영화와 같은 재현 형식, 서적 인쇄나 통신 등의 기술, 문자나 그림이나 숫자 등의 상징으로 활성화될 수 있기에 매체의 목록도 다의적이다. 맥루한은 무기·옷·시계·돈·안경·집·환기장치와 같은 이질적 인공물들24)을 매체로 이해했다. 장 보드리야르는 소비재나 도로처럼 코드에 의해 지배되는 모든 체제를 매체로 보았다. 폴 비릴리오에게는 마차·자동차·비행기를 위시한 모든 종류의 탈것들이 매체이다. 해럴드 이니스는 물질적인 의사소통 전달

역할을 내면화한 것으로 이해하였다.
(디터 메르쉬, 문화학연구회 역, 『매체이론』, 연세대학교출판부, 2009, pp.20-24.)

22) 박영욱, 『매체, 매체예술, 그리고 철학』, 향연, 2009, pp.20-21, 115 참조.
맥루한의 매체 개념을 설명하기 위해 공사장의 소음을 예로 들어보자. '귀'는 소음을 전달하는 매개일 뿐, 아무런 내용이나 의미를 갖지 않는다. 따라서 아무런 가공 없이 외부 자료를 수용하는 수동적 기관으로서의 '귀'는 매체라고 볼 수 없다.

23) 디터 메르쉬는 매체 연구의 출발점을 발터 벤야민으로 보고 있다. 「기술복제시대의 예술작품」은 연구의 기초이자 모범이다. 벤야민은 이 논문을 통해 영화와 영화의 작동방식을 세밀하고도 정확하게 분석하고 있다. 벤야민과 함께 매체문화사의 거장인 헤럴드 A. 이니스는 기계화의 비판과 구성성의 찬양을 통해 매체 권력이론의 토대를 마련하였다. 그의 제자 마샬 맥루한, 그리고 월터 옹은 '매체와 인식의 관계'에 집중했는데, 이는 후대 학자들인 빌렘 플루서, 닐 포스트만, 비릴리오에게로 이어져 '새로운 매체에 대한 새로운 인식'이라는 일관된 논점을 중심으로 연구 성과를 구축(構築)해 오고 있다. 그러나 플루서의 '테크노폴리의 극복'에 대한 주장과 비릴리오의 '현대인의 속도에 대한 맹목적인 신뢰에 대한 반성' 촉구는 매체 연구에 있어 또 다른 인식의 장(場)을 마련한 것으로 볼 수 있다.
(디터 메르쉬, 앞의 책, pp.11-17, 64-142)

24) 신체·목소리·문자와 같은 고전적인 의사소통수단, 서적·인쇄·목판화·사진·레코드판과 같은 기술들, 라디오·영화·텔레비전 같은 대중매체, 그 외 도구·연장·실험·약제·기기 등이 모두 매체이다.
(마샬 맥루언, 박정규 역, 『미디어의 이해』, 커뮤니케이션북스, 2001, pp.3-4)

체를 매체로 보았다. 반면, 키틀러는 각 세대 컴퓨터의 계전기, 트랜지스터, 하드웨어 시스템 같은 기술적 장치와 그 연산자들을 매체로 보았다.

국내의 매체연구는 언론학에서 출발한다. 언론학계는 매체미학을 언론학의 한 분야로 보고, 새로운 매체의 기술적·사회적 영향을 추적하고 예측하였다. 그들의 핵심과제는 수용자의 매체수용25)에 관한 것이다. 매체수용에 있어서 수용자는 매체에 담긴 인간의 창조물을 자신의 취향과 능력에 따라 자유롭고 직감적으로 이해하는 현상을 분석하는 데에 본질26)이 있다. 이와 같이 매체를 단순한 정보전달의 수단을 넘어서 인간의 인식패턴과 의식소통의 구조, 나아가 사회구조 전반의 성격을 결정짓는 것으로 보는 맥루언의 주장과 관계 있다. 또한, 이는 새로운 매체에 대해 새로운 인식방식이 필요하다는 벤야민의 주장과 같은 맥락27)에 있다.

매체의 핵심과 본질이 무엇이든 중요한 사실은 매체가 분명히 '기술'을 바탕으로 한다는 것이다. 과학 기술의 발전에 따른 새로운 매체의 등장은 조선의 개항에서부터 오늘날까지 꾸준히 진행되고 있다. 영상매체에 해당하는 활동사진과 텔레비전, 삐삐에서 휴대폰에

---

25) 매스미디어 효과와 관련된 주요 이론 중 '이용과 충족이론'은 수용자의 매스미디어 이용과 관련하여 다음과 같이 설명할 수 있다.
첫째, 수용자는 능동적이고 목표 지향적이다. 둘째, 매스커뮤니케이션 과정에서 일어나는 욕구충족의 동기들과 미디어 선택은 수용자에 의해서 결정된다. 끝으로 수용자는 자신의 욕구 충족을 위해 미디어 이외에도 여러 충족수단을 이용하고 있다. '이용과 충족이론'에 대해 바우어는 '개인의 사회적, 심리적 욕구가 미디어 행위를 동기화하고, 미디어로부터 충족에 대한 기대를 이끄는 것'으로 본다.
(권혁남, 「매스미디어의 기능과 효과」, 강준만 외, 『대중매체와 사회』, 세계사, 1998, pp.30-31)

26) 김성재 외, 『매체미학』, 나남출판, 1998, p.6.

27) 조현정, 「기술매체에 대한 미학적 고찰」, 홍익대학교대학원 석사논문, 2006, pp.3-5.

해당하는 소통을 위한 무선전신기, 그리고 지금까지 등장한 매체의 총합이라 해도 과언이 아닌 컴퓨터 매체의 등장에 이르기까지 다양하게 발달해 왔다. 따라서 매체의 통시적 고찰을 위해 전보에서 컴퓨터에 이르기까지 모든 매체에 대한 연구가 진행되는 것이 타당하겠으나, 이 책에서는 매체의 범위를 개항과 함께 유입된 전보에서 라디오까지 논의하는 것으로 한다. 이는 마셜 맥루언의 매체론에 집중함으로써 근대적 기계매체를 논의하고자 하는 연구 핵심과도 관계있는 것이다.

근대화는 기계 테크놀로지의 유입을 배경으로 진행된다. '기계매체'는 선형성과 반복성을 가진다. 선형성은 기계가 올바르게 작동하기 위해서 완벽한 체계를 갖추는 것을 전제한다. 반복성은 기계가 반복성을 통하여 항구적인 불변성과 예측 가능성을 갖는 것을 의미한다. 근대적 의미의 테크놀로지란 세세한 부분까지 모두 일사불란하게 계획되고 통제된 기계를 만들어내는 것이다. 우리가 살아가는 세계가 기계적 체계로 이루어져 있다면, 이때 우리가 처한 세계는 마땅히 완벽한 체계를 이루고 있어야 한다. 이것은 곧 근대적 세계관의 반영[28]으로 볼 수 있다. 따라서 개항과 함께 유입된 '기계매체'는 '근대'라는 개념과 수반(隨伴)한다. 조선의 근대화는 강화도 조약을 통한 개항을 통해 진행된 만큼, 일본의 식민지에 대한 수탈 기획이 동일성을 유지한 채 반복되고 있었다. 이 반복의 궤도는 획일적으로 근대적 기계매체를 동반한다. 따라서 조선의 근대화가 매체를 통해 진행되었다는 단정도 가능하다.

---

28) 박영욱, 앞의 책, pp.118-121.

본 연구는 역사적 특수성 하에서 진행된 근대로의 이행이 매체와 함께 이루어진 사실에 주목한 바, 작중인물을 통해 매체가 당대에 수용된 양상을 살피는 것을 연구 목적으로 한다. 이니스가 언급한 바와 같이, 매체는 각 시대에 따라 편향성을 갖는다. 개항기에 유입된 매체 역시 각각 시기별로 편향성을 갖는다. 이때 주목해야 할 것은 새로운 매체가 나타남으로써 조선은 사회적으로 변화를 겪게 되는 점이다. "매체는 인간의 일상적 삶과 의식 형성에 작용하는 절대적인 힘이다. 따라서 역사를 시대 구분하는 기본 범주는 곧 매체의 변화"[29]이다. 예를 들어, 철도 매체의 등장이 인간 삶에 미치는 영향을 생각해 보자. 철도 매체는 '달리는 일, 수송하는 일, 바퀴 또는 선로'를 인간 사회에 도입해 온 것이 아니다. 철도는 전혀 새로운 종류의 도시와 일과 레저를 낳음으로써 인간의 기능을 촉진하고 규모를 확대하였다. 이때 철도 매체가 운반하는 물건이나 내용은 의미가 없다. 철도 매체의 특성, 즉 철도의 '내용'은 언제나 '철도'라는 것을 의미한다.[30] 이는 곧 맥루한의 "매체는 메시지다."라는 명제로 환언(換言)할 수 있다.

이 책은 맥루언의 매체론을 중심으로 논의를 전개할 것이다. 맥루언은 과학적 방법에 대해 무관심하고, 논리를 무시한다는 비판을 받아왔다. 이는 맥루언이 미디어의 영향력에 대한 명시적 증거물을 찾는 것보다는 역사적 과정의 잠재적 구조, 즉 매체에 주목[31]하였기

---

29) 장영우, 「대중매체 문화와 국문학 연구」, 『국어국문학』제129권, 국어국문학회, 2001, p.40.

30) 마샬 맥루언, 앞의 책, pp.24-25.
    명확한 이해를 위해 "이는 모든 매체의 특성, 즉 모든 매체의 '내용'은 언제나 '매체'라는 것을 의미한다."는 문장을 활용하였다.

31) 이동후, 「기술중심적 미디어론에 대한 연구: 맥루한, 옹, 포스트만을 중심으로」, 『언론과

때문이다. 방법론에 있어 맥루언은 학자라기보다 시인이나 예언자의 모습을 연상케 한다. 이 책에서는 맥루언의 이러한 '이론화의 잠재성'이 후대 연구자에게 '유동적 사고'의 가능성을 주는 것으로 본다. 즉, 식민지시기와 같은 역사적 특수성을 염두에 둔 연구 진행의 가능성을 부여할 수 있는 긍정적 기능에 집중하였다.

"매체는 메시지다"는 선언처럼 그의 이론은 마치 화두(話頭)와도 같이 함의 적이다. 해석의 어려움에 봉착하게 될 경우, 가장 명쾌한 방법은 보이는 대로 이해하는 것이다. 너무나 많은 주변 이론과 갈수록 복잡하게 번져나가는 사고(思考)의 연결은 본질적 의미를 흐리게 함으로써 다른 개념에 몰두하게 하기도 한다. 맥루언이 '의사소통의 방식의 변화를 곧 메시지의 변화'로 특별히 언급한 이유는 표현의 형식과 표현의 내용이 불가분의 관계임을 놓쳤기 때문이다. 즉, "미디어는 메시지이다"라는 선언은 표현 내용이 표현 형식을 벗어나서 따로 존재하지 않음을 전제한 것임[32]을 간과해선 안 된다. 표현 형식이 달라지면 표현 내용 자체가 달라진다. 소설이 영화화 될 때의 서사적 거리는 결코 같을 수 없는 것이다. 이 책에서는 그의 선언을 '표현 형식에 의한 표현 내용 자체의 변화'로 해석하였으며, 이는 곧 앞으로 논의할 매체 연구에 대한 근거로 작용할 것이다.

사회』제24권, 성곡언론문화재단, 1999, p.31.
맥루언은 그의 이론을 확실히 할 방법론이나 구체적인 검증을 후대 학자들의 몫으로 남겨 놓았다.

32) 조광제, 「몸의 매체성과 매체의 몸성 : 맥루언의 매체론에 대한 존재론적인 고찰」, 『시대와 철학』제14권, 한국철학사상연구회, 2003, pp.365-366 참조.
표현 형식이 표현 내용으로 전화될 때, 그 표현 내용은 일상적인 의미의 표현 내용에 대해 메타적이라 할 수 있다. 매체 자체에 의해 생성되는 매체적인 표현 내용이 사실적인 표현 내용과 결합해서 하나의 전체를 이룬 것이 포괄적인 의미에서의 표현 내용이다. 이는 곧 맥루언의 "미디어는 메시지다"의 의미이다.

매체에 대한 분류는 각각 연구자의 논점에 따라 다른 방법으로 나누어진다. 최정호는 인류의 커뮤니케이션을 발달사에 따라, 활자미디어 시대, 전파미디어 시대, 영상미디어 시대, 뉴미디어 시대[33]로 분류한다. 이니스는 서양사를 점토판, 파피루스 두루마리, 양피지 코덱스, 중국에서 서양으로 전해진 종이와 같은 매체를 사용하는 '필기 시대'와 종이 매체를 사용하는 '인쇄 시대'로 나눈다.[34] 맥루한은 커뮤니케이션 매체에 따라 구술문화, 알파벳과 인쇄문화, 전자·전기문화로 구분하며, 옹은 제1 구술문화(문자매체 이전의 문화), 문자매체문화, 제2 구술문화(전자 기술적으로 조작된 문화)로 구분한다. 포스트만은 미국문화를 설명의 시대와 쇼비지니스의 시대로 나눈다. 이들은 매체가 서로 다른 편향성을 갖고 있기에, 우리가 매체를 통해 세상과 상호작용할 때 특정한 방향으로 유도하여 특정한 성격의 문화적 시스템을 생성시키므로, 그러한 문화변동의 범위에 따라 '구어문화, 필사문화, 활자문화, 전자·전기문화'로 분류한다.[35]

지금까지 확인한 바와 같이 매체는 매체학자가 과학 기술이 발달하지 못함으로써 새로운 매체가 존재하지 않는 시대에 속한 경우를 제외하고는 일반적으로 '활자-전파-영상-뉴미디어'라는 통시적 계보

---

33) 제1기는 최초로 정보의 기록·저장·전달을 가능하게 한 '활자미디어 시대', 제2기는 거리와 시간개념을 극복하여 정보 전달을 가능하게 한 '전파미디어 시대', 제3기는 음성과 영상메시지 전달을 가능하게 한 '영상미디어 시대', 제4기는 현재 등장하고 있는 '뉴미디어 시대'로 나누어 설명한다.
(최정호 외, 『매스 미디어와 사회』, 나남, 1990, pp.367-368)

34) 이니스의 매체학에는 영상미디어에 대한 설명이 제시되지 않는다. 캐나다에 텔레비전이 들어온 것은 이니스 사(死) 후 한 달 뒤인 1952년이었기에, 텔레비전 매체에 대해 접하지 못한 상태에 해당했다. 그의 영상미디어 매체에 관한 논의는 라디오에 대해 몇 가지 관찰을 한 점과 텔레비전에 대해 간략히 언급한 것이 전부에 해당한다.
(해럴드 A. 이니스, 김문정 역, 『제국과 커뮤니케이션』, 커뮤니케이션북스, 2008, p.7)

35) 이동후, 앞의 글, pp.10-11.

에 따라 분류된다. 이는 매체에 대한 연구자의 관점과 매체가 편향적으로 향유된 시대적 상황 아래에 매체의 분류 기준이 개별적으로 진행될 수 있음을 보여주는 것이다.

이 책에서는 개항과 함께 조선에 유입된 새로운 매체 중 '편지·전화·신문·서적·유성기·라디오'를 연구대상으로 하며, 이들을 각각 '통신매체, 인쇄매체, 소리매체'로 분류하여 다음과 같이 논의할 것이다.

Ⅱ장에서 '통신매체'에 해당하는 편지와 전화를 대상으로 논의할 것이다. 연구 대상은 김교제의 <목단화>, 김남천의 <문예구락부>, 김영팔의 <해고사령장>, 김일엽의 <어느 소녀의 사(死)>·<순애의 죽음>, 나도향의 <별을 안거든 우지나 말걸>, 남궁준의 <홍도화(하)>,36) 박태원의 <소설가 구보 씨의 일일>, 심훈의 ≪상록수≫, 염상섭의 <유서>·<제야>·<전화>, 유진오의 <오월의 구직자>·<행로>, 이광수의 <재생>, 이기영의 ≪고향≫, 이북명의 <공장가>, 이인직의 ≪혈의 누≫, 이해조의 <빈상설>, 전영택의 <운명(運命)>, 최찬식의 <추월색>, 한설야의 <그 전후>, 한인택의 <해직사령>, 현진건의 <B사감과 러브레터>37)이다. 이들 작품에 드러난 작중인물의 편

---

36) 남궁준, <홍도화(하)>, 권영민·김종욱·배경열 공편, ≪빈상설. 홍도화. 원앙도≫, 서울대학교출판부, 2003.
　　이해조의 <홍도화(상)>은 1908년 유일서관(唯一書館)에서 발행하였으며, <홍도화(하)>는 1910년 동양서원에서 발행하였다. 상편과 하편의 창작연도 및 발행 장소가 다른 점과 함께 <홍도화(하)>의 저작 겸 발행자가 '남궁준(南宮濬)'임을 감안하여, 여기서는 이들 상편과 하편을 달리 다루기로 한다.

37) 연구할 대상은 다음과 같으며, 이하 인용 시 쪽수만 표시한다.
　　김교제, <목단화>, 계명문화사편집부 편, ≪신소설전집: 개화기문학≫1, 소명출판사, 1977.
　　김남천, <문예구락부>, ≪김남천 전집≫, 박이정, 2000.
　　김영팔, <해고사령장>, 안승현 엮, ≪한국노동소설전집≫1, 보고사, 1995.
　　김일엽, <어느 소녀의 사(死)>·<순애의 죽음>, ≪김일엽선집≫, 현대문학, 2012.
　　나도향, <별을 안거든 우지나 말걸>, 주종연·김상태·유남옥 공엮, ≪나도향전집≫上,

지·전보와 전화가 당대 대중에게 수용된 방식과 함께 통신매체가 당대 대중에게 어떤 의미로 작용하였는지를 살펴보겠다.

Ⅲ장에서 인쇄매체에 해당하는 신문과 서적을 중심으로 논의할 것이다.

연구 대상은 <소경과 앉은뱅이 문답>, 김남천의 <공장신문>·<문예구락부>·<등불>, 김동인의 <김연실전>, 김유정의 <두꺼비>, 박태원의 <골목 안>, 염상섭의 <윤전기>, 유진오의 <여직공>, 이광수의 ≪무정≫, 이무영의 <제1과 제1장>·<용자소전>, 이북명의 <민보의 생활표>, 이해조의 <홍도화(상)>, 전영택의 <김탄실과 그의 아들>, 최명익의 <비오는 길>·<장삼이사>, 현진건의 <신문지와 철창>[38]이다.

집문당, 1988.
남궁준, <홍도화(하)>, 권영민·김종욱·배경열 공편, ≪빈상설. 홍도화. 원앙도≫, 서울대학교출판부, 2003.
박태원, <피로>, ≪제3한국문학≫, 어문서관, 1988.
심 훈, ≪상록수≫, 삼중당, 1981.
염상섭, <유서>·<제야>·<전화><전화>, ≪염상섭전집≫9, 민음사, 1987.
유진오, <오월의 구직자>, 안승현 엮, ≪한국노동소설전집≫1, 보고사, 1995.
유진오, <행로>, 안승현 엮, ≪한국노동소설전집≫1, 보고사, 1995.
이광수, ≪재생≫, 우리문학사, 1996.
이기영, ≪고향≫, 서음미디어, 2005.
이북명, <공장가>, 안승현 엮, ≪한국노동소설전집≫1, 보고사, 1995.
이인직, <혈의 누> 이인직 외, ≪개화기소설; 혈의루≫, 태극출판사, 1976.
이해조, <빈상설>, 권영민·김종욱·배경열 공편, ≪한국신소설선집≫4, 서울대학교출판부, 2003.
전영택('장춘'이란 필명으로 창조에 발표), <운명(運命)>, 『創造』 제3호, 1919.12.
최찬식, <추월색>, 권영민·김종욱·배경열 공편, ≪한국신소설선집≫7, 서울대학교출판부, 2003.
한설야, <그 전후>, 안승현 엮, ≪한국노동소설전집≫1, 보고사, 1995.
한인택, <해직사령>, 안승현 엮, ≪한국노동소설전집≫1, 보고사, 1995.
현진건, <B사감과 러브레터>, ≪운수좋은 날≫, 문학과지성사, 2013.
38) 연구할 대상은 다음과 같으며, 이하 인용 시 쪽수만 표시한다.
작가 미상, <소경과 앉은뱅이 문답>, 이인직 외, ≪개화기소설; 혈의루≫, 태극출판사, 1976.
김남천, <공장신문>, ≪김남천 전집≫, 박이정, 2000.
김남천, <등불>, ≪한국소설문학대계≫13, 1995.
김남천, <문예구락부>, ≪한국노동소설전집≫1, 보고사, 1995.

여기서는 이들 작품에 형상화 된 작중인물이 인쇄매체를 통해 수용하는 양상과 공론화된 영역을 어떻게 사적 영역으로 전유하는가를 살필 것이다. 이와 함께, 인쇄매체를 통해 획득하고자 한 식민지 기획이라는 공적 목적에 대한 작중인물의 반응 양상을 살펴보겠다.

Ⅳ장에서 소리매체인 유성기와 라디오를 중심으로 논의할 것이다.

연구대상은 김남천의 <녹성당>·<어떤 아침>, 김동인의 <유성가>, 박태원의 <소설가 구보 씨의 일일>·≪천변풍경≫, 염상섭의 ≪광분≫·≪무화과≫, 이근영의 <소년>, 이태준의 <아담의 후예>·<봄>, 이효석의 ≪화분≫, 채만식의 <치숙>·≪태평천하≫, 최성수의 <전기 축음기>[39]이다.

김동인, <김연실전>, ≪김동인 단편 전집≫2, 가람기획, 2006.
김유정, <두꺼비>, ≪정통한국문학대계≫18, 어문각, 1995.
박태원, <골목 안>, ≪정통한국문학대계≫2, 어문각, 1989, p.387.
염상섭, <윤전기>, ≪염상섭전집≫9, 민음사, 1987.
유진오, <여직공>, 안승현 엮, ≪한국노동소설전집≫2, 보고사, 1995.
이광수, ≪무정≫, 어문각, 1973.
이무영, <제1과 제1장>·<용자소전>, ≪정통한국문학대계≫9, 어문각, 1989.
이북명, <민보의 생활표>, 안승현 엮, ≪한국노동소설전집≫3, 보고사, 1995.
이해조, <홍도화(상)>, 권영민·김종욱·배경열 공편, ≪빈상설. 홍도화. 원앙도≫, 서울대학교출판부, 2003.
전영택, <김탄실과 그의 아들>, ≪정통한국문학대계≫4, 어문각, 1989.
최명익, <비오는 길>·<장삼이사>, ≪비오는 길≫, 문학과지성사, 2006.
현진건, <신문지와 철창>, ≪운수좋은 날≫, 문학과지성사, 2013.

39) 연구할 대상은 다음과 같다. 이하 인용 시, 쪽수만 표시한다.
김남천, <녹성당>, ≪맥≫, 을유문화사, 1988.
김남천, <어떤 아침>, 박선주 편, ≪식민주의와 비협력의 저항≫, 역락, 2010.
김동인, <유성가>, ≪김동인 단편 전집≫1, 가람기획, 2006. (창조에서 김만덕의 필명으로 <음악공부>라는 제목으로 발표한 바 있다)
박태원, <소설가 구보 씨의 일일>, ≪제3한국문학≫2, 어문서관, 1988.
박태원, ≪천변풍경≫, 깊은샘, 2010.
염상섭, ≪광분≫, 프레스21, 1996.
염상섭, ≪무화과≫, ≪정통한국문학대계≫5, 어문각, 1989.
이근영, <소년>, 김재용·김미란·노혜경 편, ≪춘추(春秋) ①저항≫, 역락, 2011.
이태준, <아담의 후예>·<봄>, ≪달밤≫, 깊은샘, 2004.
이효석, <화분>, ≪이효석전집≫4, 창미사, 1983.

Ⅴ장에서 새로운 매체에 해당하는 통신, 인쇄, 소리매체의 문학적 형상화가 갖는 의의를 논의할 것이다. 작중인물의 매체에 대한 수용과 거부를 보여줌으로써 작가가 의도한 바를 살펴 볼 것이다.

채만식, ≪태평천하≫, 문학과지성사, 2006.
채만식, <치숙>, ≪레이드메이드 인생≫, 문학과지성사, 2013,
최성수, <전기 축음기>, 『조광』제5권 10호, 1939.

II

통신매체의 제도화와
근대적 소통

1. 새로운 매체인 근대 통신제도

우편제도의 형성은 실질적인 근대적 통신매체의 도입을 의미한다. 근대 이전 "편지의 교환은 양반과 사대부들에게는 일상적인 일"[1]이었으나, 근대 우편제도의 발달과 함께 모든 사람에게도 편지소통이 가능하게 되었다. 우편사무를 집행하기 위해 설치된 우체사(郵遞司)는 소식을 전하고자 하는 대중의 요구를 실질적으로 처리한다는 측면에서 매우 중요한 요소에 해당하였다. 그러나 우편국이라는 근대 제도가 현실화되는 데에는 여러 가지 무리가 따랐다. 우편을 전달할 "구체적인 물리적 공간에 대한 정보체계인 주소체계"의 미비와 "전통사회의 문화적 풍습"[2]으로 인해 우편 지체가 빈번히 발생하였다.

편지는 지배 정책의 수단으로써 공적 영역에 포함되어 제도화 된다. 내용증명과 채용증명서는 규율화 된 영역에서 공적기능을 수행한다. 그러나 우정국이라는 근대적 제도에 의한 편지의 활발한 교류를 가능하게 함으로써 사적 영역 하에서 그 기능이 더욱 부각되었다. 편지의 교류는 근대의 제도에 의해 가능해진 것이며, 편지를 통해 드러내는 자신의 내면 고백이라는 것 역시 근대적 제도를 통한

---

1) 조선시대에도 편지는 소식을 전하거나 안부를 묻기 위해 쓴 글을 의미하였다. "우정국이 생기기 이전, 그리고 교통수단이 아직 미흡했던 조선시대에는 개인들이 사적으로 소식을 주고받을 수 있는 통로가 많지 않았"기 때문에 "관리들에게 부탁할 수 있는 높은 지위에 있거나 부릴 종이 있는 사람"이 아니라면, 편지 전달이 쉬운 일은 아니었다.
(이상길, 「전근대 미디어의 사회문화사」, 유선영 외, 『한국의 미디어 사회문화사』, 한국언론재단, 2007, pp.75-76)

2) 윤상길, 「통신의 사회문화사」, 유선영 외, 『한국의 미디어 사회문화사』, 한국언론재단, 2007, p.99, 104-105.
편지 사용의 문제점 중 제도적, 관습적인 면 이외에 주목해야 할 점으로 문식력을 들 수 있다. 우정제도는 모두가 사용하는 편지매체를 자신이 사용하지 못함에 대한 자괴심의 원천일 수 있음을 간과해선 안 될 것이다.

근대적 산물로 인식할 수 있다.

이 책에서는 편지가 갖는 특성 중 근대 제도이자 새로운 매체라는 측면에 집중하고자 한다. 이때 '매체가 곧 메시지'라는 맥루언의 선언은 중요한 의미를 갖는다. 편지라는 제도 자체가 어떠한 메시지로 식민지시기에 작동하였는가 하는 것은 주요한 논의대상에 해당한다.

일본이 조선의 지배를 위해 심혈을 기울인 것은 철도와 통신이다. 일제 통신기관의 조선 진출은 개항과 동시에 이루어졌다. 통신기관은 주로 연선(沿線)과 개항장을 중심으로 한 해안선을 따라 증설되었다. 많은 비용을 감수하면서까지 우편국을 개설한 것은 일본인의 조선 진출을 촉진시키기 위해서이다. 우편국의 개설에는 효율적인 식민통치라는 일제의 공적 목적이 내포되어 있다.

2. 편지·전화의 제도화와 공적 의의

2-1. 통신매체의 소통요건과 제도화된 양식

조선은 강화도 조약에 따라 개항을 하면서 서양의 근대문물을 받아들인다. 특히, 근대적 기계매체가 도입됨으로써 조선 최초의 근대 우편제도가 설립되고, 전선이 조선의 구석구석으로 뻗어가며 뒤처진 근대의 길을 좇아간다. 그러나 근대적 기계매체의 도입은 근대화를 앞당긴 데에 반해, 조선을 더 빠르게 근대적 식민지로 몰아가3)는 역

---

3) 김인숙, 「무너져가는 나라가 기댈 것은 미래뿐…… 고종, 학교설립 흔쾌히 허락: 광혜원·배재학당 설립…… 민간의 근대화 움직임」, 조선일보, 2004년 4월 9일, A26면.
   조선 최초의 근대우편제도가 설립되고, 병기제조장인 기기창이 세워지고, 전선이 조선의

할을 하였다. 경제적·정치적으로 불공평한 차이는 현실적으로 동등한 권한을 인정받지 못한 채 압도적인 물리력을 가진 국가들로부터 불평등한 대우나 내정 간섭에 시달릴 수밖에 없었다.[4] 청과 일본이 각각 조선의 통신망을 장악하기 위해 농민을 착취하고 나무를 남벌[5]하자 민심은 더욱 악화되었다. 이리하여 전신에 대한 백성들의 부정적 인식은 전신시설 파괴에 이른다. 전신에 대한 부정적 인식과 그에 따른 파괴 행위는 의병 활동으로 이어져, 훗날 통신시설을 파괴하는 것이 의병투쟁의 주요 목표[6]가 된다. 당시 통신시설은 조선의 국권을 위협하는 상징이자 실질적인 도구로 간주되었기 때문이다.

그러나 식민지시기의 우편 제도가 원활하지 못했던 원인을 외세의 침탈로 인한 부정적 인식으로만 볼 수는 없다. 당대 대중의 통신에 대한 인식 부족과 체신국의 체계적이지 못한 운영, 근대적 통신에 대한 인식과 전통적 사고 사이의 갈등은 편지의 배송에 대한 문제를 야기 시켰기 때문이다.

구석구석으로 뻗어가며 뒤처진 근대의 길을 빠르게 쫓아간다. 하지만 국제우편을 가능하게 함으로써 세계화를 앞당길 수도 있었던 해저전선과, 서로 북로 전선은 일본과 청나라의 보다 본격적인 침탈의 도구가 되었다. 문명은 근대화를 앞당겼지만, 무너져가는 나라 조선을 더 빠르게 근대적 식민지로 몰아가기도 했다. 난세란 그런 것이었다.

4) 최진호, 「근대적 공간표상과 신문매체」, 고려대학교대학원 석사논문, 2004, p.63.

5) 강준만, 『전화의 역사: 전화로 읽는 한국 문화사』, 인물과사상사, 2009, p.41.
톈진조약으로 인해 조선에 군사를 두지 못하게 되자, 청은 '서로전선(西路電線)'을 가설함으로써 조선에 신속하게 군사를 파견할 수 있는 통신망을 구축하려 하였다. 이는 일본의 경우도 마찬가지였으며, 이들 양국 사이에 위치한 조선 백성의 고통은 극심하였다.

6) '채백, 「통신매체의 도입과 한국 근대의 사회변화」, 박정규 외, 『한국근대사회의 변화와 언론』, 한국정신문화연구원, 1995, pp.178-179'을 '강준만, 위의 책, p.48'에서 재인용함.

서울서 의주까지 전신을 보내려면 통신국에 가서 국문으로 보내되 한
자에 동전 두 푼씩이면 천리 사이에 말을 통한다더라.
(『독립신문』제1권 제45호, 1896.07.18)[7]

　　안동 우체사를 상주군으로 설시하고 팔월 십오일로부터 우체물을 매
일 한번씩 보내기로 작정이 되었다더라.
(『독립신문』제1권 제47호, 1896.07.23)

　　조선의 통신 업무에 대한 사용 방법과 내용이 신분매제를 통해 낭
대 대중에게 알려졌음에도 불구하고, 통신매체의 원활치 못한 소통
은 사회제도적 측면과 연관된 문제인 동시에 그 제도를 이루고 있는
사람들과 그 제도를 접하게 되는 사용자의 의식과도 관련된 문제인
것이다. 따라서 통신지체가 통신설비와 같은 기술적인 요인에만 발
생되는 것이 아니라는 사실을 간과해선 안 된다.

　　실지로 우편 업무를 담당한 것은 향장(鄕長)으로, 향장은 해당지
역에서 7년 이상 거주한 전(前) 향리 또는 유지 중에서 군수가 선택
하여 군민의 동의를 얻어 임명하였다. 소속 우체사에서 한 달 동안
우편 업무를 실습한 뒤 자기 군(郡)의 우편실무에 착수하였다. 그러
나 향장은 잦은 교체로 우편업무의 전문화를 기할 수 없었고, 편지
의 전달이 늦었으며, 중간에서 편지가 소실되는 등 일반 대중의 불
만도 빈번하였다.

　　근일 전보가 매우 요긴할 뿐외라 특별전보는 받는 대로 즉시 전송할
것이어늘, 요사이 오후 오륙 점에 해가 높아서 받는 전보를 그 이튿날

---

7) 김유원, 『100년 뒤에 다시 읽는 독립신문』, 경인문화사, 1999에 논의된 『독립신문』을 인
　용한 바, 『독립신문』을 인용 시 신문의 작성년도와 일자만 밝히기로 한다.

오전 구점 혹 십점에 보내어 주니, 전보국에서 혹 사무가 바빠 이러한지
모르나 전보국 규칙과 체면에 대단히 틀리더라.

(『독립신문』, 1898. 5. 24.)

오달(誤達)사고가 매우 빈번하게 발생하고, 오달로 인해서 목이
잘리는 일이 잦아지자, 체전부들은 편지 한 장을 전하기 위해 금남
(禁男)의 안채든 어디든 찾아들어가 전달을 확인하지 않을 수 없게
되었고, 낯선 벙거지꾼의 출현으로 비명을 지르며 뒤란으로 도망치
는 부녀자들의 법석 때문에, 체전부는 노상 매를 맞기가 일쑤였다.[8]

우자 쓴 벙거지 쓰고 감장 홀태바지 저고리 입고 가죽 주머니 메고
문 밖에 와서 안중문을 기웃기웃하며 편지 받아 들여가오, 편지 받아 들
여가오, 두세 번 소리하는 것은 우편 군사라. 장팔의 어미가 …… 우편 군
사에게 까닭 없는 화풀이를 한다.
『웬 사람이 남의 집 안마당을 함부로 들여다보아. 이 댁에는 사랑양반
도 아니 계신 댁인데, 웬 젊은 년석이 양반의 댁 안마당을 들여다보아.』
(우편군사)『여보, 누구더러 이 녀석 저 녀석 하오. 체전부는 그리 만
만한 줄로 아오. 어디 말 좀 하여 봅시다. 이리 좀 나오시오. 나는 편지
전하러 온 것 외에는 아무것도 잘못한 것 없소.』 ……
우체 사령이 금방 살인할 듯하던 위인이 노파더러 할머니, 할머니 하
며 풀어지는데, 그 집에서 부리던 하인과 같이 친숙하더라.

(<혈의 누>, pp.175-176)

당시 우체사령은 남의 집을 기웃거린다는 오해를 받기도 하였다.
"편지 주인을 찾기 위해 양반집을 방문하는 경우, 양반집 하인들에 의

---

8) 윤상길, 앞의 책, pp.99-102, 105.
심지어 면장이나 면주인들이 편지를 수신인에게 전달하는 과정에서 면장의 하인들을 대
신 보내는 경우가 많았던 것으로 보이는데, 이때 하인들이 편지를 전달해 주는 대가로 턱
없는 돈을 요구하는 폐단 또한 존재했다.

해 문전박대를 당하든가, 아니면 어쩌다 금남(禁男)의 영역에 까지 찾아드는 일도 있게 되고, 찾아들면 영락없이 범금(犯禁)했다 하여 그 집 하인들의 린치(私刑)를 받[9]기까지 한 것은 전통적 유교 사상에 의한 것이라 할 수 있다. 그리고 "신래(新來) 타부의 원시 심리"는 전보의 사용을 부정적인 것으로 보았다. "기휘(忌諱)풍습"은 편지봉투에 성명을 기입하는 것을 꺼리는 것뿐만 아니라, "문패도 벼슬과 본관, 성(姓)만 적"[10]기에 우제사령의 편지 선날은 쉬운 일이 아니었나.

> 사오 개월이 지난 후에 그 편지 두 장이 한꺼번에 돌아 왔는데, 쪽지가 너덧 장 붙고 '영수인이 무하여 반환함'이라 썼으니 우편이 발달된 지금 같으면 성 안에 있는 이시종 집을 어떻게 못 찾아 전하리오마는, 그때는 우체 배달이 유치한 전 한국 통신원 시대라, 체전부가 그 편지를 가지고 교동 삼십삼 통 구 호를 찾아가매 불이 타서 빈터뿐이요, 시종원으로 찾아가매 이시종이 갈려 버린 고로 전하지 못하고 도로 보낸 것이다.
>
> (<추월색>, p.16)

이렇듯 편지를 배송하지 못한 바가 있었음에도 불구하고, <혈의 누>의 등장인물들은 우정 제도의 적극적인 수용을 통해 근대적 소통을 활용한다.

> 부인이 편지를 받아 보니 겉면에는,
> 「한국 평안남도 평양부 북문내 김 관일 실내 친전」
> 한편에는,
> 「미국 화성돈 ○○○호텔 옥련 상사리」
>
> (<혈의 누>, p.176)

---

9) 윤상길, 앞의 책, p.104에서 이규태, 『개화백경』, 신태양사, 1969, p.32 재인용.

10) 윤상길, 앞의 책, pp.105-106.

기쁜 마음에 뜨이면 분명한 사람도 병신 같은 일이 혹 있는지, 김관일 이가 전보를 들고,

"응, 무엇이냐, 최항래. 최항래. 최항래가 네 외조부의 이름인데. 이애, 옥련아, 이 전보 좀 보아라."

(<혈의 누>, p.176)

『아버지, 전보가 어디서 왔읍니까?』
김 관일도 옥련이더러 말할 새도 없던지,
『글쎄, 보아야 알겠다.』
하면서 전보를 뚝 떼어 보더니 발신소는 미국 상항 우편국이요, 발신인은 최 항래라. 전문에 하였으되,
「딸을 데리고 간다. 상항에서 배 내렸다. 내일 오전 첫차를 타고 가겠다.」

(<혈의 누>, p.182)

구경꾼이 모여 섰는 틈으로 거복이가 우체로 온 편지 한 장을 들고 들어온다. 이승지가 편지를 받아 피봉을 먼저 보니,
'대한 황성 북서 송현 이승지 댁 입납,
상해 동아학교 일 년급 생도 서정길 상'
이라 하였거늘 급급히 떼어 두 번 세 번을 보며 희색이 만면하여

(<빈상설>, p.113)

<혈의 누>가 1906년 『만세보(萬歲報)』에 발표된 당시에도 봉투에 성명 기입을 기피하는 것이 다반사였다. 우편제도가 일반화 된 미국의 경우는 정확한 수취인을 기입하는 것이 상식적이고 일반적인 것임으로, 미국에서 생활한 옥련이 발신인과 수취인의 이름을 명확히 기입하여 발송하였을 것이다. 그러나 당시 우편제도의 실질적 실현이 즉각적으로 이루어지지 않은 상황임에도 불구하고 <혈의 누>에 주소와 이름이 정확하게 기입되어 있다는 것은 조선 당대 현실과 분명히 차이가 있음을 알 수 있다. 이는 대중의 우편제도의 적극 활용

에 대한 전망 제시에 불과하다. 당대 현실에 있어 편지의 근대적 소통 방식이 일반적일 수 없음에도 불구하고, 작중인물은 이미 우정제도에 대한 충분한 이해와 적극적 수용을 통한 소통의 실현을 이루고 있는 것이다. 이는 우정제도의 보급을 현실화하기 위한 의도가 내재된 작품이다.

조선의 통신조건은 조선의 전통적 사고방식에 대한 영향과 함께 우편통신을 실현시키기 위한 제도적 요건이 열익하였다.

> 일본이 조선에 놓은 전신을 모두 조선으로 돌려보내는 것이 옳은지라. 독립국 내지에 남의 나라가 와서 전신을 놓는 것은 독립국 대접이 아니요, 또 일본이 전신줄을 가지고 있으면 조선 내지에 불가불 군사를 두어야 전신줄을 끊지 못하게 할 터인즉 전신줄을 돌려보내면 그 후에는 군사 둘 묘리도 없는지라.
>
> (『독립신문』, 제1권 제23호, 1896.05.28. 논설)

조선 당대의 우정 제도의 이러한 현실은 일본이 조선에 제국의 편의를 위한 통신망을 완성하는 것이 유리했음을 짐작할 수 있다. 이러한 상황 속에서 "1899년 5월에 일본은 서울·부산·인천 등 한국 내 각지 간 그들 통신망- 청일전쟁(1894) 중에 불법으로 경부 간 및 경인 간에 가설한 군용전신선-을 통한 전보료를 매어(媒語) 10전으로 내림으로써 그 이용도를 높이고, 1900년 5월에는 한일 간의 요금도 일본 국내와 같이 매어(媒語) 30전으로 개정하여 한국을 그들의 내국전신망에 편입시키기에 이르렀다. 또한 동년 7월에는 우리 정부와 교섭하여 서울 및 부산의 전보사에서 일본 전보의 중계를 허용케 했는데, 이를 통해 일본은 조선 내에서 완전히 독자적인 전신망을 가지게 되었다. 따라서 그들이 발신하는 전보는 물론, 해외의 한국 공관(公館) 간에 주고받는 전보도 모두 그들이 직접 수발하는 결과를 빚게 되었다."[11] 조선의 근대문명의 도입은 근대화를 앞당긴 데에 반해, 조선을 더 빠르게 근대적 식민지로 몰아가는 역할을 한 것이다.

근대 우편제도의 도입과 함께 등장한 문서 전달 양식은 문자 형식을 통한 의사전달 소통매체로 '편지, 내용증명, 엽서, 전보, 채용통지서, 해고사령서 등'이 포함된다. 근대적 우편 제도의 도입을 통해 각각의 목적을 위해 문자화 된 전달 양식이 우편사령관을 통해 배달된 것이 단지 편지만은 아니다.

우편은 급박한 소식을 신속히 전달하는 사적 영역뿐만 아니라, 내용증명과 같은 고지서를 전달함으로써 공적 영역의 제도화를 실현하기도 한다.

> 「옛다. 이것 좀 봐라!」
> 북어(北魚)같이 바짝 마른 '시아버지'의 손이 불불 떨리며 한 장의 편지가 '며느리(B)'에게로 넘어왔다.
>
> 「××××(일본인 이름)을 거치신입(저당권 설정)한 금액 ○○원은 유감이나 수응할 수 없음. ×××× 지점장」
>
> (<그 전후>, pp.193-194)

토지 중개업자를 통해 대출을 받음으로써 곤경에서 벗어나고자 한 시아버지의 노력은 거절장 한 장으로 좌절된다. 토지 중개업자는

---

11) 윤상길, 앞의 책, p.101에서 체신부, 『한국전기통신100년사(上)』, 1985, pp.231-233을 재인용.

"지점장(××××) 교섭은 그만하면 족하고 인제 토지감정계원(土地鑑定係員)만 한턱 먹여 놓으면 실지 감정도 다 소용없고 탁상감정(卓上鑑定)만으로 돈이 당장 쑥 나"온다며 돈 백 원을 가지고 간 지가 엇그제인데, "기절할만치 놀라운 한장의 거절장"(<그 전후>, p.194)을 받게 된다. 여기서 주목해야 할 점은 시아버지와 며느리 양자가 그들이 받은 거절장을 '편지'로 인식하고 있다는 사실이다. 그들은 거절장이 공적으로 제도화 된 것임에도 불구하고 편지로 인식한다. 이러한 인식 양상은 <오월의 구직자>, <공장가>, <해직사령>에서도 확인할 수 있다.

　　우에무라는 끝으로,
　　「하여간 가만있게. 내 어디 기회만 있으면 말해보고 자네한테 통지해 줄 것이니.」
　　하고 안으로 들어가 버렸다. 그 날 밤에 찬구는 밤이 새이도록 또 잠을 못이루었다.
　　이튿날부터 찬구는 날이 새면 익선동 P의 집에 가 보는 것이 일과가 되었다. 그러나 우에무라의 편지는 오지 아니하고 아버지의 재촉편지만이 날로날로 와 있었다.(중략) P의 집에는 의외의 우에무라의 편지가 와 있었다. 겉에는 '지급'이라 썼다. 찬구는 급히 뜯었다. 읽는 동안에 찬구의 손은 기쁨에 떨렸다.
　　「…… 취직의 건은……××회사에서 특별히 우리학교 졸업생 한사람을 쓰기를 승락하야 …… 오월 칠일 오전 열시에 회사로 가보시오 …….」
　　　　　　　　　　　　　　　　　　　　　　　　(<오월의 구직자>, pp.410-411)

　　다시 좀 더 조사하여볼 일이 있으니까 며칠 숙박소에 나가서 기다리라고 한다. 조사하여 보아가지고 채용 여부를 숙박소에 우편으로 통지하여주겠다는 것이다. …… 그 날부터 나는 우편배달부만 기다리고 있는 판이다. ……
　　「이 사람, 이게 무언가. 우체하임(配達夫)이 가지왔네.」

나는 노파 말이 떨어지기 바쁘게 훌쩍 뛰어 일어나면서 노파의 손에 쥐였던 편지를 채쳤다.

(<공장가>, pp.143, 161.)

명재는 자리 속에서 손을 내밀어 그 편지를 주웠었다. 겉봉을 보니 S 제사 회사에서 온 것이다. 명재는 그 편지가 채용 여부를 통지한 것이라는 것을 곧 알았다. …… '입사 사원에 관한 건'이라는 건명(件名)이 붙은 제법 공문식으로 한 타입으로 한 편지였다.

(<해직사령>, p.323.)

이들이 기다리는 것은 채용통보서이다. 그러나 이들은 모두 채용통보서를 '편지'로 명명한다. 이들이 기다리는 편지란 채용여부를 전달하는 공문서에 해당한다. 채용여부에 관한 편지는 공적 기능을 한다. 우정국의 공적 기능은 일제의 식민지 전략을 실현하기 위한 권위로 작용한다. 우편제도는 그들의 식민 정책을 전달하기 위한 편의적 기능을 위한 것이다. 우편국이 일제의 공적 영역을 지지하기 위한 정책으로 신설되었으나, 조선인의 우편, 전보, 전화의 이용은 일본인의 경우보다 더 활발하였다. 물론 경영상의 이유로 이들이 사용되었으나, 그 당시 조선인의 사적 영역으로서의 기대를 간과할 수는 없을 것이다. 1926년 봉서나 엽서, 신문, 잡지, 소포 등 우편물의 수요가 약 3.5배 늘어난 것은 일본인이 2.7배 늘어난 것에 비해 훨씬 높은 것임을 알 수 있다. 이는 우편과 전기 통신이 상거래 수단으로 활용되어 상업 발달을 촉진하게 된 결과이다.[12] 1905년 7월 통신기관이 일본 거류민단의 통신망에 흡수, 통합된 후 통신 현업기관은

---

12) 나애자, 「일제 강점기 전기 통신의 이용과 사회상의 변화」, 『일제시기 근대적 일상과 식민지 문화』, 이화여자대학교출판부, 2008, pp.48-64.

여러 차례 개편되다가 우편국, 철도역의 전신 취급소로 정비되었다. 각 통신기관은 우편 업무만을 담당하는 데서 전신 사무와 전화 통화 사무가 추가되고 다시 전화 교환 사무가 추가되는 형태로 발전하였다. 그러나 토신 기관의 보급 수준은 총독부 재정 지원 부족으로 매우 낮았다. 전시체제로 들어가면서 일제는 조선 민중의 전신을 사용에 대한 불편이 발생하였다. 공적 영역은 결코 이러한 불편에 대응할 만한 정책을 제시하지 않았나. 우편국의 본래 기능은 조선인의 사적 편익을 위한 것이 아닌, 제국주의적 식민통치라는 공적인 목표를 전제하고 있기 때문이다.

개화기에 신문명과 함께 유입된 우편매체는 식민통치에 필요한 근대의 속도를 토대로 사적 영역이 아닌 공적 영역의 범주로의 전이 또는 사적 영역과 공적 영역과의 교차는 <소설가 구보 씨의 일일>에 드러나 있다.

> 조선호텔 앞을 지나, 밤늦은 거리를 두 사람은 말없이 걸었다. 대낮에도 이 거리는 행인이 많지 않다. 참 요사이 무슨 좋은 일 있소. 맞은 편에 경성우편국 삼층 건물을 바라보며 구보는 생각난 듯이 물었다. 좋은 일이라니─. 돌아보는 벗의 눈에 피로가 있었다. 다시 걸어 황금정으로 향하여, 이를테면, 조그만 기쁨, 보잘것 없는 기쁨, 그러한 것을 가졌소. 뜻하지 않은 벗에게서 뜻하지 않은 엽서라도 한 장 받았다는 종류의……
> "갖구말구."
> 벗은 서슴지 않고 대답하였다. 노형같이 변변치 못한 사람은 죽을 때까지 받아보지 못할 편지를 그리고 벗은 허허 웃었다. 그러나 그것은 공허한 음향이었다. 내용 증명의 서류우편. 이 시대에는 조그만 한 개의 다료를 경영하기도 수월치 않았다. … 어느 틈엔가 구보는 그렇게도 구차한 내 나라를 생각하고 마음이 어두웠다.
> (<소설가 구보 씨의 일일>, pp.76-77)

구보는 경성우편국 건물을 보자 "무슨 좋은 일"을 떠올린다. 구보에게 좋은 일이란 "뜻하지 않은 벗에게서 뜻하지 않은 엽서"를 받는 일이다. 이 "조그만 기쁨"은 "보잘 것 없는 기쁨"이기도 하지만, 항상 구보가 열망하는 일이기도 하다. 그는 "벗과, 벗과 같이 있을 때, 구보는 얼마쯤 명랑할 수 있었"(p.48)기에 항상 어떠한 벗을 생각해내고는 그 벗을 직접 찾아가거나 전화를 걸어 만나기를 청한다. 벗과 함께 '다섯 개의 임금(林檎)' 문제를 풀면서 "오늘 처음으로 명랑한, 혹은 명랑을 가장한 웃음을 웃"(p.54)어보는 구보에게 "뜻하지 않은 엽서"를 받는 일이란 그저 사소한 기쁨만은 아닐 것이다. 편지쓰기가 "자신의 사생활과 내면적 성찰의 내용을 타인에게 발신함으로써 타인과 공감대를 가지려는 적극적인 행위"[13]임을 주지한다면, 구보가 받을 편지의 내용은 무관한 것이며 오직 편지 보낸 자가 구보를 향해 공감대를 형성하고 싶어 한다는 사실에 만족하는 기쁨을 의미하는 것이다.

구보의 사적 영역에서의 편지와는 달리, 벗은 "내용증명의 서류우편"을 떠올린다. "조그만 한 개의 다료를 경영하기도 수월치 않"은 벗에게 배달되는 편지란 빚에 대한 청구내용을 적은 공적 영역에서의 편지에 해당한다. 우정국은 편지의 송수신을 강화하는 국가권력 시스템을 내용증명의 형태로 실현시킨다.

구보는 "어느 틈엔가 구보는 그렇게도 구차한 내 나라를 생각하고 마음이 어두워"진다. 벗의 다료 경영에서 실패한 사실을 통해 "구차한 내 나라"를 떠올릴 수밖에 없음은 대자본을 기반으로 기업

---

13) 노지승, 「1920년대 초반, 편지 형식 소설의 의미」, 『민족문학사연구』 제20호, 민족문학사연구소, 2002, p.352.

적 다료를 운영함으로써 시인구락부 쯤 된다고 할 수 있는 벗의 작은 다료의 입지를 여지없이 흔들어 버린 상업적 현실을 직시하고 있기 때문이다. 일제의 거대 자본은 조선의 소규모 자본의 경영난을 유도한다. 그리고 공적 영역의 빚의 청산을 요구하는 "서류우편"이 도착하게 되고, 이로써 공적 영역의 우편기능이 수행되는 것이다.

통신매체를 통한 공적 영역의 실현을 위해 일제는 전화 매체를 도입하였다. 특히 경찰 전화 시스템은 규율 훈련용 매체에 해당한다. 이는 전화 매체를 통해 국민의 신체를 감시하고 관리함을 전제하고 있음을 의미한다. 실제로 1880년대에는 경차로가 감옥, 광산이나 들판의 죄수 작업장을 연결하는 전화선을 여러 개 가설했는데, '죄수 호송이라든가 도주한 죄수의 신속한 수배'가 목적[14]이었다.

근대적 매체인 전화는 이 시기에 있어 '호출'의 기능을 담당하였다. ≪고향≫의 안승학은 개인적 목적을 이루기 위해 선택한 것이 전화임은 주목할 만한 점이라 하겠다. 전화가 가진 '호출'의 기능은 '규율 훈련용 미디어'라는 정치적 의도로 활용되었다. 이는 안승학의 전신에 대한 목적의식과 유사하다.

---

14) 요시미 슌야, 송태욱 역, 『소리의 자본주의: 전화, 라디오, 축음기의 사회사』, 이매진, 2005, 141, pp.193-197.
　　1871년 히로시마 현 산요도선 측량 때의 폭동이나 1873년 후쿠시마 현에서 일어난 전신국이나 전봇대, 전선을 훼손한 폭동, 1876년 미에 현 내 농민의 전신국 습격사건 등이 발생한다. 이 사건들은 근대과학의 신기함에 놀란, 미신을 믿는 사람들이 할 수 있는 행동은 아니었다. 일본에서 전화는 오락 미디어의 특성 이전에, 어디까지나 국가가 국민을 관리하는 데 필요한 군사·경찰 같은 기술이었다. 초기 공중전화 사업 역시 경찰의 전화망이 체신성에서 공중전화 사업을 시작하기 이전부터 정비되고 있었다. 메이지 시대에 철도 전화나 관청 전화 또는 광산 전화 시스템도 급속하게 발달해, 이 시대 전화라는 정보기술은 커뮤니케이션을 위한 수단 이상으로 국가적인 산업정책이나 국민을 관리하기 위한 장치로 작용했다. 사람들은 명민하게 철도나 전신 등 새롭게 들어온 테크놀로지의 정치적 함의를 읽어냈고 그런 기술에 매개된 국가의 전략에, 자신들이 집합적 기억 속에서 배양해온 구전의 상상력이나 게릴라전 같은 폭력으로 대항하려고 했다.

그는 우선 면서기를 다니는 자기 동생을 오라 해서 전후사연을 자세히 설파한 후 그것은 오로지 희준이의 사촉이라는 것을 넌지시 말하고 앞으로 그들의 행동을 감시하도록 당부하였다. … 그래서 만일 어떤 불온한 공기가 보인다면 그는 즉시로 전홧줄을 매고 있는 읍내 사는 동생에게 기별하여서 그들의 계획을 미연에 부수뜨리자는 심산이었다.(≪고향≫, p.502)

안승학은 "작인들이 직접 지주와 담판하러 비밀히 상경한 것"(p.501)에 대한 앙갚음을 하기로 결심한다. 그는 전화를 이용하여 동생을 '호출'한다. 여기서 특이한 점은 전화를 통한 동생과의 소통, 즉 "전후사연을 자세히 설파"하는 과정은 전화 통화를 통해서도 수행 가능한 것임에도 불구하고, 전화통화가 아닌 동생을 불러내어 '직접 대면'함으로써 그간 상황을 전달한다는 것이다. 이는 승학이 호출의 역할을 수행하는 도구로 전화를 인식하고 있기 때문이다. 통신매체에 해당하는 전화의 사용가능은 '즉각적 호출'의 가능성을 의미한다. 그러나 안승학은 전화를 순수한 '호출'의 기능이 아닌, 출세의 욕망을 실현시키려는 정치적 역할에 주목한다. 편지나 전신과 같은 '순수한 시각적 방법은 너무 속도가 느려 적절하지도 않고 효과적이지도 못하'[15]다. 그러나 전화는 즉각적 호출이 가능하다. 안승학이 '전신매체'인 전화를 이용하여 얻고자 한 '호출'의 목적은 제국주의가 '전신매체'인 조선 통신망을 확보하기 위해 '서로전선을 가설'한 목적과 서로 대응한다. 양자는 근대 문물인 '전신매체'를 이용함으로써, 소작인들에 대한 앙갚음을 하려는 개인의 목적과 조선에 군대를 신속히 보내려는 제국주의의 목적을 성취하려는 것이다.

---

15) 마샬 맥루한·쾡땡 피오르, 김진홍 역, 『미디어는 맛사지다』, 커뮤니케이스북스, 2001, p.63.

당대 조선인들은 새로운 기술과 문물 도입에 대한 저항이 강했다. 이는 조선인의 보수성이나 배타성이 아닌, '우편은 일제의 것'이라는 강한 의식[16]때문이었다. 따라서 전신매체는 수용자의 정치적 입장과 무관치 않다. 안승학을 윤리적 차원에서 비열한 인물로 논의하는 것[17]은 근대문물의 적극적 수용 자체에 있다기보다는, 그 문물의 사용 의도에 있다.

과학기술은 어디까지나 중립적이다. 그러나 ≪고향≫에 대한 논의를 통해 전화가 중립적인 테크놀로지에 기초한 중성의 문화로 존재하는 것이 아니라[18] 일종의 복합적인 정치성을 내재하고 있다. 전달자가 수신자에게 공급하는 상품은 사용자의 참여를 배제시키고 획일적인 수용양식을 결정짓는 완벽한 것이다. 따라서 부르주아적 매스 커뮤니케이션이 사용하는 언어를 본질적으로 억압적인 것이라고 할 수 있다. 수신자를 지배를 위한 생산물(subjugating product)의 내부에 가두어둠으로써 구속하는 것이 곧 언어이다. 그러나 이러한 지배 작용의 결과는 역설적이게도 자기 자신을 점차 노예화시키게 되며, 전달자의 자유도 역시 억압 받게[19] 된다. 따라서 안승학은 통

---

16) 강준만, 앞의 책, p.50.

17) 김윤식, 「우리 근대 문학 연구의 한 방향성 -근대와 그 초극에 관련하여」, 『모더니티란 무엇인가』, 민음사, 1994, pp.244-245.
남보다 먼저 개화함으로써 출세의 길을 걷게 된 안승학이 부(富)를 축적해가는 과정에서 드러나는 비윤리적인 면과 근대문명의 선봉자인 만큼 근대문명의 즉각적 활용능력에 대한 상관관계의 오해는 부당한 면이 없지 않다. 철도 제도, 우편 제도, 행정 제도, 학교 제도, 군사 제도 등이 전면적으로 수용되는 장면이 벌어졌을 때, 이를 재빨리 알아차리고 이에 민첩히 적응한 안승학을 윤리적 차원에서 비열한 인물이라 평하는 것은 부당하다. 자연의 계량화와 그것의 정밀화를 추구하는 근대적 이념성이란 윤리가 아닌 과학과 결부된 것이기 때문이다. 이러한 안승학을 추악한 인물로 형상화한 것은 이기영이 근대적 이념성을 추악한 것으로 인식했음을 반영한 것으로 볼 수 있다.

18) 요시미 슌야, 앞의 책, p.207.

19) 아몬드 마텔라트, 「커뮤니케이션과 이데올로기」, 이상희 편, 『커뮤니케이션과 이데올로

신 매체를 비롯한 새로운 근대 문물의 적극적 수용을 통해 자신의 출세를 보장 받으려 하지만, 오히려 조선의 백성을 억압함으로써 일제에 봉사하는 제국주의의 노예로 위치하게 된다.

<추월색>·<혈의 누>의 등장인물은 우편제도를 적극 수용함에도 불구하고 편지 배송이 지연되는 통신 지체를 경험하지만, 편지를 통한 소통을 포기하지 않는다. 이때, 근대 우편제도의 도입과 함께 등장한 문서 전달 양식은 편지를 비롯한 '내용증명, 엽서, 전보, 채용통지서, 해고사령서' 등이 포함된다. <그 전후>의 대출 거절장, <오월의 구직자>·<공장가>·<해직사령>의 채용 통보서, <소설가 구보씨의 일일>의 내용증명을 통해 공적 영역이 수행된다. ≪고향≫에서 안승학은 '규율 훈련용 미디어'라는 정치적 의도로 활용되는 전화의 적극적 수용을 통해 자신의 출세를 보장 받음과 동시에 일제 지배 책략에 기여하게 된다.

2-2. 서신의 검열과 내면의 공론화

일본이 조선의 지배를 위해 심혈을 기울인 것은 철도와 통신이었다. 일제 통신기관의 조선 진출은 개항과 동시에 이루어졌다. 통신기관은 주로 연선(沿線)과 개항장을 중심으로 한 해안선을 따라 증설되었다. 많은 비용을 감수하면서까지 우편국을 개설한 것은 일본인의 조선 진출을 촉진시키기 위해서이다. 즉, 우편국의 개설은 일제의 효율적인 조선식민통치라는 공공의 목적이 내포되어 있다. 이

기-비판이론적 시각」, 한길사, 1988, pp.262-263.

때 편지의 검열은 식민통치를 위해 필요할 경우 우편제도를 사용하는 대중이 결코 피할 수 없는 것이다.

파놉티콘에 있어서 푸코의 권력 개념은 두 가지로 요약할 수 있다. 첫째, 권력은 소유하는 것이 아니라 '작용'하는 것이다. 권력은 권력을 소유한 감시자 혹은 사법권자와 피권력자인 수감자의 관계로 보는 것이 아니다. 이는 시각적인 봄-보임의 불평등을 통해 규율의 내면화를 이루게 하는 그 작용 자체가 권력의 특성이다. 은밀하고 숨겨지면서 자신도 모르게 새로운 권력망에 있게 되는 것이 근대에 나타나는 권력 작용의 방식이다. 둘째, 권력은 억압하는 것이 아니라 '생산'하는 것이다. 권력은 특정한 방식으로 사람을 변화시키려 한다는 점에서 생산하는 것이다. 파놉티즘의 작동은 자기 감시 매커니즘의 내면화를 통해 '순종적인 신체' 혹은 규칙에 따르는 신체를 만든다. 감옥 안에서 수감자는 새로운 권력 시스템에 적응된 후 사회로 복귀한다. "이와 근대의 군대, 공장, 학교 등이 동일한 방식으로 작동하지는 않지만 각 상황에서 규율화 된 근대인을 만들려는 노력을 보여준다. 일상에서 파놉티콘과 비교되는 사례가 바로 학교이다. 교실은 시각을 통한 효율적인 통제가 이루어져, 푸코가 언급하는 규율 작용과 완벽히 일치한다. 일제 강점기에 학교 평면이 규격화되면서 각 교실이 하나의 단위를 이루어 하나의 파놉티콘과 같은 역할"을 하는 파놉티콘에서 찾을 수 있는 것은 은밀하게 이루어지는 감시로 인해 내면화가 일어나는 것이며, 이는 곧 사회에 익숙해지는 방식이다.[20]

20) 신건수, 「파놉티콘과 근대 유토피아」, 제레미 벤담, 신건수 역, 『파놉티콘』, 책세상, 2013, pp.123-127.

일제의 서신검열의 가능성에도 불구하고 일본의 전보국을 이용하는 경우가 많았던 것은 "잦은 전보전달의 지체와 오자(誤字)에 대한 외국인들의 불만 또한 많아서, 대한제국의 전보국에서 전보를 보내는 경우보다, 당시로선 대한제국의 주권을 무시한 불법시설인 일본의 전보국을 이용"하는 것이 더욱 정확했기 때문이다. 편지의 오배송에 더욱 민감한 발신자는 검열에 대한 두려움을 전제한 채 일본의 전보국을 이용할 수밖에 없었다.

연서(戀書)는 오히려 편지 검열 대상의 첫 순위에 해당되었다. <행로>는 숙희에게 온 편지가 연서일 것이라는 담임선생의 추측과 그에 따른 진위여부를 가리기 위한 편지 검열이 조금의 저항도 없이 쉽게 진행되는 것을 형상화한다.

> 담임 선생이 무슨 편지 한 장을 들고 서서,
> "숙희 이경호란 사람 아나?"
> 하고 엄숙한 얼굴로 물어요. ……
> 담임 선생은 아주 심각한 표정이 되어,
> "숙희 가을 이후로 어째 생기가 없고 사람이 변했으니 말이지 여자란 요맘때가 제일 조심스럽단 말야. 어째 집에서 통학하는 사람에게 학교로 편지가 왔으며 더구나 낯모르는 사내한테서 왔으니 이게 다 숙희의 잘못……" ……
> "……그러지 않아도 이건 좀 뜯어 보아야 하겠기에 부른 거야."
> 하면서 그 편지를 뜯었어요. 그랬더니, 속에서는 예상과 틀려 공책 뜯은 장에 연필로 쓴 것이 나오는 데 선생은 그것을 들고 잠깐 보더니
> "흠— 김종혁이가 누구야."
>
> (<행로>, pp.110-111)

이경호는 감옥에서 알게 된 김종혁으로부터 숙희에게 안부를 전해 달라는 부탁으로 편지를 쓴 자이다. 담임선생은 숙희에게 편지에 대해 몇 가지를 질문한다. 그러나 그에게 있어 중요한 사실은 숙희에게 온 편지의 내용이 아니다. 통학하는 여학생에게 학교로 편지가 왔다는 사실, 그리고 보낸 이가 남성이라는 사실에 집중할 뿐이다. 담임은 이 편지를 연서(戀書)로 단정 짓고 숙희의 여자로서의 행실에 대해 질책한다. 숙희는 이에 여성적 모욕감을 씻기 위해 편지를 개봉하려는 담임에 대해 어떠한 불만을 갖지 않는다. 숙희에게는 자신의 편지가 학교라는 공적 기관 내에서 개봉됨으로써 공론화되는 것에 대한 저항심보다는 여성으로서의 불명예를 씻는 것에 가치를 두고 있다. 이는 공적제도에 의한 검열의 부당함을 인식하면서도, 이에 대한 거부를 의도하지 못할 것을 의미한다. 이는 <B사감과 러브레터>에서 더욱 치밀하게 형상화된다.

> "하다못해 어디서 한 번 만나기라도 하였을 테니 어찌해서 남자와 접촉을 하게 되었냐는 둥. 자칫 잘못하여 학교에서 주최한 음악회나 '바자'에서 '혹' 보았는지 모른다고 졸리다 못해 주워댈 것 같으면 사내의 보는 눈이 어떻더냐, 표정이 어떻더냐, 무슨 말을 건네더냐, 미주알고주알 캐고 파며 으르고 볶아서 넉넉히 십년감수는 시킨다.
> <B사감과 러브레터>, p.186)

B여사는 "C여학교에서 교원 겸 기숙사 사감 노릇을 하는 B여사라면 딱장대요 독신주의자요 찰진 야소군"으로, "사십에 가까운 노처녀인 그는 주근깨 투성이 얼굴이 처녀다운 맛"은 없을뿐더러, "누렇게 뜬 품이 곰팡 슬은 굴비를 생각"나게 한다. "B여사가 질겁을

하다시피 싫어하고 미워하는 것은 소위 러브레터"(p.220)이다. 그것을 읽을 때면 "얼굴이 붉으락푸르락, 편지 든 손이 발발 떨리도록 성"(p.221)을 낸다. 편지를 받은 여학생은 사감실에서 "두 시간이 넘도록 문초를 한 끝에 사내란 믿지 못할 것"(p.222)임을 강조하며 눈물 어린 기도를 올리기까지 한다.

1920년대를 풍미하던 자유연애는 무엇보다 지식인들에게 한번쯤 거쳐야 하는 통과의례와 같은 근대인의 표지로 인식되고 있다. 무엇보다 연애는 유학이나 출가(出家)형식을 통해 경험할 수 있다는 점에서 무조건적으로 새로운 것이었다. 이 새로운 경험은 고향을 떠나 경성으로 유학 온 청춘들의 적막과 우울을 위로하면서 뜨거운 유행으로 자리잡아갔다. 그러나 이러한 시대적 풍조는 B사감이 "당시 지식인 사회에 만연한 열풍에 동참하지 못한 자의 상실감을 재현한 것"[21]이라는 논의로 전개되는 것은 많은 무리가 있다.

B사감의 직무는 근대교육이라는 제도에 내포된 기숙사라는 하위 제도를 관리하는 데에 있다. 식민지시기 기숙사 학생들의 공동생활을 통제하기 위해 강제할 수 있는 규율 중 하나는 학생들의 출입과 하루 일과에 대한 '공통적인 시간'의 통제[22]이다. 다른 하나는 기숙사 외부와의 관계를 엄격히 꿰뚫을 수 있는 감시와 검열이다. '깐깐한 사감과 엄격한 규칙'은 편지를 사감이 먼저 개봉해 보는 관행과 관계있다. 편지가 여학생들의 유일한 통신 수단이었으므로 기숙사 여학생들을 단속하거나 감시하는 것은 편지 검열만으로도 가능했다.[23] "C여학교에서 교원 겸 기숙사 사감"(p.220)인 B사감은 "누렇

---

21) 임정연, 「1920년대 연애담론 연구」, 이화여자대학교 대학원, 2005, pp.103-105.
22) 이재봉, 「근대 사적 공간과 문학의 내면 공간」, 『한국문학논총』제50집, 한국문학회, 2008, pp.390-392.

게 뜬 품이 곰팡 슬은 굴비를 생각"나게 한다. 이러한 외모는 '연애편지'와의 관련성을 차단시킴으로써 B사감의 직책에 집중할 계기를 제공한다. 그러나 그의 외모만이 여학생 기숙사의 사감의 역할에 몰두하도록 하는 것은 아니다. 무엇보다도 기숙사 여학생에게 배송된 편지에 대한 치밀한 검열을 수행하도록 부여된 권한은 사감으로서의 역할 수행에 더욱 적극적이게 하는 계기가 된다.

> "우리學校에서는通信을――히檢閱하고面會外出도不許하야監獄生活과一般이라"고 이러하얏다 …… 편지한지가一個月이지나도回答이안온다 엇진緣故인가하엿더니那終에알어본즉그學校寄宿舍舍監되는 "어른"이그편지를押收하고當者에게주지안엇다한다 …… 그리고受信人인生徒는舍監에게叱責을當하얏다한다
>
> (「女子敎育을改良하라」, 『동아일보』, 1992.11.16)

위 기사를 통해 학교기숙사 사감의 편지 검열이 일반적으로 규율화되었음을 알 수 있다. B사감이 여학생을 관리하는 방법 중 특별한 점이 있다면 "B여사가 질겁을 하다시피 싫어하고 미워하는 것은 소위 러브레터"이므로 러브레터를 받은 학생에게 "얼굴이 붉으락푸르락, 편지 든 손이 발발 떨리도록 성"(p.221)을 낸다는 것이다. 이는 교사이자 기숙사 사감으로서 여학생들을 관리하고자 하는 의지의 발로라 하겠다. 편지를 받은 여학생은 사감실로 불려 가서 "두 시간이 넘도록 문초를 한 끝에 사내란 믿지 못할 것"(p.222)임을 강조하며 눈물 어린 기도를 올리는 사감의 모습은 여학생을 훈계함으로써 그 학생의 앞날을 걱정하는 교육자의 모습을 반영하기도 한다. 이때

---

23) 김미지, 『누가 하이카라 여성을 데리고 사누』, 살림, 2005, pp.17-18.
    교육은 획일화를 추구하는 제도의 힘이므로 검열이 가능하다.

B사감과 여학생은 편지에 담긴 내용이 아닌 남학생으로부터 받은 연서(戀書)라는 사실에 집중할 뿐 편지에 담긴 사연에 대해서는 한 마디도 언급하지 않는다. 오히려 이러한 연서를 받게 된 경위를 따지고 물을 뿐이다. 이때 B사감과 여학생에게는 연애편지라는 매체 자체만이 인식의 범위 내에 있기 때문에, 보낸 이의 정체를 알아내기 위해 겉봉과 편지지에 쓰인 이름을 확인하는 등의 검열 행위를 자연스럽게 수행하고 또한 받아들인다. B사감과 여학생 사이에는 오히려 검열의 과정이 진행되고 있다는 사실조차 인식하지 못하는 것처럼 보인다.

> 전등불은 아직 끄지 않았는데 침대 위에는 기숙생에게 온 소위 러브 레터의 봉투가 너저분하게 흩어졌고, 그 알맹이도 여기저기 두서없이 펼쳐진 가운데 B여사 혼자~ 아무도 없이 제 혼자 …… 문득 편지 한 장(물론 기숙생에게 온 러브레터의 하나)를 집어들어 얼굴에 문지르며,
> "정 말씀이야요? 나를 그렇게 사랑하셔요? 당신의 목숨같이 나를 사랑하셔요? 나를, 이 나를."
>
> (<B사감과 러브레터>, pp.226-227)

편지는 내밀하고 진실한 소통의 양식이다. B사감은 보이지 않는 독자를 대상으로 편지를 보낸 자의 내면을 극적 진행을 통해 공론화시킨다. B사감에 대한 "불세출(不世出)의 쇼우맨"24)이라는 평가는 B

---

24) B사감의 극단적 남성혐오는 남성에 대한 강한 동경, 즉 남성으로부터 사랑받고 싶은 본능의 발로로 논의되어 왔다. 특히 B사감의 연애 편지 낭독 행위는 "낮과 밤의 이율배반과 인간성격의 진상과 허상을 남김없이 보여줌으로써 인간의 허위적이고 위선적인 삶의 실제모습을 구체적으로 까발리고 폭로"(이상훈, 「현진건 단편소설에 나타난 동정 연구」, 연세대학교 교육대학원 석사논문, 2003, p.21, 양지은, 「1920년대 소설에 나타난 서간(書簡) 연구」, 동국대학교대학원 석사논문, 2006, p.22) 하는 것, "위선적인 모습을 통해 인간 내면 세계의 허위성을 극명히 나타내"며(박미희, 「현진건소설연구」, 전남대학교대학원 석사논문, 1989, p.24), "불세출(不世出)의 쇼우맨"(반인섭, 「현진건 문학 연구:단편

사감이 여학생들의 편지를 공론화하고 있는 과정임을 간과한 데에서 비롯한 것이다. 이 책에서는 B사감을 통해 편지의 검열과 내면의 공론화가 치밀하게 진행되어 왔으며, 이에 대한 학생들은 계도라는 사감의 직무를 인정25)함으로써 검열의 대상으로 위치한다. 자신을 향한 어느 한 남성의 내면고백이 B사감의 1인 다역 방식의 연기로 공론화될 수 있는 근대 여학교 기숙사에서 편지는 언제든지 감시받고 검열 받는다. 학교라는 공적 기관이 학생의 사적인 부분 중 연애에 대한 문제를 파악하기 위한 편지 검열을 한다. 자신을 드러내지 않고도 항상 학생들을 감시하고, 필요할 때는 곧바로 자신의 존재를 드러내며 편지에 대한 질책과 훈계를 서슴지 않고 시행하는 B사감의 편지 검열은 파놉티즘26)과 같은 효과를 창출한다. 마치 감옥에서 진행되는 모든 것을 한눈에 파악하듯, B사감은 기숙사에 있는 여학생들의 일거수일투족을 감시할 수 있는 능력을 갖는다. 이는 곧 검열이 부여한 능력이다.

소설에 나타난 등장인물의 성격을 중심으로」, 청주대학교대학원 석사논문, 1985, pp.31-33), "단순히 위선자가 아니라 완전히 미친 여자"(진영환, 「현진건소설연구」, 청주대학교대학원 석사논문, 1985, p.49.)로 평가되어 왔다.

25) 김미지, 앞의 책, pp.17-19.
학교 당국에 대한 여학생들의 불만 중, 기숙사에 오는 편지를 사감이 먼저 개봉해 보는 관행에 대한 비판의 내용을 여학생들이 잡지에 여러 번 기고한 바가 있다.

26) 제레미 벤담은 파놉티콘이라는 감옥양식을 제안한 바 있다. 이는 원형 건물과 그 중앙에 하나의 탑이 있는 형태로, 감독관은 탑에 머물면서 수감자를 내려다보도록 구성되어 있다. 감시탑은 바깥을 훤히 내다볼 수 있는 발로 가려진 복도로 둘러싸여 있다. '발로 인해 감독관들은 수감자들에게 잘 보이지 않으면서 수용실 전체를 구석구석 감시할 수 있다. 감독은 필요하다면 수감자들에게 큰 소리를 냄으로써 직접 가지 않더라도 수감자 스스로가 감시받는다는 것을 느끼게 할 수 있다. 따라서 감독관은 유령처럼 군림하다가도 자신의 존재를 드러낼 수 있다. 파놉티콘의 이러한 장점, 즉 진행되는 모든 것을 한눈에 파악할 수 있는 능력이 곧 '파놉티즘'이다.(제레미 벤담, 앞의 책, pp.22-23)

<행로>의 숙희는 학교라는 공적제도에 의한 검열의 부당함을 인식하면서도, 이에 대한 거부를 의도하지 못한다. <B사감과 러브레터>에서 학교라는 공적기관에 속한 B사감의 편지 검열은 파놉티즘과 같은 효과를 창출한다. B사감은 유령처럼 군림하며 학생들이 검열 당하고 있음을 느끼게 할 뿐만 아니라, 편지에 대한 훈계와 질책을 통한 자신의 직무를 이행한다. 그는 여학생의 애정문제에 대한 모든 사항을 한눈에 파악할 수 있는 검열의 능력을 부여받았으며, 이는 곧 '파놉티즘(Panoptisme)' 효과와 유사하다.

3. 우편제도의 사적 영역과 수용 양상

3-1. 우편제도에 대한 인식과 삶의 가속화

편지와 전보는 근대 교통수단의 발달을 기반으로 근대적 제도인 우편국을 통해 활발히 소통될 수 있었다. 편지와 전보는 단순히 사연을 전달하는 기능만이 아닌 근대의 속도를 내포한 신매체이다. 일제 식민통치라는 제도적 목적과 달리, 편지는 여전히 사적 전유물로 기능하였으며 근대 우편제도인 우정국의 설립과 함께 근대 이전보다 빠르고 정확하게 전달되는 신매체로서의 편지의 주고 받음에 많은 대중이 참여하게 된다. 여전히 편지의 본래적 기능은 개인의 사적 감정을 전달하는 통로27)에 있는 것이다. 즉, 근대 우편제도인 우

---

27) 이기대, 「근대 이전 한글 애정 편지의 양상과 특징」, 『한국학연구』제38집, 고려대학교한 국학연구소, 2011, pp.175-207.
한글 창제 이후 얼마 지나지 않은 시점부터 근대 이전에 작성된 관련 기록과 실제 자료

정국의 설립과 함께 식민 통치의 효율적 수단으로서의 신매체의 기능보다 오히려 대중의 감정의 열풍을 조선에 휘몰게 하는 사적 전유물로 기능하였다.

교통의 발달로 우편의 전달 속도가 근대 이후 신속해졌으나, 사람이 직접 전달해야한다는 점에 있어서 여러 가지 한계가 있었다. 따라서 근대적 속도를 수반(隨伴)한 우정국의 설립은 근대 이전의 우편제도가 해결하지 못한 한계점을 극복하는 데에 있어 필수적이었다. 게다가 우정국이 설립된 1890년도 당대 대중은 우편제도의 필요성을 인식하기보다 오히려 경외28)의 대상으로 인식하였다. 특히 당대 대중의 문식력이 극히 낮았으므로 우정국의 설립을 통한 활발한 편지 소통에 대한 기대는 충족되지 못하는 것이었다.

근대 우정제도에 대한 인식은 ≪고향≫의 원터 마을 주민을 통해서도 확인할 수 있다. 그들은 통신매체인 우편소에 대해 두려워하는 마음을 갖고 있으며, 이는 곧 근대적 제도에 대한 경외에 해당한다.

　　우편소가 새로 생긴 것을 보고 이웃 사람들은 그게 무엇인지 몰라서 겁을 잔뜩 집어먹고 있었다. 짐승같이 늘어선 전봇대에는 노상 잉-하는 소리가 들리었다. 그것은 전신줄을 감은 사기 안에다 귀신을 잡아 넣어서 그런 소리가 무시로 난다는 것이다. 그리고 우편소 안에는 무슨 이상한 기계를 해 앉히고 거기서는 무시로 괴상한 소리가 들리었다. 그래서

를 토대로 한글 애정 편지의 양상과 그 특징에 대해 논의하였다. 편지의 실제 자료로 공개된 것은 19세기에 작성된 것들이다. 이 연구는 근대 이전의 애정 문제에 실질적으로 접근하기 위해 한글 편지를 연구한 것이다.

28) 경외(敬畏)란 공경하고 두려워하는 감정을 지칭한다. 이 책에서는 우편소에 대한 대중의 반응이 놀라움을 수반한 '두려움'임에 주목하였다. 한편, 우정제도를 적극 사용하는 개화된 이들을 부러움의 시선으로 보고 있음을 간과할 수 없다. 이들의 개화문명에 대한 적극적인 수용은 곧 "위대한 선각자"로 인식된다. 이때 대중이 느끼는 공경은 '선망'에 가까운 것으로 이해하기로 한다.

이웃 사람들은 그것도 무슨 귀신을 잡아 넣어서 그런 소리가 들리는 것
이라고 하였다.

(≪고향≫, p.95)

이웃 사람들에게 우편소는 '무슨 귀신'에 해당한다. 당대 대중들은
우편소를 통해 전달되는 전보로 인해 전기바람이 발생하며, 이 전기
바람이 가뭄을 몰아오는 것으로 생각했다. 그러므로 전보가 날아들
면 가뭄이 드는 것으로 믿었다. 이러한 당대 대중의 우편소에 대한
인식은 "전보를 취급하는 전보사에 전기귀신이 살고 있는데 전봇대
귀신과 전깃줄 귀신이 덕석귀신을 죽였다는 이야기, 그리고 밤마다
우편소 뒷마당에 모여 우글거리고 있다는 이야기"29)는 기존의 가치
체계가 근대적인 문물의 도입으로 인해 요구되는 새로운 가치체계
간의 갈등과 충돌"의 일면을 보여주는 것이라 할 수 있다.

사회변화와 미디어 발달의 상호관계는 역사의 기록이 시작될 때
부터 계속되었다. 그러나 커뮤니케이션 도구의 발명 그 자체가 사회
를 변화시킨 것은 아니다. 사회적 혁명은 거친 토양, 변화를 향한 열
린 마음, 최소한 특정한 사회계층을 바탕으로 성장한 것이다.30) 희
준은 당대 지식인으로, 도시 문명보다는 주로 농촌(고향)에 관심을
가지고 농촌의 풍경과 아름다움, 고향의 정서 그리고 농촌봉사활동
에 대해 관심을 갖고 있었다.

희준과 마찬가지로, 새로운 교육을 제공받은 학생들은 농촌의 정
서적인 측면보다는 경제적인 문제에 더욱 관심을 가지고 있었다. 그
러나 문명에 대한 관심에 비해 그것을 소개하는 정도에 그쳤으며,

---

29) 윤상길, 앞의 책, p.106.

30) 어빙 팽, 심길중 역, 『매스커뮤니케이션의 역사』, 한울아카데미, 1997, p.12.

도시문명에 대해서는 비판적인 태도마저 보이고 있다. 이는 경성이 준비되지 않은 상태에서 급하게 서구 문명을 수용함으로써 신·구 문화의 절충(折衝)지가 되어, 현대와 과거의 역사, 동양과 서양의 문화가 집합·충돌하고 있는 격전지로 보였기 때문이다. 벼랑에 서 있는 나라의 모든 것이 그들의 어깨에 옮겨져 있었으나, 난세의 무게보다 더욱 무거운 것은 그들이 담당해야 할 미래의 무게였다. 이러한 현실을 직시하고 있는 지식 청년의 고뇌가 깊은 만큼, 백성들 역시 새로운 문명에 그저 놀랄 뿐 신문물을 사용할 의지를 갖지 못한 채 그저 두려워하고 있었다.

희준의 고향에도 사람들의 의식이 개화되지 않은 상태에서 '기차와 전봇대, 우편소'와 같은 근대 문물이 수용되었으며, 여기에는 새로운 세계에 대응력을 구비하지 못한 인물들과 친일 혹은 친제국주의로 발 빠르게 움직였던 인물들이 공존[31]하게 된다. 희준은 고향에 '전등과 전화'가 가설된 것을 보며 반가움을 느낀다.

> 희준이는 동경에서 나온 지가 얼마 되지 않았다. 오 년 동안에 고향은 놀랄 만큼 변하였다. 정거장 뒤로는 읍내로 연하여서 큰 시가를 이루었다. 전등, 전화가 가설되었다. C사철(私鐵)은 원터 앞들을 가로뚫고 나갔다. 전선이 거미줄처럼 서로 얽히고 그 좌우로는 기와집이 즐비하게 늘어섰다.
> (《고향》, p.95)

과거 자신의 집터가 신작로로 들어간 것을 보았을 때, "마치 길을 잃은 나그네와 같이 한동안 우두커니 서서 자기 집의 옛터를 바라다

---

31) 정경은, 「근대 학생들의 문명인식 고찰」, 『한국학연구』제35집, 고려대학교한국학연구소, 2010, pp.364-365, 368.

보"(p.25)긴 했으나, 희준에게 "그 동안의 변천은 어쩐지 형용하지 못할 그런 쾌감"(p.27)을 느끼게 하였다. 그는 마을 사람들이 "아들 공부를 잘못 시켰다"(p.26)다며 수군거리는 것에도 관여치 않았다. 근대 학생 청년들이 자신을 이해하지 못하는 부모와 동족 지주, 동족인 모던 보이와 모던 걸을 혐오 혹은 투쟁의 대상[32]으로 삼은 데에 반해, 희준은 자신의 고향에 펼쳐진 근대 문명의 전개에 우선 감탄하기 바쁜 까닭에 그들의 비난은 안중에도 없었던 것이다. 즉, 희준은 변화를 향한 열린 마음을 가진 '최소한 특정한 사회계층' 중의 한 명이라 할 수 있다.

조선의 모든 이들이 신문물에 대해 소극적 반응을 나타낸 것은 아니다. 《고향》의 희준은 변화를 향한 열린 마음을 가진 자요, 안승학은 사회를 움직이는 도구를 가진 자이다.

희준과 안승학은 커뮤니케이션 도구들이 메시지의 운송을 대신함에 따라 정보전달을 위해 사람들이 직접 이동할 필요성이 줄어들었음을 알고 있었다. 그리고 커뮤니케이션 도구는 각 사회를 움직이는 혹은 흔드는 사람들의 손에 있었다. 새로운 커뮤니케이션 언어가 생겨날 때마다, 그들만이 일고 있는 지식에서 비롯되는 이익을 충분히 자각하고 있는 새로운 전문가 집단이 등장[33]했다. 안승학은 그러한 인물 유형에 해당한다.

> 그럴 때 안승학은 마술사처럼 이 귀신을 부리는 재주를 그들 앞에서 시험해 보았다. 그는 엽서 한 장을 사서 자기 집 통수와 자기 이름을 쓰

---

32) 정경은, 앞의 글, p.386.
33) 어빙 팽, 앞의 책, p.14.

고 편지 사연을 써서 우편통 안으로 집어넣었다. 그리고 그들에게 장담하기를 이것이 오늘 해전 안에 우리집으로 들어갈 터이니 가보자는 것이었다. 과연 그날 저녁때였다. 지옥사자 같은 누렁옷을 입은 사람은 안승학의 집에 엽서 한 장을 던지고 갔다. 그것은 아까 써넣었던 그 엽서였다.
(≪고향≫, p.95)

마을 사람들이 놀란 이유는 안승학이 엽서에 적은 '편지 사연'이 아니다. 그들은 편지 내용에 대해서는 무관심할 뿐, "오늘 해전 안에 우리 집으로 들어갈" 것이라는 안승학의 말이 현실화된 데에 감탄한다. "누렁옷을 입은 사람"이 "지옥사자"로 비춰졌다는 점은 개화되지 않은 상태에서 근대문물을 접하게 된 마을사람들로서 겪게 되는 자연스러운 심리 반응일 것이다. "전보를 다룰 줄 아는 것은 근대의 의미를 해독하는 능력과 관계된 것임을 이해"[34]하는 순간, 그들의 승부는 자명해졌다. 전보를 적극 활용한다는 것은 전보에 대한 근대적 인식, 즉 전보의 막강한 힘을 인식하고 소유한 자야말로 근대의 주역이 될 수 있었다.

마을사람들은 하루 안에 배달된 '엽서 한 장'에 대한 두려운 마음을 느낀다. 그리고 안승학이 "목판차를 맨 처음으로 먼저 타고 서울을 가보았"(p.95)다는 사실에 감탄하였으며, 그를 "이 고을에서 우편으로 보내는 편지를 제일 먼저 써본 이 중에 한 사람이었던 위대한 선각자"로 평가한다. 실제로 안승학은 이태 만에 새로 설립된 사립학교를 졸업하고 바로 군청으로 들어간다. 그는 "남 먼저 개화"한 사람이다. 그의 "출세에 대한 첫걸음"(p.96)은 개화 문명을 적극적으로 수용한 것과 밀접한 관계가 있다. 개화문명의 수용은

---

34) 김만수, 「속도의 기호학」, 『희곡읽기의 방법론』, 태학사, 1996, pp.56-57.

속도와 관계있으며, 이는 근대 규율을 강제할 수 있는 권위의 근거가 되었다.

그러나 근대 이전에 대중이 통신을 이용하는 것은 어려운 일이었다. 공문서 전달을 위해 존재했던 우역(郵驛)제도나 파발제는 그 기능을 제대로 수행하지 못했으며, 민간의 사설통신제도가 미비한 상황[35]이었다. 그리고 "도로가 지맥(地脈)을 끊는다는 풍수지리설의 영향 등으로 서신을 전달할 체송로인 도로의 사정이 열악"[36]했으며, "편지를 전달하는 데에 한성에서 경성까지 18일이나 걸렸고 이 체송로가 좀더 북단인 경흥까지 연장되었던 1896년에도 24일이나 걸렸다."[37] 그러나 우정국의 개설은 편지와 전보의 전달이 신속하게 이루어지는 데에 기여하였으며, 이는 곧 근대적 속도의 가속화를 의미하는 것이기도 하다. 근대적 속도가 우편국의 개설과 더불어 가속화되었음은 ≪상록수≫의 일부분을 통해서 확인할 수 있다.

> 그러자 사흘 되는 날 아침에 뜻밖으로 동혁의 편지가 왔다. 백씨는 수신인이 없는 편지를 황급히 뜯었다. …… 일부인(日附印)을 보니, 사흘 전의 날짜가 찍혀 있지 않은가.
> "아이고 이를 어쩌나. 이리루 바루 왔드면 마지막 대면이나 했을걸."
> 하고 백씨는 즉시 특사 배달로 한곡리에 전보를 치도록 하였다.
> 전보를 받은 동혁은,
> "엉? 이게!"
> 하고 외마딧소리를 질렀다.
>
> (≪상록수≫, pp.313-314)

---

35) 윤상길, 앞의 책, p.99.

36) 박천홍, 『매혹의 질주, 근대의 횡단』, 산처럼, 2003, pp.176-177.

37) 이규태, 『개화백경』, 신태양사, 1969, p.34.(윤상길, 앞의 책, p.99에서 재인용).

영신과 동혁은 농촌계몽운동을 위해 다니던 학교를 그만두고 "한 사람은 고향인 한곡리로, 한 사람은 기독교청년회연합회 농촌사업부의 특파원격으로 경기 땅이지만 모든 문화시설과는 완전히 격리된 청석골(靑石洞)이란 두메 구석으로 내려가서 일터를 잡"(pp.50-51)는다. 한곡리는 오늘의 '경기도 안산시 상록구'에 해당[38]한다. 청석골과 한곡리는 같은 경기도에 위치하긴 하였으나, 두메 산골에 해당하는 청석골을 벗어나기 위해서는 "이십 리는 평탄한 신작로지만 나머지는 가파른 고개를 넘느라고 발이 부르트고 속옷은 땀에 젖"(p.124)을 정도의 "거진 십 리나 되는 산길"(p.115)을 지나와 정류장에서 차를 타야 한다. 그리고 차에서 내려서는 한곡리에 가기 위해 배를 이용[39]하여야 한다면, 사흘 만에 편지가 도착한 것은 결코 늦게 전달된 것이 아님을 알 수 있다.

편지는 보내는 사람과 받는 사람 모두에게 시간적 여유를 전제한 매체에 해당한다. 편지의 속도보다 더욱 가속화 된 것은 전보이다. 동혁에게 영신의 죽음을 "특사 배달로 한곡리에 전보"를 치자 하루만에 동혁은 영신의 비보(悲報)를 듣게 된다. 편지가 사흘 전에 발송된 것을 보고 "이리루 바루 왔드면 마지막 대면"이라도 할 수 있었을 것이라는 언급은 영신이 죽은 일자가 사흘 전임을 추측케 한다.

---

38) 이는 일제하 안산지역의 사회운동에 힘쓴 최용신에 대한 업적이 안산문화원에서 가치있게 평가되고 있는 점을 통해 확신할 수 있다. 소설 《상록수》에 등장하는 주인공 채영신의 모델은 곧 경기도 안산시 한곡리에서 활약한 최용신이다. (http://www.ansanculture.or.kr/tt/site/ttboard.cgi?act=read&db=db10&page=1&idx=10(2014. 9.23.15:58)

39) 다음은 동혁이 한곡리에 도착하는 영신을 마중 나온 장면이다.
'뚜―잇.'
새된 기적 소리는 동혁의 가슴속까지 찌르르하도록 울렸다. 이윽고 파아란 뻥끼를 한 똑딱이가 선체를 들까불며 들어온다.(《상록수》, p.70)

동혁이 5일장으로 치룬 영신의 장례를 담당하는 것을 보면 전보 전달이 가능한 시간은 특사 배달로 전보를 보낸 당일 또는 다음 날 이른 오전임을 짐작할 수 있다. 동혁이 전보를 받아 보고, 한곡리에서 청석골에 오는 데에 걸리는 시간, 그리고 장례를 준비하고 5일장을 치르는 과정까지 생각한다면 이런 계산은 자연스러운 것이라 하겠다. 전보의 배달 속도는 근대 교통수단에 의지한 바가 크다. 근대 교통수단이 아직 미비한 청석골 두메산골을 벗어나는 것도 반나절이요, 배를 이용하여 한곡리에 가야 하는 시간을 고려한다면, 특사 배달의 전보 배달 속도는 놀라울 정도라 하겠다.

특사 전보의 놀라운 배달 속도와 함께 이를 사용할 수 있는 청석골 백씨의 우편제도 사용능력에 대한 논의는 필수적이다. ≪상록수≫가 농촌 계몽을 위한 소설임은 누구나 다 아는 사실이다. 그러나 영신의 농촌 계몽운동은 이미 청년에게 한글을 익히 알게 하는 역할을 한다. 그들 청년은 한글을 깨우침과 함께 영신을 적극 지지한다. 영신의 농촌계몽은 한글 학습을 통한 문맹 퇴치 만이 아닌 청석골의 근대화에도 있다. 청석골은 편지의 사용이 가능하게끔 되었으며, 이는 곧 계몽의 성공을 이른다. 동네 사람들은 이미 특사전보 또는 편지의 활용에 적극적인 것이다.

기차와 같은 근대적 교통수단이 보장된 경우, 전보의 배달은 ≪상록수≫에 나타난 경우와 달리 단 하루의 시간도 소요하지 않고 전달된다. "서울 뉘 집 아들도 일본으로 도망해 가다가 그 집에서 부산 경찰서로 전보하여 붙잡아 갔다더니, 아마 우리 아버지께서 전보한 까닭으로 경찰서에서 별순겸을 보내 조사하나 보다 하는 생각"(<추

월색>, P.25)을 하는 부분은 기차를 통한 전보의 배송 속도를 짐작케 한다.

> "어저께 전보를 놓았으니까 아마 경찰서에 가 있겠지요" 하고 말소리와 태도로 '걱정 없지요' 하는 뜻을 표하였다. 노파는 형식의 말에 얼마큼 안심하였다. 그러나 아직 전보의 힘과 경찰서의 힘을 이용하여 본 일이 없는 노파에게는 형식의 말에 아주 안심하기는 어려웠다. 노파도 전보가 기차보다 빨리 가는 줄을 알건마는 하고많은 사람에 어느 것이 영채인 줄을 어떻게 알리요 한다.
>
> (≪무정≫, p.104)

≪무정≫에서 전보는 "기차보다 빨리 가는"것으로 언급된다. 실지로 "어저께, 서울서 평양경찰서로 어떤 부인 하나를 보호하여 달라"(p.104)고 보낸 전보는 어제 밤차로 내려온 형식보다 더 빨리 목적지에 도착하였다.

> 모란봉에서 지낸 일부터 미국 화성돈 호텔에서 옥련의 부녀가 상봉하여 그 모친의 편지 보던 모양까지 그린 듯이 자세히 한 편지라. 그 편지 부쳤던 날은 광무 육년(음력) 칠월 십일일인데, 부인이 그 편지 받아 보던 날은 임인년 음력 팔월 십오일이러라. (중략) 부산 절영도 밖에 하늘 밑까지 툭 터진 듯한 망망대해에 시커먼 연기를 무럭무럭 일으키며 부산항을 향하고 살같이 들어닫는 것은 화륜선이다.
>
> (<혈의 누>, p.177)

"편지 부쳤던 날은 광무 육년(음력) 칠월 십일일"은 1902년 7월 11일이고, "부인이 그 편지 받아 보던 날은 임인년 음력 팔월 십오일"은 1902년 8월 15일이다.[40] 조선에서 미국까지 화륜선으로 우편이 배달되는 데에 대략 25일이 소요됨을 알 수 있다. 해상의 화륜선과 육상의 기차는 근대적 기계문명의 등장은 근대적 우편제도의 실현을 가능하게 하였다.

《고향》의 작중인물에 드러난 우편매체의 수용 양상은 '새로운 매체에 대한 대응력을 구비하지 못한 인물, 개화문명을 적극 수용함으로써 조선을 개화시키려 하거나 친제국주의로 발 빠르게 움직이려는 인물'들을 통해 세 가지로 정리할 수 있다. 《상록수》의 등장인물들은 특사전보 또는 편지의 활용에 적극적이다. 해상의 화륜선과 육상의 기차와 같은 근대적 기계문명의 등장은 근대적 우편제도의 실현을 가능하게 하였다. 편지와 전보의 신속한 배송이 이루어지는 것은 곧 근대적 속도의 가속화를 의미하는 것이다.

3-2. 개인 욕망에 따른 편지의 전유

편지를 통해 거짓 내용을 전달함으로써 수신인을 난처한 지경에 이르게 하는 내용은 이미 신소설 이전부터 있어왔다.

> 자연 며칠이 되었더니 오후 넉 점 가량은 되어 작은돌이가 봉투에 봉한 편지를 들고 들어오며,
> "작은아씨, 학교에서 청첩이 왔습니다."
> (정) "왜 청한다디?"
> (작은돌) "오늘 하오 십일 시에 졸업 예식을 한 대요."

---

40) 임인년은 2022년 1962년 1902년으로, 광무 육년은 조선 고종 때 연호가 시작되는 1897년부터 6년 지난 1902년이다. 임인년은 60년을 주기로 돌아오는 것을 의미한다. 앞으로 2022년이 임인년이 되므로, 120년 전으로 계산하면 1902년이 된다.

정숙이가 그 청첩을 떼어보니, 속사판에 박힌 청첩인데,

> 금일 하오 십일 시에 본교 졸업 예식을 서부 반송방 학교에서
> 개최할 터이니, 졸업생들은 계기 내참할 사,
> 년   월   일
> 여학교장 ○ ○ ○
> 이정숙 좌하

라 하였는시라.

(<목단화>, p.33)

시동집은 작은돌이를 시켜 거짓 청첩장을 전달함으로써 정숙을 늦은 시간에 졸업식장으로 유도함으로써 위기에 몰아넣으려 한다. 이에 속은 "정숙은 의주집 삼자에 그제야 부인과 섬월의 흉계에 빠진 줄 깨닫고 분한이 철골하여 구슬 같은 눈물이 도화 양협에 굴러 내리며"(p.37) 후회하나, 편지의 내용을 곧이 믿은 자신의 행동에 대한 책망은 없다.

편지의 수신인이 조작되었음을 의심하지 않은 채 그대로 받아들이는 것은 <홍도화(하)>에서도 확인할 수 있다.

> 이씨 부인이 그 편지를 잠시 보니 첫줄에, "태희 향랑 각하"라 쓰고 만편 사연이 음담패설인데, 필적은 자기 남편과 방불하고 연월 밑에는 이름을 아니 쓰고 다만 김이라 할 뿐이라. 징그럽고 놀라워서 불등걸같이 집어 던지며,
> "에그, 흉해라! 그것이 다 무엇이야! 내 이름을 왜 게다가 섰어? 필적은 방불한 사람이 있구면. 사연은 밑도 끝도 없이 김이라 하였으니, 그것이 어서 난 것일까?

(<홍도화(하)>, pp.200-201)

시동집의 계략에 의한 편지에 대한 사실진위를 따지기에 앞서 편지의 내용이 사실임을 전제로 사건이 진행되고 있음은 사건의 진행을 위한 임의적 장치로 이해할 수밖에 없다. 그러나 "시동집이 무슨 편지 두 장을 써서 한 장은 제 아비 주어 이직각 눈에 들키도록 하고, 한 장은 제 누이시켜 옥동으로 보내던 일"(p.249)이 이토록 순조로이 진행될 수 있는지에 대한 의문이 절로 생기나, 편지 수신인란에 적힌 성명이 태희라는 점이 태희에 대한 강력한 판단근거로 작용하고 있음은 간과하지 않을 수 없다.

타인을 비방함으로써 자신의 사랑을 이루려는 욕망은 편지를 통해 실현되기도 한다. R이 "술 먹자는 것을 또다시 그 이유까지 물어 볼 필요가 없었"(<별을 안거든 울지나 말걸>, p.53)으나, "R와 저 두 사람 사이에는 공연히 마음이 괴로운 간격"(p.62)은 MP에 대한 두 사람의 애정 때문이다. 그러나 "R를 동정하는 생각을 나게 하면서도 또 한옆으로는 무슨 승자의 자랑을 마음"(p.62)을 통한 시기와 질투 역시 간과할 수 없다. '나'는 MP에 대한 사랑으로 인한 두근거림을 "죄지은 자와 똑같은 떨림과 불안을 깨닫는 것"(p.66)으로 인식한다. 그러나 사랑이란 '나'가 생각하듯 죄악은 아닐 것이다. 사랑을 쟁취하기 위한 구체적인 행위로 인한 두근거림이라면 죄악인 것은 명백하다.

> 그때 문득 저의 눈에 보이는 것은 그가 써서 놓은 편지였나이다. 그리고 그 편지 피봉에는 MP라 씌어 있었습니다. 저의 마음은 공연히 시기하는 마음이 나며 또한 그 편지를 기어이 보고 싶은 생각이 났었습니다. …… DH는 미숙한 문사이오. 그리고 일개 Bourgeois(부르주아)에 지나지 못하는 사람이오…… 라고.
>
> (<별을 안거든 울지나 말걸>, p.67)

R의 편지를 읽은 '나'는 "길거리로 걸어오며 눈물이 날 만치 모든 것이 원망스럽고 또 한옆으로는 분한 생각"에 견딜 수 없이 괴로워한다. R과 '나' 사이를 멀어지게 한 것은 MP에 대한 사랑의 감정과 무관치 않다. MP의 사랑을 얻고자 하는 '나'를 R은 계교를 이용하기 위한 편지를 씀으로써 멀어지게 하려 한다. 그러나 MP는 '나'도 아니요, R도 아닌 "어떠한 양복 입은 이와 함께 저를 보았는지 못 보았는지 저의 곁으로 그대로 지나가 버"린 MP에 대한 허밍힘으로 눈물을 흘린다.

타인에 대한 비방과 거짓을 편지를 통해 전달함으로써 자신의 목적한 바를 이루려는 사적 전유는 편지를 통한 고백으로 나타나기도 한다. 그 중 '유서'는 교묘하고 다양한 기능을 한다. 타인의 유서를 읽은 작중인물이 이를 어떻게 인식하는지를 살핌으로써, 유서를 통해 형성할 수 있는 발신인과 수신인과의 관계양상을 확인하겠다.

유서는 죽음을 전제로 한 편지를 의미한다. "당신 대신으로 갑니다. 나는 다시 살아 돌아오지 아니해요. 내가 죽고 당신이 사시는 것이 좋을 줄로 생각합니다"(≪재생≫, p.329)는 유서를 남기고 남편 몰래 남편의 폭탄을 짊어지고 형무소 담을 향해 걸어가는 순흥의 아내는 결단코 살아 돌아오지 못할 것임을 알고 있기에 남편에게 마지막 말을 전하는 유서를 쓴다. 죽기로 작정하고 극약을 먹은 후, 자신에게 남은 시간 동안 유서를 작성하기도 하나, 죽음을 전제로 목적을 성취하기 위한 수단으로써 유서를 작성하기도 한다. 순흥은 아내가 남긴 "연필로 쓴 종이 조각 하나"(p.329)는 유서로서 남편의 임무를 대신 수행함으로써 죽음을 선택했음을 전하고 있다.

그러나 생과 사를 전제로 한 것이 아닌, 자신의 존재 가치의 확인

을 위해 유서를 작성함으로써 친근한 인물들을 곤란에 빠뜨리는 유
서를 작성하기도 한다.

> S군! 나는 지금 내 길을 결정하였소. 이 길로 떠나가오. 우연히도 다행
> 히 나에게는 그러한 용기가 남아 있던 것이오. 미안하나 뒷일을 부탁하
> 오. 그러면, 부디 안녕히……
> 이날 밤. 형의 친애하시는 D
>
> > 아우의 경애하는 S형께
>
> 여기까지 읽은 나는 문면에 나타난 뜻으로만은, 분명히 판단할 수가
> 없었다. 그러나 머리에는 어떠한 불길한 추측이 희미하게 떠오르지 않을
> 수 없었다. ……
> 「이 글을 더듬더듬 훑어 보고 앉았을 형의 얼굴이 얼마나 가관일까를
> 상상하면, 우습기도 하고 고지식하게 놀라는 형이 가엾기도 하고, 하여
> 튼 형을 다시 한 번 만나 보고 이 세상을 하직하고도 싶소.(중략)」
> 장난같기도 하고 진담 같기도 하다.
>
> > (<유서>, pp.242-243)

D가 나에게 써놓은 편지를 "이렇게도 해석할 수 있고 저렇게도
해석할 수 있"(p.245)으나, 결국에는 '유서'로 단정지은 나는 "우연한
조그만 동작이나 지나치는 말 한 마디까지 새삼스럽게 무슨 암시를
가졌던 것같이 눈에 암암히 나타나서 전후가 빈틈없이 들어맞는 것"
을 직감한다. 그리고 자신이 "내작품의 일절인 자살자의 <유서>를
읽은 것"(p.246)을 들려준 것이 오히려 "D의 어떠한 잠재의식을 자
극하여 발작적으로 어떠한 행동을 취하도록 자극"한 것이라면, 자신
이 "D의 자살을 암묵한 가운데에 교사하고 방조한 셈"(p.247)이 된
다는 데에 생각이 이른다.

나는 B정의 사무실에 전화를 걸어보고, L의 집에 찾아가 보기까지 한다. D의 편지를 읽은 L은 '나'의 반응과 달리, 실없는 장난 또는 공상으로 판단한다.

> "누가 친근한 사람이 금시에 죽는다든지무슨 대변동이 있어서, ······ 인생관에 일전기(一轉期)를 얻는다든지 생활태도의 반성을 일으킨다든지 하면 좀 활기도 나련마는······"
>
> (<유서>, p.254)

'나'는 서울서 신문사에 있을 때에도 D가 실종된 것으로 알고 주변에서 그를 찾고자 마음을 쓴 적이 있었던 것을 기억해내고는 "두 번째 당하는 D의 실종을 인제는 일종의 흥미를 가지고 생각하게 되었"(p.255)으나, "유서가 (중략) 진정이면은? 하는 생각을 하면 한시 바삐 알아내야만 될 것같이 벼란간 불안에 싸"(p.256)여 D의 행방을 찾아 다시 나선다.

> 책상 위에는 어제와 같은 원고용지에 그러나 어제와 다른 유서가 씌어 있었다.
> 「살아 왔고. 실없이 장난한 것이 너무 애를 쓰게 해서 미안하오···」
>
> (<유서>, p.258)

"D는 자기를 위하여 여러 친구가 애를 쓴 것이 미안하면서도 그것이 반갑고 기쁘며 마음에 든든한 것같이 생각"(p.258)한다. D의 실없는 장난은 결국 주위 사람들로부터 자신의 존재를 인정받고 싶어 하는 유치한 발상에 의한 것이다. 그러나 D의 편지에 나타난 고백은 "고립된 개인의 내면을 어떤 의도와 목적 없이 드러내는 것이 아니라, 사회적 자아가 되고 싶은 욕망을 드러내고 사회 공동체 속에서 자신의 참된 존재를 발견하기 위해 의도된 발화 행위"[41]임을 간과해선 안 된다.

유서를 남기는 것이 <유서>에서처럼 그저 생활의 활기를 유도하고 자신의 가치를 인식시키려는 의도로 장난처럼 쓰기도 하지만, 변심을 예고하는 기능을 하기도 한다.

<운명(運命)>의 오동준은 사랑하는 여인 H에게 자신의 거취를 알리지도 못한 채 경성감옥에서 백일 만에 나오게 된다. 백일 간의 연락두절은 H와 동준의 사이에 틈을 만들 수 있음을 직감한 동준은 H를 찾기로 결심한다.

> 다시 한번 차자보다가 H한테서 온 葉書한장을 어덧다. 그거슨 住所를 옴겻다는 簡單한 사연이엇다. 日付印을보고 自己가 監獄에 드러간 다음 날쯤 온 거신줄을 아랏다. 그는 답답해서 견딀수가 업섯다. 전에 바다본 묵은편지를 가방속에서 끄냇다. 아모거시나 하나 집어서 닑어보앗다. (중략)
>
> 저는 벌서 한주일동안 잠을 못잣습니다. (중략) 저를 살니시랴거든 速히 편지하여주시 옵소서저를죽이시랴거든 구만두시옵소서 (중략) 만일 내일도消息업스면, 괴로운 몸를 끌면서 계신데를 차자가겟습니다. 저는 죽어도 당신계신넘해서 죽겠습니다. 엇더케되면 저를 못보실는지도모르겟습니다. 身熱은 四十度가 거이다 되엇습니다. M兄님은 저를붓들고 울고잇습니다. 이거서 마그막 편지인지도 모르겟습니다.
> 손이 쩔녀서 더쓸수 업습니다 눈물이 써러져 종히를 적시나이다. (중략)
> 三月十日夜 小妾 H샹서

(<운명(運命)>, pp.54-55)

---

41) 우정권, 「고백소설의 구성요건」, 『한국 근대 고백소설 작품 선집』1, 역락, 2003, pp.14-15.

동준은 "이편지를 쯧까지 보고 方今바든것처럼마음이 몹시 感激"
이 된 채 "「H는 죽엇다」 이러케 중얼거"린다. 그리고 "「죽은H라도
가보아야겟다」" (pp.55-56)는 생각으로 동경으로 향한다.

동준은 K君과 함께 H를 찾기 위해 동경에 왔으나, 그녀를 찾을
수 없다. "가튼 市內에 이스면서도 그住所를 알수업"어 "견틸수업서
나중에는 警察署에" 가서 그녀의 행방을 수소문한다. 그러다 사흘만
에 그녀가 다른 사람과 동거한 뿐만 아니라, "受胎한지 四個月이나
된줄을"(p.56) 알게 된다. 그녀의 편지를 유서로 판단하고, 그녀의
죽음을 예감하며 감옥에서 나온 뒤 바로 그녀를 찾아다닌 결과, 동
준이 알게 된 사실은 그 편지란 것은 유서가 아니라 곧 이별 통보장
이라는 사실이다.

<운명(運命)>에서 유서가 변심의 예견을 의미한 데에 반해, <제
야>의 유서는 치밀한 전략적 기능을 함축하고 있다. <제야>의 편지
는 "개화기에 근대라는 시대적 주제와 맞물려 나타난 신여성이 성의
서사주체로 떠오르면서 성이 가진 사적 성격과 은밀성으로 인해 작
가는 특별한 서사방법을 전략적으로 사용"[42]에 해당한다. 정인은 지
난 24일에 A가 보낸 편지에 대한 답장은 곧 유서를 쓰는 것으로 대
신한다.

> 最後의 瞬間은 가장重大한 使命을 遂行합니다. 그리고 絶對的終結을
> 告합니다. 最後의結末과 무슨連絡이 잇고 關係가잇기에 이 편지를 쓰랴
> 는생각이 瞥眼間에낫는지모르겟습니다.
>
> <제야>, p.59)

---

42) 박수영, 앞의 글, p.117.

정인의 결혼은 "今日의朝鮮에서는 二十五歲나된女子로, 相當한靑年과 結婚하기極難"에도 불구하고 부모의 강권에 의해 이루어진 인습적인 것이었음을 밝힌다. 그러나 한편으로는 "E氏가튼 自尊心이 强한데다가 多少放縱한生活을하야온사람과 (중략) 짠판일것이라는 생각"은 자신의 일생을 A와 같은 사람과 함께 하는 것에 대한 기대마저 갖게 한 바 있음을 밝힌다. 정인은 A가 자신에게 보여준 사랑에 미안함을 가진 바 있으며, 다른 남자의 아이를 임신한 채 A와 결혼한 사실의 발각과 그로 인해 헤어지게 된 지금의 상황이 모두 정인 자신에게서 연유한 것임을 인정한다. 그러나 자신의 방종적 성욕은 자발적인 것이 아닌, 집안의 내력임을 강조한다. 자신의 어머니 역시 후처에 해당한다는 사실과 아버지의 왕성한 성욕과 쾌락의 추구에 대해 거론한다. 자신이 부모로부터 물려받은 피는 "쓸는 慾求압헤는, 모든것을 蹂躪하고 犧牲하야도, 아깝지안타는것이, 나의生活을 自律하야가는데에 最高信念"을 가지게 된 것에 대한 변명으로 작용할 뿐, 과거 방탕한 생활에 대한 진정한 반성을 의미하지는 않는다.

나에게對한 貞仁氏는 全이요. 愛냐 名譽냐의問題가 아니라, 愛냐 死냐의問題요. 信仰에徹底하면, 愛나死가 問題가될理가업다고할지모르나, 나에게對하야는 愛업고는 信仰도업고, 信仰업고는 愛도업소. (중략) 나의面上에 唾棄하겟다면, 나는 깃버쮜며 얼굴을 내밀지요. 그러나 나는 살아야하겟소. 굿세게살아야하겟소. 正말生에부드쳐보랴하오. 貞仁氏를엇는 것! 그것이 나에게는, 굿세게 그리고 眞正하게 生에부드쳐보랴는最後의 努力이요.

(<제야>, p.109)

정인은 E의 아이를 임신한 채 A와 결혼했으나, 결국 파경에 이르러 친정으로 쫓겨 나온 상태이다. 그러한 현실 속에서 정인은 자신의 정조 관념에 대한 주위의 시선을 견디면서 E의 아이를 낳아 기를 것이냐, 아니면 죽음으로써 이 현실을 벗어날 것인가를 선택해야한다. 이때 정인에게 '愛'에 치중하기로 했다는 A의 편지는 자신을 구원할 새로운 방책임을 직시한다.

> 「自殺이만한일에 自殺이란 좀 빗사다. 어쩌케해서던지 成功을해보여야지 죽기前에는 獨逸에 한번가게되겟짓!」
> 머릿속에서는 이러케부르지지면서도, 시퍼런槍긋으로 푹 찌른목에서, 썰건선지피가 콸콸쏘다지는光景을 그려보고, 속이 시원하야 쏘한번 깁흔숨을 휘--쉬엇습니다. 이런구석업는생각을하며 나려오다가, 「그러나 인젠 어쩌케하나」하는 一種絶望에갓갑은 依支할데업는 생각이 문득나며, 無心中間에 알엣배를 치마위로 살작만져보앗습니다.
>
> (<제야>, p.93)

고백(confession)은 "한 개인이 존재할 필요가 있고 자신을 확정시켜 줄 수 있는 공동체를 대표하는 청자에게 자신의 본성을 설명하기 위한 의도적이고 자의식적인 시도"[43]이다. 정인은 자신의 죽음이 진행되는 광경을 상상할 수 있는 묘사를 서술해냄으로써 A의 조바심을 더욱 적극적으로 유도해내고 있다. 주위의 비난까지 감수하기로 결심한 A에게 정인의 시신에 대한 상상은 처절한 고통마저 느끼게 하는 것임을 정인은 잘 알고 있는 것이다. 그리고 이어 죽고자 하는 자신을 주저하게 하는 것이 뱃속의 아이라는 사실을 밝힌다. 이는 '아이와 정인' 모두를 A가 선택하지 않는다면 곧 정인은 자살을 선

---

43) 우정권, 앞의 책, pp.14-15.

택할 수밖에 없음을 부각시킨다.

<목단화>·<홍도화(하)>·<별을 거든 울지나 말걸>의 주인공은 거짓된 편지로 인해 고통 받는다. 편지 중 '유서'는 다양한 기능을 하는데, ≪재생≫에서 순흥의 처는 사실 전달, <유서>에서 D는 자기 존재 확인, <운명(運命)>에서 H는 변심의 예고, <제야>에서 정인의 전략적 수단으로 작용한다.

4. 제국의 통신정책과 조선 현실에 대한 저항

4-1. 기획된 전화 당첨 제도에 대한 저항

1920년대 전화가 보급되던 초기, 기계매체의 새로운 출현은 계급을 계층화시키는 데에 기여한다. 커뮤니케이션 도구가 처음 생겨났을 때는 극히 제한된 사람들만이 그것을 소유할 수 있었다. 새로운 기술들은 기존의 기술보다 특정한 분야에서 사용상 우월성이 인정될 때 받아들여진다. 그러나 보급에 있어서는 상황이 다르다. 회사와 개인은 전화가 우편과 전보에 의한 통신보다 더 매력적이기 때문에 선택[44]하였으나, 전화 가입비는 엄청나게 비쌌기 때문에 이용자 수는 절대적으로 한정되어 있었다. 사실상 전화를 구비할 수 있는 층은 사업가들이나 일부 중상류 계급의 가정에 한정되었다. 지배 계급에게 전화는 계급적 구별 짓기의 수단이었기 때문에, 전화에 접근

---

44) 어빙 팽, 앞의 책, pp.17-18.

할 수 있는 권리를 둘러싼 사회집단들의 세력 갈등 또한 드러났다.[45] 조선의 경우, 경성 전화가입구역을 중심으로 확산된 전화미디어는 상업 지구·행정 지구 중심으로 배치되었다. 많은 일본인이 거주하고 있는 지역과 군사지구인 용산의 전화가입자수가 70% 이상을 차지[46]하는 것을 통해, 지역적으로나 민족적으로 매우 편향된 구조를 가지고 있었음을 알 수 있다. 따라서 조선인에게 있어서 전화는 '추첨'에라도 걸려야 가정에 설치할 수 있는 희귀한 것이었다.

> 그것도 누가 전화를 매구 싶어 맸나! 추첨에 빠졌으니까 울며 겨자 먹기 한 노릇이지.
>
> (<전화>, p.170)

이주사는 추첨에 당첨됨으로써 전화를 설치할 수 있는 자격은 갖추었으나, 전화 설치비 300원을 갖고 있지 않다. 거주 지역이 전화가입 구역으로 지정되어 있고 가입 신청자가 최소 20명 이상이면 전화를 가입할 수 있었다. 그러나 이주사는 추첨에 당첨된 경우로 이러한 조건은 충족시킬 필요가 없다. 그러나 경성 지역 300원이라는 전화 가설료, 5~15원의 가입 등기료, 2~5원의 명의 서환료를 부담해야 했다. 1920년대 현미 1석이 25~37여 원인 것을 생각한다면 이 금액은 엄청난 금액[47]이었다. 그러나 그는 전화 설치를 포기하지 않는다. "전화를 매느라고 전당을 잡히고 동서대취를 하고 하

---

45) 이상길, 「전화의 활용과 근대성의 경험 : 벤야민의 텍스트 <전화>를 중심으로」, 『언론과 사회』제10권, 성곡언론문화재단, 2002, p.120.
46) 윤상길, 「일제시대 京城 전화 네트워크의 공간적 배치」, 『서울학연구』제34호, 서울시립대학교 서울학연구소, 2009, p.168.
47) 나애자, 앞의 책, p.66.

여 가설료 삼백 원을 간신히 치"(p.165)루면서 까지 집에 전화를 설치한다. '아씨' 역시 자신의 옷가지 등을 전당 잡히면서도 그의 결정에 동조한다. 이들의 무리한 실행은 전화를 통신매체 이상의 것으로 인식했기 때문에 가능하였다. 즉, 근대 조선인들은 개항이후 도입된 서구 문명과 문물을 초기에는 호기심어린 시선이자, 새로운 호흡[48]으로 생각했다.

> 따르릉 소리가 유난히 쨍쨍히 나더니 주인아씨의 겁을 집어먹은 듯한 허청 나오는 목소리가 들리다가, 저편이 누구인지 말씨가 곱지 않아지며 탁 끊는다.
>
> (<전화>, p.162)

아씨는 신문명에 해당하는 '전화'에 대해 호기심을 가지고 있다. 그래서 기생 채홍이 남편을 찾는 전화를 걸었음에도 "받고 싶던 전화를 받은 것이 난생처음 해보는 전화처럼 신기한지 생긋하는 웃음이 상큼한 콧마루 위로 지나"(p.163)치는 자신의 표정을 숨기지 못한다. "한마디 톡 쏘고 나서 어색한 빛을 감추랴, 성을 내어보이랴, 단순한 그러나 여러 갈피의 감정이 얼굴에"(p.162) 여실히 드러나는 것이다.

아씨는 '전화를 받아보고 싶다는 설렘'이 곧 남편의 외도를 부추기는 결과로 귀결되는 자기 모순적 상황 속에서, 전화를 근대적 기계매체로서의 특성과는 무관한 덩이쇠로 평가한다. 아씨의 이러한 심리는 '이용과 충족이론'[49]으로 설명할 수 있다. 이는 매스미디어

---

48) 정경은, 앞의 글, p.34.
49) 강준만 외, 『대중매체와 사회』, 세계사, 1998, pp.30-31.

효과와 관련된 주요 이론들 중 하나로, 개인의 사회적·심리적 욕구가 매체 행위를 동기화하고, 매체로부터 충족에 대한 기대를 이끌어내며, 매스커뮤니케이션 과정에서 일어난다. 그리고 욕구충족의 동기들과 매체 선택은 능동적이고 목표 지향적인 수용자에 의해서 결정된다는 이론이다. 아씨가 전화라는 매체를 통해 얻고자 기대한 '사회적·심리적 욕구'는 신기함과 설렘의 충족이지만, 남편을 찾는 기생의 전화만을 받음으로써 그 욕구의 충족은 좌절된다.

> "댁이 전어통이란 말이오? 이 양반더러 물었는데 댁이 왜 대답을 하시오? 이 양반은 벙어리 차접을 맡았나?"
>
> (<빈상설>, p.106)

전어통, 즉 전화는 소통을 원하는 수신자와 연결하기 위해 교환을 일차적으로 대면하게 된다. 통화가 이루어지기 위해서 반드시 거쳐야 할 교환과의 소통 과정은 '교환과 전어통의 동일시'가 이루어지기도 하였다. 아씨는 자신이 전화임과 동시에 교환이 된 것 같은 불편한 상황을 직시한다. 욕구 충족을 위해 전화매체 이외에 여러 충족수단을 모색하게 되고, 급기야는 "그 빌어먹을 전화, 내 있다가 떼어버려야지!"(p.163)라는 말과 함께 전화사용의 필요성을 전면 부정하기에 이른다.

매스미디어 효과와 관련된 주요 이론으로 '탄환이론·제한효과이론·이용과 충족이론·의제설정효과·계발효과이론·미디어의존이론·침묵의 나선이론·지식격차가설·제3자효과'가 있다. 이들 중, 이 책에서는 '이용과 충족이론'을 중심으로 논의한다. '이용과 충족이론'은 수용자의 매스미디어 이용과 관계있는 것으로, 매스커뮤니케이션 과정에서 일어나는 욕구충족의 동기들과 미디어 선택은 능동적이고 목표 지향적인 수용자에 의해서 결정된다고 보는 논의이다. 그리고 수용자는 자신의 욕구 충족을 위해 미디어 이외에도 여러 충족수단을 이용한다.

명령과 주문, 그리고 '호출'은 전화와 가장 자연스럽게 연결할 수 있는 커뮤니케이션 행위이다. 전화는 은행가나 사업가의 업무용 도구로 자리 잡았으며, 계약을 빨리 처리하거나 사무실에서 공장으로 명령을 쉽게 하달50)하는 것을 가능하게 하였다. 이렇듯 기술은 눈에 띄게 변하였음에도 불구하고, 사람들의 취향과 관심은 변하지 않았다. 마치 오래된 포도주를 새 병에 붓는 것51)에 불과한 것이다. 그러나 아씨는 전화가 '호출'의 역할이 아닌 외도의 수단으로 악용되고 있는 점에 집착한다. 근대 문명의 상징인 '전화'를 집에 설치해 두었다는 자부심은 이내 소리 요란한 "백동(白銅) 빛 쇠종 두 개"(p.164)가 전부인 대상으로 인식한다. 이는 "기생년하구 새벽부터 시시덕거리"(p.163)게 하려고 전화를 설치한 것이 아니라며, "전화가 시앗이나 되는듯시피 전화 타령으로 불쾌한 입씨름"(p.170)을 하는 아씨의 행동에 여실히 드러난다.

소통을 위한 매체로서의 전화가 아닌, 남편과 기생의 매음에 기여하는 전화는 가장의 편의에 기여하는 도구이자 한 가정 위에 군림하는 존재이다. 아씨가 전화를 걸고자 한다면 상대편 역시 전화가 설치되어 있어야 한다. 전화 설치 여부를 확인할 길이 없는 아씨는 전화 받기를 고대하는 수동적 커뮤니케이션 수용자로 존재하게 된다. 이러한 일방적인 소통 방식은 전화를 설치할 권리를 추첨식으로 배정받기를 고대하는 상황과 다를 바 없다. 이때 전화는 식민지 위에 군림하는 지배자의 모습과 흡사52)하다. 소통의 매체인 전화는 추첨

---

50) 이상길, 앞의 책, pp.124-125.

51) 어빙 팽, 앞의 책, p.15.

52) 문명의 산물의 하나인 "전화의 시설 여하로 보아도 도시의 변화와 홍성을 짐작할 수 있는 것이라고 할 정도로 통신은 도시화의 상징"으로 인식되었다. 그러나 전화보급률에서

식으로 당첨되는 정책에 의해 근대문명을 일방적으로 배정받는 방식으로 설치하게 된다. 그러나 근대문물에 대한 설렘은 곧 근대문물에 대한 부정으로 전환된다. 이렇듯 아씨기 전화의 필요성을 전적으로 부정하는 것은 곧 일제 통신 매체에 대한 저항의 한 일면임을 간과해서는 안 될 것이다.

> (…… 그놈의 전화나 팔아버릴까? ……)
> 하는 생각을 하다가 코웃음을 쳤다. 매던맡에 며칠이 못 가서 떼어내기가 동리에 창피하고 섭섭도 한 일이요, 또 일 년인가 얼마 기한이 지나야 팔 수 있는 것이다.
>
> <전화>, p.166)

이주사의 가정에 전화가 필요하지는 않다. 1920년대 전화 설치는 대부분 사업상 용도로 설치하였다. 전화를 가정에 설치하는 경우도 있었으나, 이때 전화의 일부 가입자들은 전화를 하층민들과는 공유할 수 없는 지위의 상징으로 간주[53]하여 부의 상징으로 생각하였다.

그러나 전화는 일반적으로 회사에서 보다 신속한 업무를 수행하기 위해 사용하였다. 초기에 전화 사업을 시작한 사람들은 전화 가설이 곧 사업 성공의 핵심임을 확신시키는 데 있다고 생각했다. 전화가 있으면 긴급한 업무 연락을 바로 할 수 있고 고객을 얻는 데 좋은 수단이 될 수 있는 것이다.[54] 따라서 회사에 설치한 전화의 주

의 민족적 격차는 심하여, 일본인 18명 당 1대인데 반해 조선인 700명에 1대 소유에 불과하였다. 전화 건설은 조선이 하였으나, 전화 교환수는 일본어만 사용하였으며, 1942년 전화 호출제가 정지되고 전보를 이용하도록 하는 등 전시 지원 체제가 강화됨에 따라 전화의 이용은 위축되었다(나애자, 앞의 책, pp.63-64).

53) 어빙 팽, 앞의 책, p.111.
   일부 전화 가입자들은 일반대중이 이용할 수 있는 전화번호나 동전 투입식 공중전화 같은 장치를 만들어 벨 시스템이 널리 접근가능하게 되는 것에 반대하였다.

요 기능은 사업용에 해당한다. 그러나 업무를 위한 용도만이 아닌 '호출'을 위한 사적(私的)인 용도로 사용하기도 하였다. 이주사는 "×회사 이층에서 하물계 주임"(p.164)이다. 그러나 회사에 걸려오는 전화 중 사적인 것이 없지는 않다.

> 「……글쎄 알았어. …… 응, 응, 아무쪼록 곧 가 뵙죠……」
> 반말이 다시 공대로 변하더니,
> 「네, 네, 기다려주세요.」
> 하고 뚝 끊는다.
>
> <전화>, p.164)

전화는 어떤 시간, 어떤 장소에도 상관없이 걸리어 오므로 시각적 프라이버시, 즉 문자문화인이 찬양하는 고도로 개인적인 형태이자, 혼자서만 어떤 것을 보는 것과는 거리가 있다.[55] 따라서 동일한 공간 속(사무실)에 있던 김주임은 채홍에게서 온 전화임을 알아차린다. 이후로 "회사에 들어가 앉아서 채홍이가 전화나 걸어오지 않을까 하고 은근히 기다"(p.170)리는 이주사의 모습을 은근히 놀려주는 것이다. 전화가 귀하던 시기였기에, 회사 근무 시간일지라도 개인적 용무의 전화를 기다리는 일이 그리 큰 흠이 되지 않았다.

이렇듯 사업장에 보급된 전화는 회사의 이윤 창출과 호출이라는 두 가지 기능을 수행하였다. 그러나 집에 설치한 전화로 인해 이주사가 "전화 덕 보았다고 생각하는 것"은 "빠져나갈 길이 막연하던 판에" 구실을 마련해 준 것이 전부이다. 아씨도 역시 "참 원수의 전

---

54) 요시미 슌야, 앞의 책, p.141.
55) 마셜 맥루언, 앞의 책, p.386.

화를 달더니 밥상 받고 있는 이까지 불러내가"(p.167)는 데에 "화가 치밀어"(p.168) 오른 상태이다.

> 가진 푸념의 화풀이가 결국에는 또다시 애꿎은 전화통으로 갔다. 그도 그럴 것이 주인아씨의 옷가지 금붙이를, 때로 무엇에 놀란 듯이 때르릉 때르릉 하며 어제 온종일 사람의 부아를 돋아놓고 밤중까지 잠도 못 자게 한 저 전화통이란 괴물이 집어삼켰으니 이 아씨가 아니기로 잠자코 있을 리가 없다. (중략) 갈보년의 전화 시중이나 들구. …… 이 집에 전화 교환수루 들어왔읍디까?
>
> (<전화>, p.169)

서양의 경우, 교환수는 '목소리'의 규격화를 통해 고객을 응대하는 과정에서 교환수들의 인격적 요소는 되도록 배제됐고, 교환수들은 일정한 톤의 목소리로 회선을 연결하는 교환 기계의 부품 같은 존재[56]였다.

조선의 경우도 '전화교환양'에 대한 입장은 긍정적이지 않았다. 전화교환양들은 '할로 걸'로 불렸다. 1910년 말부터 등장한 할로 걸은 잠깐이라도 실수를 하면 손님의 야비한 욕설과 감독의 꾸지람을 들었다. 이들 40명 중 11명은 보통학교를 졸업한 조선 여성이었다. 그들은 15세에서 18세 사이의 소녀였으며 근무여건은 매우 열악했다.

---

56) 요시미 슌야, 앞의 책, pp.161-177.
　　벨 전화회사는 남성 교환수를 채용하였으나, '본성상' 교환수 자질이 부족하다고 생각하였다. 원래는 전신이 본업인 젊은 남자들은 전화교환을 일시적인 일자리로밖에 생각하지 않았기 때문에, 기업이 요구하는 규율을 순순히 따르려 하지 않았다. 그러나 여성에게 있어 전화 교환수 직업은 다르게 해석되었다. 여성이 지적 능력을 발휘할 수 있는 직업이라면 학교 교사 정도밖에 없던 시대에, 전화 산업은 여성들에게 열려진 그리 많지 않은 첨단 직장 중 하나였다. 따라서 여성들은 전화 교환수를 결코 일시적인 일자리로 생각하지 않았다. 여성들이 이렇듯 뉴미디어 매체와 관련된 직종에 종사한다는 자부심과는 달리, 19세기 후반 부르주아 사회가 교환수로 여성을 선택한 이유는 여성을 순종적이고 수동적이며 인내력이 강한 분별 있는 존재로 보았던 데에 있다.

이유 없이 전화를 걸어 이야기나 하자는 등 '수작'을 거는 남성들로 부터 민망한 소리를 던지기도 하였다. 이들의 고달픈 업무는 종종 신문의 화제가 되곤 했다. 일본어에 익숙하지 못한 조선인들에게 일 본어를 써야만 했던 전화는 소통을 위한 미디어라기보다는 식민지 배자의 모습[57]을 보였다.

아씨는 "지금 안 계슈"(p.162)라는 '거짓말'을 해서라도 남편을 찾 는 기생의 전화를 바꿔주지 않는다. 게다가 또다시 남편을 찾는 여 자가 "안 계시다 하여도 부득부득 대어달라고 하는 것이 성이 가시 기에 한바탕 몰아세우고 딱 끊어버린"(p.167)다. 아씨는 자신이 받아 들이고 싶지 않은 상황을 거부하는 데에 한 치의 망설임도 없다. 그 런데 남편의 동료 회사인 김주사의 전화를 바꿔줌으로써 남편이 요 릿집에 나갈 구실을 제공하게 되자, 전화가 남편의 외도 수단이 되 고 있다고 생각한다. 그보다 기생의 전화를 중간에서 가로막아 차단 하는 자신의 모습에서, 마치 전화교환수들이 전화를 건 손님을 다른 손님의 전화로 연결하는 모습과 대응된다는 사실을 깨달음으로써 분노한다. 아씨는 교환수 역할을 더 이상 하지 않으리라 결심하고 "난 갈 테요!"라는 "최후의 무기인 간다는 소리"(p.169)까지 단호히 한다. 이주사는 아씨의 강경한 태도에 전화를 팔기로 결심한다. 자 본주의 사회에서 창조적 활동은 상품, 즉 시장에서 교환 가능한 재 화의 생산이라는 형태를 취하게 된다. 상품들의 이와 같은 교환 가 능성은 모든 생산물과 모든 활동이 보편적으로 공유하는 특성[58]을 갖는다.

---

57) 윤상길, 앞의 책, pp.146-147.
58) 아몬드 마텔라트, 앞의 책, p.261.

「아, 참, 팔기라두 해버려야 하겠어. 사실 쓸데없는 것을 매달아놓고 통화료를 물어가며 성화를 받을 묘리야 있나.」

「오백 원? 좀 더 내진 못하겠나?」

「그런 게 아니라 집의 아버지께서 점방에 전화를 매시구 싶어 하시기에 말씀을 했더니 오 백 원이면 좋겠다구 하시는구먼.」

「자네 댁에서 쓰신다면 아무려나 하게. 하지만 조금만 더 묵히면, 칠 팔백 원은 넉넉히 받는 것인데……..」

(<전화>, p.171)

위 글에서 언급된 바와 같이, 전화시세는 계속 뛰어 3000원에 육박했다. 이에 일제는 1940년 7월 17일부터 전시 하 각종 산업기관의 활발한 활동으로 전화의 투기적 매매가 성행하여 전화의 적정한 분포가 방해될 뿐만 아니라 이에 따르는 여러 가지 부정행위가 많아지는 경향이 있다는 이유로 전화 가입자의 임의 명의변경과 임대를 금지시켰다.[59] 그러나 아씨는 전화를 보유함으로써 발생할 손익 관계에 대한 이해가 끝난 상태이다. 더욱이 일제 식민정책이 금지한 사항을 굳이 지켜낼 생각도 않는다. 오히려 김주사가 가로챈 200원을 그의 아버지에게서 받아내는 데에 성공한다.

앞서 확인했듯이, 소통을 위한 중간자로 위치한 전화교환양은 일본어에 익숙하지 못함에도 불구하고 일본어를 써야 했으며, 이때 전화는 소통을 위한 미디어라기보다는 조선 소녀들을 억압하는 식민 지배자의 모습[60]에 다를 바 없다. 따라서 교환수 노릇을 그만 두겠다는 아씨의 선언은 일제 통신정책에 대한 거부를 의미한다.

혁명과정에 있어서의 임무는 전달자와 수신자 사이의 상호 교환

---

59) 강준만, 앞의 책, p.103.

60) 윤상길, 앞의 책, pp.146-147.

적(two-way) 커뮤니케이션 유통체제[61]를 확립함으로써, 한 계급이 다른 계급을 식민화시키기 위하여 고안된 이 메커니즘을 탈신화하는 것[62]이어야 한다. 경성 전화 네트워크의 공간적 배치, 즉 전화매체에 대한 물리적 접근성이 민족적으로 불평등하게 주어진 구조적 조건 속에서 추첨식으로 전화 보급을 유도한 정치적 의도를 생각해 볼 필요가 있다.

시내통화의 주된 방식은 시간적·금전적 제약으로 인해 가입자 상호간의 통화일 수밖에 없었으며, 식민지시기 전화미디어가 사실상 일본인들의 전유물이었음을 말해준다. 따라서 전화를 설치하고도 "그렇게 기다리던 전화"(p.162)를 한 통도 받지 못하고 전화 오기만을 기다린 것은 소설의 허구적 사건만은 아니었을 것이다. 조선인 중 전화 가입자가 아닌 경우 주로 우편국을 이용하였으며, 우편국에서 취급한 시외전화 통화에서 상대방이 전화 가입자가 아니기 때문에 우편국에서 호출한 회수는 통화 8.4에 대해 1회의 호출을 행한 비율[63]로 밝혀진 바 있다. 즉 일제는 필요한 곳에 전화를 설치할 의지를 갖지 않은 채, 추첨이라는 우연적 결과를 통해 전화를 보급하려는 무작위식의 근대화 정책을 지지했다. 그러나 아씨는 "저까진

---

61) 커뮤니케이션 기술의 발전에 근거하여 그 유형을 분류할 수 있다.
　　커뮤니케이션의 방향성에 의한 분류로, 송신자로부터 수신자에게 배타적으로 정보가 유통될 경우 일방향(one-way) 커뮤니케이션이 일어난다고 보는 데에 반해, 참여 당사자들 서로가 적극적인 역할을 담당하면 양방향(two-way) 커뮤니케이션이 일어난다. 대인 커뮤니케이션의 경우 참여자들이 즉각적으로 반응하고 관여하기 때문에 전형적으로 양방향의 성격을 띤다. 상호작용성(interactivity)의 정도에 의해서 분류하는 것으로, 송신자가 수신자로부터 실시간(real-time) 피드백을 받고 이를 지속적으로 수정하는 상황을 언급하는 것이다.
　　(한균태·반현·홍원식 외, 『현대사회와 미디어』, 커뮤니케이션북스, 2006, pp.9-10)

62) 아몬드 마텔라트, 앞의 책, p.261.

63) 윤상길, 앞의 책, pp.159, 161-162.

나무통하구 쇠방울 두 개"(p.169)의 가치가 300원에 미치지 못함을 직시한다. 추첨에 걸리지만 않았다면, 가설비 마련을 위해 "전당 변리"를 소비할 필요도 없는 것이다. 전화 보급이라는 명분 아래, 가계 부채를 유도하는 전화 가설비는 경제적 부담과 불화를 초래한다. 아씨가 전화를 없애기를 주장하는 것은 전화로 인한 이득보다는 감수해야 할 손실이 더 많기 때문이다. 한 계급이 다른 계급을 식민화시키기 위하여 고안된 이 메커니즘을 탈신화화 하는 방법은 새로운 통신 테크놀로지를 거부하는 것이다. 따라서 아씨의 전화에 대한 현실적 인식은 전화라는 통신매체를 부정함과 동시에 일제 식민정책에 대한 저항으로 이어진다.

<전화>에서 전화에 당첨된 아씨와 이주사는 전화를 적극 수용한다. 그러나 아씨는 곧 전화가 한 가정 위에 군림하는 가장(이주사)의 편의에 기여하는 도구임을 직시한다. 뿐만 아니라, 전화 받기를 고대해야하는 수동적이고 일방적인 소통방식이 강제됨을 알게 된다. 이는 전화를 설치할 권리를 추첨식으로 배정받기를 고대하는 상황과 다를 바 없다. 전화는 식민지국가 위에 군림하는 식민지배자의 모습과 흡사하다. 이러한 인식은 근대문물에 대한 부정으로 전환되며, 이는 지배 정책에 대한 저항의 한 일면에 해당한다.

4-2. 조선의 악습과 편지를 통한 저항

<어느 소녀의 사(死)>의 명숙은 민범준이라는 경성 안 유명한 부랑자의 첩이 되지 않으려 가출을 한다. 명숙은 '아버님 어머님'과 '○

○일보사'를 대상으로 두 편의 편지를 이 소설 전체에 삽입된 형식으로 서술하고 있다. 따라서 이 소설은 전반적으로 두 부분의 내용으로 논의할 수 있다. 삽입된 두 편의 편지에서 언급한 사연에 대한 전말을 서술하는 부분과 명숙의 죽음이라는 사실을 서술한 부분으로 나뉜다.

> "여보, 차장 거기 무엇이 떨어졌소" 하며 한 승객이 별안간 말을 한다. 차장이 깜짝 놀라는 듯이 발밑을 굽어보니 양봉투의 편지 두 장이 떨어져 밟히어 있다. …… 그 외면에는 '○○일보사 귀중'이라고 썼다. 그 여자는 황급히 한 장을 들고 그 떨어진 편지를 집는다. 그 든 편지에는 두 줄로 '아버님 어머님 전 상서'라 썼다.
>
> <어느 소녀의 사(死)>, p.77)

'아버님 어머님 전 상서'는 명숙이 부모께 자신의 죽음에 대한 이유를 알리는 작별의 의지를 전달한다. "여식이 만일 학교에를 아니 다니어 글자를 못 배왔삽드면 오늘 이 거조(擧措)가 없었을 줄로 아옵니다. 양위 부모님께서 여식을 학교에 입학시키시던 그때의 마음은 여식으로 하여금 사람 되라고 하신 것"(p.78)이기에 "사람이 되도록 남의 정실이 되게 못하시고 구태여 노예나 다름없는 민(閔)○○의 부실(副室)이 되라고 강제"(p.79)하여 자신을 "두 형님의 짝이 또 될 뻔하여 이와 같이 마지막 길로 가는 것"(p.80)임을 전하고 있다.

'○○일보사 귀중'에 전하는 편지는 "저와 같은 운명을 가진 여자가 자고로 많을까 하나이다. 그러하오나 이것을 누가 말하는 사람이 없어서 이 사회에 드러나지 아니한 것이오니 바라건대 여러 선생님께서는 이러한 사회 이면에 숨어 있는 비참한 사실을 세세히 조사하

여 공평한 필법으로 지상(紙上)에 기재하여주옵소서"라는 내용으로
자신이 "불쌍한 미가(未嫁) 여자를 위하여 이 몸을 대신 희생"(p.81)
하는 것으로 편지 내용을 끝맺는다.

> 우리 생각에는, 계집이 되어 남의 첩이 된다든지 남의 사나이를 음행
> 에 범하게 하는 인생들은 다만 이 세상에 천할 뿐 아니라 후생에 그 사
> 나이와 같이 자옥에 갈 터이요. 이런 사람들의 자식들도 이 세상에 천대
> 를 받을 터이니, 자식을 사랑하는 여편네들은 남의 첩이 되는 것을 분히
> 여기고 어떤 사나이가 첩이 되라 할 지경이면 뺨을 때려 쫓아야 옳은 일
> 이니라.
>
> (『독립신문』제1권 제31호, 1896.06.16. 논설)

당시 『독립신문』에서도 첩이 되는 것을 경계한 바 있다. 명숙은
두 편지를 통해 부모의 잘못된 선택을 강요받지 않기 위해 죽음을
선택하였음을 부모에게 알림으로써 부모의 각성을 기대하고 있다.
이는 극히 개인적인 사안으로 편지의 본래 기능인 사적 영역을 염두
에 두고 있다. 그러나 ○○일보사에 보낸 편지는 개인적 사연을 담
고 있으되, 자신의 자살이 사회에 어떠한 파장효과를 기대하고 있다.
이는 당대 여성뿐만이 아니라, 조선 전체의 문제로 부각됨으로써 상
상의 공동체를 형성함으로써 부모의 강권으로 인해 첩이 되거나 팔
려 가는 위기에 처한 조선의 여성이 죽음이 아니어도 상황을 해결할
수 있는 방법이 모색되어야 할 것을 조선 당대에 요구하는 움직임을
기대한다.

<순애의 죽음>은 순애가 '나=언니'에게 보낸 유서의 내용과 순애
의 죽음에 대한 전말을 또다시 '나=언니'가 'S언니'에게 전하는 방식
을 취하고 있다.

"더 살아야 야수 같은 남성의 농락이나 한 번이라도 더 받지요. 언니는 …… 인격적으로 대해주는 남성이 있을 것이요, 만일 없다 하더라도 독신으로 자기로서의 생활을 하며 자기로서의 책임을 다하여 사회에 공헌이 있으면 고만이라고 하시겠지오마는 천만 남성 중에 하나가 있을까 말까 하는 그런 남성을 만나기를 기약할 수 없고 남자가 본위로 된 이 사회 남자가 가장(家長)이 된 이 가정에서 자아를 찾는다는 것은 얼마나 어려운 일이겠습니까? 하루바삐 이렇게 심한 불평을 잊으려고 그만 떠납니다."

(<순애의 죽음>, p.138)

순애는 평소 따르던 S언니에게 편지로 남성에게 농락당한 자신의 처지를 이야기한다. 구구절절한 고백 속에서 자신이 먹은 독약 때문에 이제 더는 편지 쓰기를 이어나가지 못할 상황에 이르자 순애는 더 이상 남성 본위의 불평등한 사회에서 살아갈 수 없기에 죽음을 선택했음을 밝힌다. 순애의 죽음을 직감한 나는 그녀의 집을 향하나 이미 순애는 죽은 뒤다. 조선의 여성이 가진 한계와 남성의 농락에 분노한 '나=언니'는 이를 'S언니'에게 편지로 전하게 된다. S언니 역시 순애의 고백을 읽는다면 다른 여성에게 순애의 억울한 현실을 전달하지 않을 수 없을 것이다. 순애의 고백을 담은 편지는 개인과 개인 간의 사적 영역을 전제한 것임에도 불구하고, 당대 여성들 사이에서 계속 공유될 것임을 예견할 수 있다.

순애가 편지를 쓴 목적이 단순한 고백을 위한 것인지, 도미노와 같은 사회적 여파를 기대한 것인지는 알 수 없다. 그러나 순애의 편지는 본질적으로 전략적 기능을 갖게 되며, 당대 조선 여성들 사이에 공감을 불러일으킴으로써 상상의 공동체를 형성함으로써 새로운 공론장을 형성하는 데에 기여한다.

<어느 소녀의 사(死)>는 사적으로는 부모님, 공적으로는 언론사를 대상으로 명숙 자신과 같은 상황에 처한 여성이 이러한 불합리에서 벗어나게 할 계기가 될 수 있기를 촉구하는 전략적 편지로 이해할 수 있다. <순애의 죽음>은 신여성들 사이에 순애의 사연이 도미노 형식으로 전파됨으로써 당대 신여성들에게 공감과 비애의 감정을 유발시킨다. 명숙과 순애의 사적 상황은 신문 또는 공감 형성을 통해 상상의 공동체를 형성하게 된다. 그들의 편지는 당대 조선이 각성하고 타파해야 할 사회적 문제를 인식하게 하는 전략적 기능을 수행한다.

Ⅲ

인쇄매체를 통한
공론장 형성과
근대적 자각

1. 인쇄자본주의에 매개된 공공성

인쇄술의 발달은 시각적으로 무한히 되풀이할 수 있는 반복성을 가능케 하였다. 인쇄자본주의의 시장정책은 구텐베르크의 인쇄 테크놀로지를 기본으로 한 기계원리를 중심으로 전개된다. 활자 인쇄는 통합적인 행위를 부분화하고, 단편화함으로써 손으로 하던 일도 기계화하는 수단을 가져오게 하였다. 이로써 구어의 모든 감각적인 성격을 알파벳이라는 시각적인 글자 형태로 축소하게 된다. 구텐베르크의 '인쇄문화 혁명'을 통해 문학은 신문·잡지의 매체적 성격에 대한 이해와 직접적 관계를 갖게 된다. 문학은 윤전기를 거친 활자를 통해 소설이라는 근대적 문학 장르로 재정립되며, 책의 유통을 통해 소비되는 상품적 속성을 내포하게 된다. 이는 대량 복제 기술을 바탕으로 한 근대적 인쇄술의 도입이 대중에게 책을 쉽게 접할 수 있는 근본적 방법을 획득한 것을 의미[1]하는 것이기도 하다.

그러나 공동체적 독서와 음독으로 표현되는 구술문화는 1930년대에도 광범위하게 존재했다. 공동체적 독서는 읽을거리를 가족이나 지역·직업공동체가 공유하는 것으로, 이는 윤독(輪讀)뿐만 아니라 구술을 통해 특정 공간에 모인 사람들이 책의 내용을 공유하는 것을 의미한다. 함께 읽는다는 것은 같은 공간에 모여 책의 사상과 정서에 공감을 이루는 것을 목적으로 한다. 근대 초기 공동체적 독서의 대표적 양상으로 신문종람소의 종람(縱覽)과 시중(市中)의 소설 구연이 있다. 신문종람소의 독서 공동체는 1920년대 이후 각지의 독서회, 청년회와 야학으로 연결된다. 신문 잡지를 돌려 읽는 관행은

---

1) 마샬 맥루언, 앞의 책, pp.228-230.

1930년에도 지속되었다. 식민지의 대중은 책을 사 보기에는 빈곤했으므로, 전통사회의 음독과 공동체적 독서가 근대에 이르러 다양한 계몽운동에 의해 더욱 성행했던 것이다.[2]

개화기에 유입된 근대적인 인쇄매체 중 신문을 통해 매개된 공공영역이 창출되었고, 공공적인 단체가 다수 출현하여 조직적으로 사회운동을 전개[3]하는데 기여하게 되었다. 신문과 소설은 민족과 같은 상상의 공동체(imagined community)를 '재현'하는 기술적 수난을 제공한 것이다. 신문 읽기는 이전 시기에는 없던 새로운 의식인 정치 공동체, 즉 민족 공동체를 상상할 수 있는 근거가 되었다. 민족은 언제나 심오한 수평적 동료의식으로 상상된다. 민족의 성원들 대부분이 자기 동료들을 알지 못하지만, 구성원 각자의 마음에 서로 친교의 이미지가 살아 있음으로써 상상이 가능하다. 민족의 형제애와 권력과 시간을 의미 있게 서로 연결[4]시키는 힘이 인쇄자본주의에서 비롯된다는 사실을 간과해서는 안 된다.

인쇄매체는 소식과 지식을 전달하는 매체이자, 대중의 마음을 모아 공론장 을 형성하는 촉매이다. 뿐만 아니라, 근대적 자각을 가능케 하는 계몽적 기능을 수행함으로써 개인의 확고한 의지를 사적으로 실천해나가는 전유(專有)[5]를 드러내는 데에 기여한다.

---

2) 천정환, 『근대의 책읽기』, 푸른역사, 2003, pp.111-115.
천정환은 공동체적 독서와 음독을 전근대사회의 독서형태로 간주하고, 개인적 독서와 묵독을 근대 이후의 독서로 규정하는 것은 곤란하다고 본다. 현대사회에서도 필요에 따라 공동체적 음독과 독서가 행해지고, 전근대사회에서도 식자계층과 지배계급의 독서는 자주 개인적인 묵독으로 이루어졌기 때문이다. 그러나 음독에서 묵독으로의 이행이 전근대사회에서 근대사회로 이행하는 과정에서 관철된 현상임은 인정한다.

3) 권보드래, 『한국 근대소설의 기원』, 2000, p.205.

4) 베네딕트 앤더슨, 윤형숙 역, 『상상의 공동체』, 나남, 2002, pp.25-27, 48, 58-63.

5) 한국문학평론가협회, 『문학비평용어사전』, 국학자료원, 2006.

구텐베르크 혁명을 통한 인쇄술 발달은 대중에게 신문과 서적이 보급될 기회를 확대시켰으나 식민지시기 대중에게까지 동등하게 적용된 것은 아니다. 그럼에도 불구하고 당대 대중은 공동체적 독서를 통해 '상상의 공동체'를 형성함으로써 새로운 공론의 장을 마련한다. 이렇게 형성된 공론은 사적 영역으로의 전유를 통해 근대적 개인을 창출하는 데에 기여한다.

2. 신문과 서적의 공적 의미와 역할

2-1. 신문을 통한 공공문제 인식과 실천

신문은 맥루언이 말하는 시각중심의 활자매체이다. 책과 비교해 신문매체는 인쇄매체의 마지막 형태이다. 신문은 인쇄매체 가운데 가장 빠른 속도로 정보를 전달하는 매체인 것은 사실이다. 그러나 사건 발생과 거의 동시적으로 정보를 전달할 수 있는 매체는 전파매체이다. 전파 매체에 비하면 지나치게 늦고 객관적이라는 부정적인 면이 있음에도 불구하고, 맥루언이 신문에 대해 긍정적인 태도를 갖는 것6)은 '공론장의 형성'과 관계있다.

문화연구에서 전유는 자기 혼자만 사용하기위해, 허가 없이 무언가를 차지하는 일을 가리킨다. 어떤 형태의 문화자본을 인수하여 그 문화자본의 원(元) 소유자에게 적대적으로 만드는 행동을 가리킨다. 그러나 전유가 전복적일 필요는 없다. 재전유(re-appropriation)라는 관련어는 문화연구에서 더욱 중요성이 있다. 재의미작용(re-signification)과 동의어로 쓰이는 재전유는 한 기호가 놓여 있는 맥락을 변경함으로써 그 기호를 다른 기호로 작용하게 하거나 혹은 다른 의미를 갖게 하는 행위를 수반한다. 이 책에서는 전유의 개념을 통해 매체가 등장인물에게 어떻게 사적으로 사용하게 되는가에 집중한다.

6) 마셜 맥루언, 앞의 책, pp.526-527.

근대 형성기의 신문들은 그 출발에서 자본이 아니라 국가에 의해 탄생되었으며, 따라서 민간 부르주아 계급이 아닌 국가의 관료가 신문을 담당했다.[7] 나라의 개화와 국민 계몽을 위해 신문의 필요성을 인식하게 되자, 1883년 근대적인 기구인 통리아문에 신문제작을 담당하는 박문국을 설치한다. 그리고 같은 해에 『한성순보』가 창간된다. 『한성순보』를 통해 각국의 문물제도와 국내 문제를 사실대로 널리 알려 문견과 지식을 넓히고 상업적 이익에도 도움을 주어 때와 형세에 따라 도리에 맞도록 이끌고자 하였다.

개항기에 등장한 신매체로서 근대적인 인쇄매체에 해당하는 신문의 출현은 매개된 공공영역을 창출하게 하였고, 공공적인 단체의 조직적인 사회운동 전개[8]를 가능하게 하였다. 이전까지는 대중의 참여가 비제도권 커뮤니케이션을 통해 실현되었으나, 『한성순보』를 시작으로 근대적 의미의 신문이 발간되자 제도권 매체를 통한 공론 형성이 가능하게 되었다. 신문에 의해 창출된 공공 영역을 통해 신문 독자들은 서로를 잘 모르면서도 상상의 공동체로서 민족을 느끼면서 애국계몽운동에 참여했다.

1896년 4월 7일 우리나라 최초의 민간신문인 『독립신문』이 창간되었다. 순수 국문으로 기술된 점과 나라의 운명을 걱정하는 내용의 '창가(唱歌)'가 많이 실린 점을 통해 『독립신문』의 성격을 짐작할 수 있다. 『독립신문』이 보급되자 당대 대중의 삶은 크게 바뀌었다. 대중들이 제대로 알 수 없었던 공적인 문제들을 알게 되었고, 그 문제

---

7) 황호덕, 앞의 글, p.138.
8) 김영희, 「개화기 인쇄매체의 등장과 사회 커뮤니케이션의 변화」, 『한국사회의 미디어 출현과 수용』, 커뮤니케이션북스, 2010, p.17.

점이 무엇인지 알게 되었다. 자신이 사는 촌락이나 지역사회에서 더 나아가 다른 나라의 사정까지도 간접적으로 알 수 있게 되었다.

『독립신문』은 대중들이 독립협회가 전개하는 사회운동의 목적을 이해할 수 있도록 독립협회의 국권회복운동을 적극 보도하였다. 독립협회는 나라의 주체가 대중임을 알게 하기 위하여 국기 게양, 애국가 부르기, 만세 제창 등을 대중에게 적극 권하였다. 독립협회는 공동 집회, 연설회, 토론회 같은 전통적인 공공 영역을 적극 활용하면서 전개되었으며, 이는 만민공동회와 같은 대규모 민중집회를 개최하는 것으로 확대되었다. 일반 대중들도 다수 참여하는 시민집회가 열릴 수 있었던 것은 『독립신문』에 의한 시민 층의 각성과 새로운 인식 형성이 중요한 요인으로 작용9)하였다.

1881년부터 1910년 사이에 발간된 신문은 중앙과 지방을 합하여 120여개였으며, 이들 신문은 주로 '서사적 논설' 형태의 글을 많이 실었다. 또 구독자의 흥미를 끌기 위해 연재 형식의 이야기를 실었는데, 대체로 무서명 또는 아호를 사용하였다. 『대한매일신보』에 실린 <소경과 앉은뱅이 문답>은 자신의 이름을 밝히지 않고, 현재 관리들의 부조리한 면을 비판하는 글을 투고10)한 경우이다. 대중은 신문을 통해 합법적으로 국가와 사회의 공공문제를 알게 되며, 정부의 실책이나 관리들의 무능과 부패가 공개적 비판의 대상이 될 수 있음을 알게 된다. 더 나아가 대중의 공동 의견인 여론을 조성할 수 있으

---

9) 권보드래, 『한국 근대소설의 기원』, 2000, p.205.

10) 『대한일보』·『대한매일신보』·『황성신문』·『제국신문』 등에 소설이 연재되었는데, 실제로 작자명을 밝히고 연재하기 시작한 것은 1906년 『만세보』에 게재한 뒤 <귀(鬼)의 성(聲)>부터라 할 수 있다. 이러한 시사토론소설의 작가는 거의 밝혀져 있지 않으나, 신문사에서 일하던 언론인들이 썼을 것으로 짐작한다.

며, 이러한 활동은 사적인 것이 아닌 공동체적인 것이고, 배타적인 것이 아닌 포괄적인 것[11]이어야 함을 알게 된다.

> 그와 같이 지금 이렇게 밝은 세상에 다른 나라 사람들은 눈을 크게 뜨고 세계 형편 보아 가며 내 나라 내 인종에 유익하고 좋은 업적 제가끔 하려는데, 슬프다, 우리 나라 사람들은 눈을 감고 잠을 자니 무엇을 아니 잃으며 무엇을 아니 빼앗길까. …… 통곡할 자 이것이요. 기타 광산이니 산림이니 어업이니 통신원이니 하는 전국에 큰 이익되는 것은 사분오열하여 조각조각 떼어 내어 외국인을 나누어 주고 철도지이니 군용지단이니 하여 소중한 나라 강토를 위협에도 빼앗기며 호의로도 주어 가며 (하략)
>
> (<소경과 앉은뱅이 문답>, p.26)

<소경과 앉은뱅이의 문답>은 문답체의 시사 토론문이다. 이 글은 개화라는 명목으로 경제 침략의 악영향을 풍자수법으로 고발한다. 표면적으로는 개화와 문명을 위해 무당과 판수를 금하면서, 실제로는 부국강병에 어긋나는 행동을 하며 사리사욕을 채우기 바쁜 관료들의 위선적 태도를 비판한다. 문명개화를 위해 등장인물의 직업을 금지하는 폭력적 현실에 대한 반감은 구체적인 생활 감정을 담은 소경과 앉은뱅이의 대화를 중심[12]으로 표출되었다.

1898년에는 새로운 민간신문들이 창간되었다. 4월 9일은 우리나라 최초의 일간신문인 순국문의 『매일신문』, 7월 1일은 『독립신문』이 격일간에서 일간으로 발행, 8월 8일은 순국문의 『제국신문』, 그

---

11) 김영희, 앞의 책, p.31.

12) 장석주, 『20세기 한국 문학의 탐험』1, 시공사, 2000, pp. 76-78, 80.
'시사 토론문'은 통감 정치 개입의 규제와 검열을 피하는 동시에, 독자의 흥미와 공감대를 이끌어내기 위해 딱딱한 논설 형식이 아닌 다른 형식의 글로, 신문·잡지·단행본을 통해 등장하였다.

리고 9월 5일은 국한문혼용의 『황성신문』이 창간되었다. 이 신문들 역시 독립협회 활동을 적극 보도하고 지원하였다. 이렇게 여러 신문이 발행되면서 신문의 역할과 영향력에 대한 사회적 인식이 대중들 사이에서도 형성되기 시작하였다.[13] 시골에 사는 이들도 신문의 영향력을 알고는 있으나, 신문 보급이 원활하지 못한 까닭에 한꺼번에 여러 장의 『독립신문』을 구입해 가는 이들도 있었다.

> 이 신문이 아직 시골은 못 갔으니 시골 사람들의 말은 못 들었으나, 서울에 유지각한 사람들이 모두 와서 사다 보고 칭찬을 하며 어떤 사람들은 자기 어머니 누이 아내 딸들주겠다고 다섯, 여섯 장씩 한번에 사가더라. 이것을 보면 조선사람들도 혹 자기 집에 있는 부인네들을 취하고 사랑하는 마음이 있는 것 같더라.
>
> (『독립신문』제1권 제3호, 1896.04.11.)

신문의 영향력을 인식하였기 때문에 신문을 자신의 어머니와 아내, 그리고 딸에게 읽힘으로써 조선의 여성들이 신문을 통해 지식과 정보를 가지게 되고, 새로운 인식과 가치관을 가질 수 있기를 희망했다. 신문을 구입하려는 대중이 늘어났음에도 불구하고 각 신문사들은 경영상 어려움을 겪는다. 신문사가 겪는 적자와 경영난의 원인은 구독료 납부가 제대로 이루어지지 않은 데에 있다.

> 신문 값을 달마다 선 셈하고 보는 것이 규칙이로되, …… 그 사람을 겸잔히 생각하고 으례 한달 치 본 후 돈을 보내려니 하고 한 것이라. 이 대접하는 것을 모르고 한달이 다 지나도 신문 값을 아니 보내는 사람이 있으니, 이런 사람에게는 신문을 정지하고 아니 보낼 터이니 아니 보낸

---

13) 김영희, 앞의 책, pp.26-29.

다고 일후에 시비를 하지 마시오.

독립신문사 회계국 서(『독립신문』제1권, 1896.10.17.)

　대중이 본격적으로 신문을 접하게 『독립신문』은 한 장의 신문이 200명의 독자를 가지게 될 만큼 신문에 대한 호응과 신뢰가 높았다. 그러나 1899년에 대부분의 신문이 폐간되고, 1900년 이후 우리 민족이 발행하는 신문인 『황성신문』과 『제국신문』 등의 두 신문만이 계속 발행되었다.

　　　여보게, 자네 말 지금 듣고 이왕 지낸 일 생각하니 작년 일이 옛일인 즉 금일이 명일에는 또한 옛날이라 할지로다. 정부대관은 하우불이(下愚不移)로 차치물론하고 우리나라 지방이 비록 적다하나 삼천리에 이천만 생명 중에 유지지인(有志之人)과 강개지사가 아주 없진 아니하여 외국도 유람한다, 무슨 사회도 창설한다 하는데 모두 발달이 못 되어 유명무실하는 중에 오직 황성·제국신문사가 경비가 부족하되 동대서취로 근근히 지탱하여 정계 독립과 국가 이해와 인심세태를 논란하여 인민의 지식을 개도한다 하였더니 그것도 국민의 복이 없어 황성신문사가 일조에 폐철이 되었은즉, 사람에게 비유컨대 두 눈과 같은지라. 눈둘이 있을 때도 남과 같이 못 하였거든 눈 하나를 빼고 보니 갑갑하고 애달픈 일 어떻다 말한손가.

<소경과 앉은뱅이 문답>, p.27)

　『황성신문』과『제국신문』이 모두 재정난으로 어려움을 겪으면서 휴간이 거듭되었고, 발행부수도 두 신문 합해 6000여부가 못되는 것을 생각한다면, 아직도 제한된 대중들만이 신문매체를 접할 수 있었다고 볼 수 있다. 그러나 1904년 러일전쟁이후 애국계몽운동이 활발히 전개되면서 신문 발행부수가 이전보다 상당히 증가되었다. 이는 대중의 매체 접촉의 기회가 확대되었음을 의미한다. 더욱이 신문을 여러 사람이 돌려보거나 장날에 읽어주기도 하였던 점, 그리고 신문 잡지종람소가 설립[14]되었다는 점은 신문 독서를 열망하는 대중들의 욕구를 짐작케 한다. 이는 개화계몽 사상가들에 의해 계몽활동의 한 수단으로 발행되어 교육적으로 대중에게 강력한 영향을 미치고 있었으므로 조선인들은 민족 언론의 보도 내용을 거의 절대적으로 신뢰하고 있었다.[15] 그럼에도 불구하고, 신문은 경영난에서 벗어나지 못한 채 휴간을 하기도 하였다. 적자와 경영난을 겪는『제국신문』을 돕기 위해『대한매일신보』에 힘을 모아 함께 돕기를 촉구하는 발기문을 보내는 구체적인 행동을 하기에 이른다. 이러한 새로운 의식과 구체적인 행동으로의 실천은 신문이 새로운 자아와 가치관을 형성하는 데 상당한 영향을 미쳤다[16]는 사실을 알게 한다.

신문을 매개로 형성된 공론장은 사회문제에 대한 비판의 장으로 역할 하였다. 그러나 신문사의 경제적 악화로 인해 운영이 힘들어지자 신문사를 살리기 위한 대중의 적극적 참여가 이루어진다. 그리고 이는 근대적 자각의 중심축에 있는 신문에 대한 열망에 기인한 것으로, 계몽을 통한 근대화에 대한 의지를 포기하지 않은 대중의 열망이 새로운 장을 형성하기에 이른다. 특히 신문지법으로 인해 신문사가 문을 닫게 되기에 이르자, 대중의 성금을 모아 보태는 등 제국주

---

14) 채백, 「개화기 한국신문의 간접적 구독방식에 관한 연구」, 『언론과 정보』 4권 0호. 부산 대학교 언론정보연구소, 1998 pp.229-256.
  서울을 비롯한 전국 여러 지역에 계몽운동의 일환으로 신문잡지종람소가 설립되어 일반 인들도 이용할 수 있게 하였다.
15) 김영희, 앞의 책, pp.34-35.
16) 김영희, 앞의 책, pp.38-39.

의의 언론탄압에 대한 저항으로 이어진다.

2-2. 서적의 사회적 위상과 근대 독자

식민지시기 학생층은 대중문화의 수혜자이자 주체로서 통속적이며 감각적인 독서 경향의 중심에 있었다. 그들은 대중적인 취향의 소설, 과학·모험소설, 그리고 일본 대중소설의 독자인 동시에 예비된 지식계급으로서 고급한 취향을 소지할 가능성을 가지고 있었다. 이들의 독서 성향을 통해 당대 교양의 구성과 대중문화의 유행 경향을 알 수 있다.

여학생들의 독서경향에 대한 기사에서 책을 읽게 된 동기를 동무의 권유, 또는 그저 읽고 싶어서가 가장 많았고, 그 외 오빠의 지시로, 저자의 사진, 책이름에 끌려서, 세상을 알기위해, 저자의 명성을 듣고, 잡지의 광고를 보고 등이 따랐다. 개인이 책을 선택하는데 작용하는 다양한 요인들이 거론된 것이다. 이는 마케팅이나 오빠의 지시·저자의 명성과 같은 권위에 의한 독서보다 많다는 것을 통해 여학생들의 자발적 독서경향을 짐작할 수 있다. 독서목록에는 투르게네프, 도스토예프스키, 셰익스피어 등의 명작이 주로 거론되고 있음을 통해 독서 경향이 저급이 아님을 보이고 있는 것으로 보는데, 이는 곧 "세계 명작이 고급한 책읽기로 인식"17)하고 있음을 의미 한다.

고전소설 및 국내 작가의 작품은 중·고등학생 시절에 영향을 끼쳤다. 그러나 고급한 취향을 가진 독자가 교양과 문학수업을 위해

---

17) 『동아일보』, 1931. 1월 26일.
　특히 톨스토이의 ≪부활≫과 같은 러시아소설이 광범위하게 읽혔다.

읽은 것은 모두 외국소설이다. 러시아 문학은 한국의 문학가들 뿐 아니라 대중들에게도 널리 수용된 외국문학으로, 식민지시기 전체와 20세기 후반에까지 널리 읽힌다.[18]

> 형식은 자기가 조선에 있어서는 가장 진보한 사상을 가진 선각자로 자신한다. 그래서 겸손한 듯한 그의 속에는 조선 사회에 대한 자랑과 교만이 있다. 그는 서양 철학도 보았고 서양 문학도 보았다. 그는 루소의 ≪참회록(懺悔錄)≫과 ≪에밀≫을 보았고, 셰익스피어의 ≪햄릿≫과 괴테의 ≪파우스트≫와 크로포트킨의 ≪면포(麵麭)의 약탈(掠奪)≫을 보았다. 그는 신간 잡지에 나는 정치론과 문학평론(文學評論)을 보았고 일본 잡지의 현상소설에 상도 한번 탔다. 그는 타고르의 이름을 알고 엘렌 케이 여사(女史)의 전기(傳記)를 보았다. 그러고 우주(宇宙)도 생각하여 보았고 인생(人生)도 생각하여 보았다. 자기에게는 자기의 인생관(人生觀)이 있고, 우주관(宇宙觀), 종교관(宗教觀), 예술관(藝術觀)이 있고 교육에 대하여서도 일가견(一家見)이 있는 줄로 자신한다.
>
> (≪무정≫, p.70)

형식이 읽은 책은 ≪참회록(懺悔錄)≫, ≪에밀≫은 철학서적이고, ≪햄릿≫, ≪파우스트≫, ≪면포(麵麭)의 약탈(掠奪)≫은 서사에 해당한다. 형식은 "전문으로는 생물학(生物學)을 연구"를 작정하고 있으나, "듣는 사람 중에는 생물학의 뜻을 아는 자가 없었다. 이렇게 말하는 형식도 무론 생물학이란 참뜻을 알지 못"하였다. 작가는 형식을 비롯한 여러 학생들이 "생물학이 무엇인지도 모르면서 새 문명을 건설하겠다고 자담"(p.125)하는 것에 대한 안타까움을 서술한다. 그렇다면 이들이 독서할 대상은 당연 생물학을 비롯한 자연과학 분야의 서적에 해당하는 것이어야 한다.

---

18) 천정환, 『근대의 책읽기』, 푸른역사, 2003, pp.351, 366, 376.

여성들의 독서 경향과 관련하여 서점 주인들은 "여성들은 취미 서적과 잡지 외에는 거의 독서를 하지 않는다"면서 여학생들의 독서량과 질이 저급함을 비꼬았다. "전에는 연애소설이나 신소설, 유행 창가집만 찾더니, 요즘에는 시집이나 소설집 등 문예서적도 많이 찾는 편"이라며, 1920년대 베스트셀러였던 <사랑의 불꽃>이나 <금자탑>은 완전히 몰락했다는 진단을 내놓기도 했다.[19]

　　당대 여학생의 독서경향에 대한 비판은 1930년대 초 사회 명사들이 여름방학을 맞아 여학생들에게 권장한 추천 도서를 확인함으로써 이해할 수 있다. 당대 고급 독서란 "이윤행의 ≪문예독본≫과 주시경 선생의 유고집, 조선의 역사, ≪돈키호테≫, 정탐소설, ≪부인문제 10강≫, 톨스토이의 ≪부활≫, ≪아자(我者)의 성교육≫, ≪세계명부전(世界名婦傳)≫, ≪돈의 경제학≫"[20]에 해당한다. 외국저서에 주로 의지한 독서 수준의 평가는 ≪젊은 베르테르의 슬픔-괴테≫, ≪에일윈-왓츠 던톤≫, ≪아이반호-스코트≫를 읽고는 조선의 문단을 개척할 선구자가 될 수 있음을 확신한 <김연실전>의 연실을 떠올리게 한다.

　　　"예술?"
　　　듣던 바 처음이었다.
　　　"네, 예술. 예술 가운데는 음악, 미술, 문학 등이 있는데, 문학에는 또 시며 희곡이며 소설이 있어요. 다른 학문들은 모두 실제, 실용상 쓸데 있는 것이지만 예술이란 것은 사람의 혼과 직접 교섭이 있는 존귀한 학문이에요." ……
　　　"긴상, 조선에 문학이 있어요?" ……

---

19) 김미지, 앞의 책, pp.43-44.
20) 김미지, 위의 책, p.44. (「방학과 여학생」, 『신여성』, 1933.7)인용.

"긴상, 조선의 장래 여류문학가가 되세요. 나는 일본 여류문학가가 될 게. 이 우리 학교는, 하세가와 시구레라는 여류문학가를 낳아서 문학과 인연 깊은 학교예요. 여기서 또 나하고 긴상하고 다 일본과 조선의 여류문학가가 됩시다."

연실이는 여류문학가가 무엇인지 문학이 무엇인지는 전혀 모르는 숫보기였다. 단 두 권의 소설을 읽어 보았을 뿐이었다.

(<김연실전>, p.266)

연실은 문학서적 두 권의 독서를 통해 조선의 여류문학가가 되겠다는 포부를 갖는다. 당대 조선의 독서란 일본을 통해 들어온 외국서적에 의지함으로써 질 높은 독서로 칭송하던 상황이었던 만큼, 이러한 설익은 독자가 과분한 포부를 가지는 것이 그리 억지스러운 것은 아니다. 이는 ≪무정≫의 형식을 통해서도 확인할 수 있다.

가만히 눈을 감고 앉았노라면 전에 보던 시와 소설의 기억이 그때 처음 볼 때와 다른 맛을 가지고 마음속에 떠나온다. 모든 것에 강한 색채가 있고 강한 향기가 있고 깊은 뜻이 있다. …… 그리하고 책장에 늘어세운 양장책들을 보았다. 자기는 다 알고 읽었거니 하였던 것이 기실을 알지 못하고 읽은 것임을 깨달았다.

(≪무정≫, p.25)

책장에 끼인 백여 권 양장책은 플라톤 전집 또는 '시와 소설'에 해당하는 것들이다. 형식은 "조선 사람의 살아날 유일의 길은 …… 우리나라에 크게 공부하는 사람이 많이 생겨야 한다 하였다. …… 이런 줄을 자각한 자기의 책임은 아무쪼록 책을 많이 공부하여 완전히 세계의 문명을 이해하고 이를 조선 사람에게 선전함에 있다"(p.25)고 생각해 왔으나, 그가 소유한 책은 외국의 문학서적에 불과하다.

그럼에도 불구하고, 문학 독서는 당대 전문적 학식을 전제로 한 것
으로 이해했다. "책장에 금자 박힌 책이 붇는 것을 유일의 재미로
여겼었다. 남들이 기생집에 가는 동안에, 술을 먹고 바둑을 두는 동
안에, 그는 새로 사온 책을 읽기로 유일한 벗을 삼았다. 그래서 그는
붕배 간에도 독서가라는 칭찬을 듣고 학생들이 그를 존경하는 또한
이유는 그의 책장에 자기네가 알지 못하는 영문, 덕문의 금자 박힌
책이 있음"(p.24)이다.

1910년대 이후 식민지시기에 문학은 독립된 과목도 아니었으며,
특히 조선어문학은 가르칠 대상으로 인정받지 못하였다. 따라서 공
교육이 수행한 역할은 미미했다고 볼 수 있다. 그러나 공교육 영역
바깥에서 문장 작법과 문학 독본은 폭발적으로 출간되었고, 거기에
는 조선어문학이 넘쳤다. 일반적인 문학적 교양은 학교 바깥에서 조
선인 작가의 책을 통해 쌓고, 전문적인 문학적 교양은 서양문학과 일
본문학을 통해 길렀다. 문학교육은 전문학교 이상의 최고 교육과정에
서 이루어지고 있었다는 것은 일반적 소설 독자층과 고급 취향의 향
수자 사이에 매우 큰 의식의 격차가 형성되었음을 알 수 있다.[21]

문학의 창작을 통한 사회참여 의지 역시 당대 독자들 사이에서 간
과할 수 없는 점이다.

> 수택은 동경서부터 소설을 써왔다. …… 그 자신 자기의 특징이 어디
> 있는지를 모르는 작가였다. 소설가로서 차차 알려질 임시해서- 아니 그
> 덕택이었겠지마는-그는 취직을 했다. 그것이 그의 작가 생활의 마지막
> 이었다. 저널리즘이란 문학의 매개체를 통해서 그 갓난애 숨길만한 잔명
> 을 유지해왔다. 일 년을 별러서 시작한 것이 <소설 못쓰는 소설가>라는

---

21) 천정환, 앞의 책, pp.372-374.

단편이었다. …… 그러나 이 소설도 끝끝내 소설이 못되고 말았다. ……
수택은 또 한 가지 위대한 발견을 했다. 그것은 적어도 자기는 신문기자
가 아니라는 것이다. 과거나 현재 아닐 뿐만 아니라 영원히 신문기자로
서 성공하기 어렵다는 사실을 발견했던 것이다. 아니 신문기자로서의 성
공이 곧 문학적으로 그를 파멸시키는 것이라는 것을 그제서야 발견했던
것이었다. 그것은 희극- 아니 비극이었다.

(<제1막 제1과>, pp.151-153)

　　수택은 "신문기자로서의 성공이 곧 문학적으로 그를 파멸시키는
것"이라는 "위대한 발견"(p.153)을 하게 된다. 그의 창작에 대한 무
서운 정열은 신문기자라는 직업을 버리고 낙향하여 창작에 몰두하
는 것을 결정하기에 이른다. 수택의 부처가 '신곡(新穀)'이 나기를 고
대하는 것과 마찬가지로, 수택은 부쩍 늘어난 창작욕으로 "오래 전
부터 그의 머릿속에서 맥매대기를 치던 어떤 역사소설의 상"을 가듬
을 즈음, 그의 작품만큼 "야무지게 여문 벼알이며 배추 한 포기"에
"깨알처럼 씌어진 원고지의 글자를 보는 때의 그 애정, 그 감격과도
같은 것"(p.162)을 느낀다.

　　　수택은 무서운 정열로 자기의 농작물을 사랑했다. 그것은 자기의 작
　　품을 사랑하던 그 정열이었다. 문득 꺼추해진 벼폭을 발견하고는 인쇄된
　　자기 작품에서 전부 뒤바뀐 구절을 발견할 때와 꼭 같이 놀랐다.

(<제1막 제1과>, p.163)

　　수택의 문학에 대한 열정과 '신곡(新穀)'에 대한 사랑이 동일하게
봄으로써 "아무런 조력이나 격려도 없이 문학을 키워 나가는 사업에
종사하려면, 문학에 대한 높은 우월감과 남모르는 즐거움과 긍지감
과 사명감과 자부심"(<등불>, p.45)이 필수적임을 강조한다. 수택이

기자로서의 생활을 청산하고 문학창작에 대한 정열을 실현하려한 것처럼, 독자라는 위치에 만족하지 않고 작가라는 공적 지위를 지향한 것이라 하겠다.

> 고무공장 직공들은
> 「이제 아직두 십분 있어요.」
> 하고 대답한다. 그리고는 『신여성』을 본다.
> 「아니, 형님은 <추월색>이 그리 재미나우?」
> 원찬이는 담배를 부쳐서 입에다 물며 일롱이에게 물었다.
> 「이 사람, 소설이 안재미나구 뭐이 재미나겠나.」
> 「그게 무슨 소설이야. 껄렁한 거」
> 갑손이의 말에 일공이의 입맛은 덜 좋은 모양이다.
> 「아니 이 놈. <추월색>이 소설이 아니고 뭐가 소설이냐? 껄렁이라니? 이건 너무나 ≪장화홍련전≫이라든가 ≪숙영랑자전≫과두 달라서 신식소설이라네. 능라도의 미인이라든가 농 속의 새라든지 이게 다 신식소설이지.」
>
> (<문예구락부>, p.94)

고무공장 직공들과 여러 명이 모여 이룬 것이 소위 문예 구락부이다. 원찬이와 갑손이는 연전(煙傳) 하이카라라로 불리는 현옥이가 읽고 있는 『신여성(新女性)』』에 대해 거론하는 바가 없는 데에 반해, <추월색>을 소설이 아닌 껄렁한 것으로 간주한다. 『신여성』은 1923년 9월 1일자로 창간된 여성잡지인데, 개벽사에서 이미 내고 있던 『부인』을 종간하고 그 후신으로 낸 것이다. 『부인』이 주로 가정주부를 대상으로 했다면 『신여성』은 그야말로 새로운 시대를 호흡하는 젊은 여성을 독자로 삼았다고 하겠다.[22]

---

22) 최덕교 편저, 『한국잡지백년』1, 현암사, 2004

서울아씨는 추월색 한 권을 무려 천독(千讀)은 했습니다. …… 그뿐만
아니라, 서울아씨는 책 없이, 눈 따악 감고 누워서도 추월색 한 권을 처
음부터 끝까지 따르르 내리 외울 수가 있습니다. …… 서울아씨는 추월색
이라는 이야기책 그것 한 권을 죄다 외우는만큼 술술 읽기가 수나롭다는
것 이외에는 달리 취하는 점이 없습니다. 그는 무시로 마음이 싱숭생숭
할라치면 얼른 추월색을 들고 눕습니다. …… 그러므로 노래가 아무것이
라도 제게 익은 것이면 익을수록 좋듯이, 서울아씨의 추월색도 횅하니
외우게시리 눈과 입에 익어, 서슴지 않고 내려 읽을 수가 있으니까, 그래
좋다는 것입니다. 결단코 추월색이라는 이야기책의 이야기 내용에 탐탁
하는 게 아닙니다.

(≪태평천하≫, p.187)

　최찬식의 <추월색>은 개화기 애정소설의 본보기라고 할 수 있다.
1900년대 초기, 개화된 젊은이들의 애정을 우리나라를 비롯하여 일
본·만주·영국까지 확대된 무대 안에 전개시킨 전형적인 애정 신
소설로, 신소설 작품 중에서도 가장 많이 판을 거듭한 작품의 하나
이다. 오랫동안 많은 독자에 의하여 애독23)된 소설이긴 하나, 당시
연애소설이나 시집, 잡지 등을 제대로 된 '독서행위'에 포함시키지
않았기에 저급한 독서행위로 인식될 뿐이었다. 고급문화의 향유를
독서모임을 통해 누리려는 열망으로 모인 <문예구락부> 회원들은
결코 <추월색>과 같은 연애소설에 반응하지 않는 데에 반해, 당대
여성의 삶에 근대적 진취성을 부여하는 『신여성』의 탐독은 '연전(煙
傳) 하이카라'로 상징되는 고급독자에 의해 진행된다.

(http://terms.naver.com/entry.nhn?docId=2170168&cid=42192&categoryId=51064,
2014.11.24.).
23) <추월색>, 한국민족문화대백과사전.
(http://terms.naver.com/entry.nhn?docId=529623&cid=46645&categoryId=46645,
2014.11.24.).

≪태평천하≫의 서술자는 아씨의 <추월색> 탐독이 결코 "이야기책의 이야기 내용에 탐탁하는 게 아니라는 사실을 재차 강조"한다. 이는 당대 여학생들이 연애소설 따위만 읽을 뿐 명작을 읽지 않는다는 비판[24]을 받은 것과 무관치 않다. 고급 독자층의 문학향유는 ≪태평천하≫와 같은 명작에 해당하므로, <추월색>에 대한 적극적 향유를 부정적으로 형상화하고 있음을 보여주는 것임을 알 수 있다.

다양한 형태의 서적의 보급은 문고판을 생산케 하였고, 이는 교육받은 또는 교육받을 소수의 독자층이 높은 발행부수로 판매되는 문고시리즈를 통해 고급문학에 접근할 수 있게 된다. 이제 더 이상 소설을 비롯한 철학적 저작과 문학작품, 예술작품과 같은 문화적 재화는 공공성의 과시를 위한 구성요소가 되지 못했다. '공공성의 아우라 상실'은 진정한 독서가 아닌 상품으로서 작품을 세속화시키는데 기여한다.[25] 그러나 식민지시기 조선의 경우 고급 문화 형성에 기여하는 서적의 구입이 항상 쉽지만은 않았기에, 문학 서류의 장서(藏書)가 곧 소유자의 문학적 교양을 가늠하는 기준이 될 수 있었다. 문학의 사적 소유를 통한 과시적 공공성의 획득이 서적에 대한 목적으로 전유되기도 하였다.

　　"문학청년이었"던 "나는 멱살을 잡히듯이 끌리어 의전에 시험을 첬"던 것이 "다행히 패스가 되었"기에 "나와 문학과는 인연이 멀어졌지마는 문학을 그리우는 정은 사라질 줄 몰랐다." "장정이나 새뜻한 문학서류가

---

24) 김미지, 앞의 책, p.43.
　　"소설을 보더라도 소위 연애소설 따위 그것도 극히 안가한(安價, 값싼) 국지관 등 소설 몇 권을 읽는 데 불과하고 명작을 심독하는 경우를 찾아볼 수 없다"(이헌구, 「현대여학생과 독서」, 『신여성』, 1933.10)
25) 위르겐 하버마스, 한승완 역, 『공론장의 구조변동』, 나남, 2013, pp.122, 313.

눈에 뜨이면 자기도 모르게 그것을 샀다. 말하자면 내가 문학서류를 사는 것은 읽기 위해서가 아니라 장서하기 위해서였다. …… 내게도 책이 있다. 언제든지 여유만 생기면 나도 너희들만한 지위를 얻을 수 있다. 이러한 자위(自慰) 행동에서 생긴 것이었다."

(<용자소전>, pp.213-214)

17세기의 궁정귀족 후원자에 기초한 문학생산에 상응했던 것은 진정 관심 있는 공중의 독서라기보다는 오히려 일종의 '과시적 소비'였다. 과시적 공공성은 책을 구입을 통해 드러난다. '도스토예프스키 전집을 한 질'을 구입하는 것은 사회적 과시 기능에 관한 욕망을 충족시킨다.

시장법칙이 작품의 실체에 침투해 들어와 작품의 형성법칙으로 내재하게 될 경우, 상대적으로 낮은 교육수준의 소비자 집단의 휴식과 오락의 수요에 순응함으로써 판매 확대를 달성한 것일 뿐이다. 18세기 말 교양신분의 공중이 자영업을 하는 소부르주아 계층에로 확대되었다. 이른바 하류계층에게 교양을 전하려 한 것이다. 소매상과 수공업자도 백과전서를 소유한 사람이 교양인이라고 생각한다. 교양신분의 공중은 자영업을 하는 소부르주아 계층에로 확대되었다. 이른바 하류계층에게 교양을 전하려 한 것이다. 이른바 '민중'이 문화로 교육되었지, 문화 자체가 대중문화로 하락한 것은 아니다.[26]

<김탄실과 그의 아들>의 김탄실과 <김연실전>의 김연실은 초기 신여성들에 대한 평가처럼 여성주의와 자유연애에 대한 것에 초점이 놓여있다. 초기 신여성의 선민의식이나 문학과 연애에 대한 관념은 모두 절대적으로 독서경험을 통해 얻어진 것으로 전유(appropriation)

---

26) 위르겐 하버마스, 앞의 책, pp.126, 307-313.

과정을 통해 자신의 자아 형성과 가치관 변화27)를 갖게 된 것과 무관치 않다. 즉, 김연실의 패덕의 출발점이 설익은 독서경험을 통해 갖게 된 "문학과 예술이란 자체로 가치를 지닌 연애의 수단이었으며 연애가 곧 문학"28)이라는 인식에 있다.

> 우선 자부심이 생겼다. 조선 여성계의 선각자라 하는 자부심이었다. 선각자가 될 목표도 섰다. 여류문학가가 되이 우매한 조선 여성을 깨쳐 주리라 하였다. 문학의 정의(定義)도 인젠 짐작이 갔노라 하였다. 문학이란 연애와 불가분의 것이었다. 연애를 재미나고 자릿자릿하게 적은 것이 소설이고 연애를 찬송하여 짧게 쓴 글이 시라 하였다.
>
> (<김연실전>, p.267)

신여성의 독서 범주는 일본을 통해 접한 외국문학에 해당한다. 그들의 독서는 '설익은 독서'라는 비유가 적절할 것이다. 편향적 독서를 통해 알게 된 단편적 인식을 자신의 삶의 목표이자 조선을 위해 완수해야 할 숙명으로 이해할 뿐만 아니라, 선각자로서의 길을 걷기 위한 행동적 실천을 수행하기 때문이다.

> 학교에는 결석하는 날이 많고, 집에 들어앉아서 미술하는 큰오빠가 보던 일문 소설책만 읽고 있었다. …… 문학을 지망하여 동경으로 간다던 숙원을 이루려고 한 것이다.
> "영순은 자기의 눈이 뜬 사람이다. 지혜의 열매를 맛보고 미의 세계를

---

27) 김영희, 앞의 책, p.33.
　　근대적인 인쇄매체에 접촉한 사람들은 미디어에 의해 매개된 정보와 경험을 자신들이 놓여 있는 현실 속에서 이미 지니고 있는 가치관에 따라 이해하고 수용한다.

28) 천정환, 위의 책, pp.352-353.
　　염상섭의 <너희들은 무엇을 어덧느냐>와 김동인의 <김연실전>은 초기 신여성을 대표하는 김일엽과 김명순을 실제 모델로 삼아 이들을 반여성적 시각에서 냉소적으로 그려내어 악명이 높다. (천정환, 앞의 책, p.352.)

동경하고 있다."고 하는 것은 그때 일본인 영어교사의 평이다.

(<김탄실과 그 아들>, pp.405-406)

　Y는 문예에 대한 이해가 부족하여, 소설 특히 연애소설을 쓰는 자를 타락자의 오입하는 일로 평가하던 시절에 『문예』라는 잡지를 영순과 함께 시작한 바 있다. "민족의 운명을 통탄하고 자유와 독립을 은어(隱語)와 비사(譬詞)로 노래를 짓는 사람을 문학가"이자 사상가로 이해했으며, 소설가 따위는 "뜻있고 생각 있는 사람은 못 할 것으로 치고, 배척을 받는 형편"(p.403)이었다. 영순은 "여자로 글 쓰는 사람이라곤 새벽 하늘에 별처럼 드물었"(p.404)던 때에 문학하는 여성이었다. "남보다 먼저 개성의 눈이 떠서 용감하게도 금제의 열매를 따먹기는 했으나, 험악한 사회의 거센 물결을 이길 길이 없어서 파선의 역경을 당한 결과 백발"(p.409)이 되어 말년의 몰락을 겪고 있는 영순은 당대 '제1기생 여류문인'을 비롯한 신여성들의 행동과 결과이기도 했다. 탄실 김명순(彈實金明淳) 무엇보다 당대를 너무 앞서간 '희생화(犧牲花)'였다.[29]

　<김연실전>에서 거의 사실적으로 생애를 그린 김동인으로부터 '남편 많은 처녀' 혹은 '과부 처녀'란 희롱을 당하는 김탄실은 문학적 업적보다 자부심 강한 신여성이 피하기 힘들었던 불행한 남성과의 스캔들 때문에 거친 생활 속으로 점점 전락하고, 따돌림을 받아 조선 문단에서 비참히 탈락했다. 이들의 비극적인 파탄은 결코 개인적인 약점 탓만으로 돌릴 수 없었던 것이 사실이다.

---

29) 김병익, 『한국 문단사 1908-1970』, 문학과지성사, 2001, p.84.

'인생의 연애는 예술이요, 남녀간의 예술은 연애니라.'
　　스스로 창작한 이 금언(金言)을 수신책 첫 페이지에 조선글로 커다랗게 써두었다.
　　이런 심경 아래서 문학의 길을 닦기에 여념이 없는 동안, 연실이는 문학과 함께 연애를 사모하는 마음이 나날이 높아 갔다.

(<김연실전>, p.267)

　　"독서 내용에서 인생의 방향에 대한 모범상이나 이상적인 모사물과 자기를 동일시하려"[30]하려는 경향을 갖게 된다. "여류문학자가 되어서 선구자가 되기 위해서는 절대로 연애의 필요를 느끼는 연실이는 이 좀체 도착되지 않는 기회 때문에 초조"(p.269)히 생각하였던 연실이다. "선각자로서 당연히 연애를 알고 또한 실행하여야 할 의무감을 가진 연실이는 자기가 현재 이창수와 연애를 하면서도 일찍이 책에서 읽은 바와 상위되는 점을 늘 미흡히 생각하고 혹은 실제와 소설에는 차이가 있는가 의심"하기까지 하였다. 이렇듯 "문학가가 되고 선각자가 되기에 아직 일말의 부족감을 느끼고 있던" 연실은 "자유연애까지 획득하여 놓으니 인제는 티없는 구슬"(p.271)이 되었다는 확신을 갖게 되자, "연실이는 자기를 완전히 한 명작소설의 주인공으로 여기었다."(p.272) 연실 스스로, "어디를 내어놓을지라도, 선진국 서양에 갖다 놓을지라도 축박힐 데가 없는 완전무결한 신여성이요 선각자"(p.271)임을 확신하는 것이다. 연실이는 자신이 "진정한 연애를 하는 사람으로 믿었다. 그리고 인제는 온갖 점이 다 구비된 완전한 조선 여성계의 선구자라 하는 신념을 더욱 굳"(pp.279-280)게 가지게 된 것이다.

---

30) 이정춘, 『출판사회학』, 타래, 1992, p.344.

'김연실'이 "인생의 연애는 예술이요, 남녀 간의 예술은 연애"라고 신념하듯, 봉건 제도의 압제 밑에 누백년을 시달려온 여성의 해방은 춘원의 주장처럼 자유 연애였고, 그것의 현실적 표현인 성(性)의 자유로 발전하는 것은 당연한 논리적 귀결이었다. 그들이 불행해야 했던 것은, 당시의 풍속과 사고가 그녀들의 이상에 미치지 못했을 뿐 아니라 오히려 악용된 데서 온 것이며, 이 이상과 현실 간의 거리에서 방황한 그녀들은 결국 그 시대의 제물이 되지 않을 수 없었다.[31]

서적은 하나의 견해를 제공하는 사적 고백의 형태이다. 서적은 공공의 의견이 모자이크도 아니고, 사회 집단의 이미지도 아니다. 그것은 사적인 소리[32]이다. <용자소전>의 용자는 오빠가 사둔 문학서적을 탐독한다. 이때 용자의 독서는 독서토론회와 같은 공적 영역에 기대지 않고, 개인적이고 고립적인 독서로 이어진다.

> <말을 해서는 안된다>는 경구(驚句)가 책속에 씌여 있기나 한 것처럼 초록빛 부사견을 늘인 책장에서 책을 나르기 시작한 후로의 용자는 말이 적어졌다. …… 나의 책꽂이에서 하이네니 바이런이니 하는 시집이 없어지는 것을 보고 이상히 여겼는데 그것이 용자가 빼가는 것인 줄을 알고서야 나는 용자가 문학에 취미를 갖고 있다는 것을 알았다.
>
> (<용자소전>, p.213)

용자가 탐독한 문학이란 사상가의 철학 서적이 아닌 시집류에 해당한다. 그럼에도 불구하고 "오빠도 생활을 좀 고치실 필요가 있지 않은가해요. 서슴는 기도 없이 이렇게 말"(p.221)한다. "생활 태도란

---

31) 김병익, 앞의 책, pp.80-84.
32) 마셜 맥루언, 앞의 책, pp.293-303.

그 인격과 사상의 반영인 것이다. 부르즈와 그대로의 머리를 갖고 있는 내게 다른 생활이 있을 리가 만무한 것"(p.230)으로 생활의 수정을 요구한다는 것은 사상의 수정을 요구하는 것이다. 오빠가 사둔 시집류의 문학서적을 단지 몇 달 동안 탐독한 용자에게 독서가 어떤 양상으로 전유되었는가를 확인할 수는 없다. 그러나 독서를 함으로써 용자가 달라졌다는 것은 오빠뿐만 아니라 집안 식구도 이미 알고 있다. 용자의 낯 설은 언행에 대한 비난은 문학 서적을 구입한 '나'에게로 향한다. 그러던 중, 경찰의 호출로 경찰서에 용자를 찾으러 가는 사건이 발생한다. '나'는 B와 이루지 못한 사랑 때문에 용자가 저렇게 변하였으리라 짐작하고 그에 대한 애정의 깊이를 용자에게 묻는다.

> "아녀요, 오빠. B를 떼어버린 지가 언제라구요! 난 B를 따라가려다가 그만에 지나쳐버렸지요. 글 쓴다는 자들은 결국 고짓 밖에 못하겠더군요. 원고지에다가는 엉뚱한 패기를 보이지만…… 딱 큰일을 당하면 자라 모가지처럼 패기가 쑥 들어가나봐……"
> 나는 하도 어이가 없어서 아무 말도 못하고 우두커니 서서만 있었다.
> (<용자소전>, pp.231-232)

용자가 접한 외국문학 작가에 대한 환상을 B를 통해 보려하였으나, 용자가 상상한 작가의 모습을 B를 통해 확인한다는 것은 처음부터 불가능한 시도이다. 독서를 통해 용자가 갖게 된 새로운 관념을 통해 오빠의 부르주아적 삶에 반대하게 하고, B를 통해 조선의 훌륭한 작가를 확인하려는 시도를 하게 된다. 독서환각이나 작품과 현실을 혼동하는 것은 관념적 지식인층이 독서환각현상은 책 읽기의 사회적 양상에 따라 편차[33]를 나타낼 수 있는 것으로, 문학 독서가 용자에게 전유된 양상 역시 편차를 나타낼 수 있다. 용자는 앞서 논의한 영순이나 탄실과 같은 선각자로서의 사명을 갖게 되는 문학적 전유가 아닌, 고립된 독서로 인해 형성된 독서환각으로 문학을 전유한다.

≪무정≫의 형식과 <김연실전>의 연실은 서적의 사회적 위상을 이해하고 있으나, 그들의 독서는 선각자의 자질을 위한 것과 거리가 먼 종류를 중심으로 한 편협한 독서에 불과하다.<제1막 제1과>의 수택과 <문예구락부>의 구성원은 평범한 독자에서 작가로 거듭나고자 하는 공공성의 아우라에 빠진다. <김탄실과 그 아들>의 탄실, <김연실전>의 연실, 그리고 <용자소전>의 용자의 독서경험은 각각 다른 양상의 독서환각을 유도하는 사적 전유를 겪는다.

3. 신문 · 서적의 사적 영역과 수용 양상

3-1. 신문 보급의 확산과 사적 전유

근대적인 인쇄매체의 출현 이후 자아형성에 활용하는 정보와 지식으로 인쇄매체가 매일 제공하는 이용들이 점차 중요한 역할을 하게 되었다. 그러나 당시 신문, 잡지, 서적 등 인쇄매체의 보급상황은 매우 제한적인 것이었으나, 특히 신문의 한 부당 독자는 그보다 훨씬 많았고, 신문에 대한 사회적 신뢰는 거의 절대적이었던 이 시기

---

33) 천정환, 앞의 책, p.353.

의 특수성을 고려한다면 개화기 커뮤니케이션 변화에서의 인쇄 매체의 영향력은 막대한 것이다. 인쇄매체의 등장과 보급은 커뮤니케이션 체계의 변화 나아가 사회 변동을 이끄는 대단히 중요한 요인이다. 그리고 근대적인 인쇄매체에 접촉한 사람들은 미디어에 의해 매개된 정보와 경험을 자신들이 놓여있는 현실 속에서 이미 지니고 있는 가치관에 따라 이해하고 수용한다. 미디어 내용을 자기 것으로 만드는 전유(appropriation)과정을 통해 자신의 자아 형성과 가치관 변화를 가져오게 된다.34) 이 당시 여성의 재가 허용에 대한 새로운 이해가 신문매체를 통해 제안된 바 있다.

> 아내가 죽으면 후취하는 것은 저희들이 옳은 법으로 작정하였고, 서방이 죽으면 개가하여 가는 것은 천히 여기니 그것은 무슨 의런지 모를내라. 가난한 여편네가 소년에 과부가 되면 개가하여도 무방하고, 사나이가 소년에 상처하면 후취하는 것이 마땅하니라, 조선부인네들도 차차학문이 놓아지고 지식이 열려지면 부인의 권리가 사나이 권리와 같은 줄을 알고 무리한 사나이들을 제어하는 방법을 알리라. 그러기에 우리 부인네들께 권하노니, 아무쪼록 학문을 높이 배워 사나이들보다 행실도 더 놓고 지식도 더 넓혀 부인의 권리를 찾고 어리석고 무리한 사나이들을 교육하기를 바라노라.
>
> (『독립신문』제1권 제84호, 1896.10.17)

이해조의 <홍도화(상)>에서 태희라는 여성은 학교 교육을 받았음에도 불구하고 부모의 강권에 시골 어느 홍생원 집안에 시집을 가게 된다. 비록 시집살이와 병든 남편 수발이 힘들지라도 "아무쪼록 병든 남편이 회생하여 나서 차차 지각이 들거든 좋은 사상을 인도하여

---

34) 김영희, 앞의 책, pp.33, 41.

사회에 사람 행세를 시켜보겠다"(p.126)는 생각으로 견뎌 나간다. 그러나 시대의 핍박이 날로 심해짐과 함께 남편마저 죽게 되자, 태희는 고된 현실에서 벗어나기 위하여 죽음을 선택한다. 태희는 의복이나마 단정히 하고 죽으리라는 생각에 지난 날 친정어머니로부터 받은 버선을 꺼내든다.

> 겉보를 끄르고 속에 싼 종이를 펴다가 버선은 간다 보아라 하고 그 종이만 들고 잠심하여 보니 그 종이는 곧 『제국신문』 제이천오백사십육호라. 논설 문제에 '여자의 개가를 할 일'이라, 이호 활자로 대서특서한 것을 보고 마음에 괴이쩍게 여겨 그렇게 자세히 보는 것이리라.
>
> (<홍도화(상)>, p.137)

태희는 신문에 실린 사설을 통해 "이 세상에 몇 만 명 내 신세와 같은 사람의 본보기가 되어 일체로 원통한 세월을 면하고, 화락한 천지를 만나게 되면 그 영원무궁한 사업이 어찌 구구한 작은 생각으로 천금 같은 생명을 버"(p.140)리는 것보다 훨씬 의미 있는 것임을 깨닫는다. 태희는 여성이라는 성적 정체성에서 벗어나 주체적 개인으로 살아갈 것을 결심한다.

태희의 근대적 자각은 『제국신문』의 논설 한 편을 통해 이루어진 것임은 의심할 여지가 없다. 이때 태희가 신문사의 사설에 대한 어떠한 평가도 가하지 않은 채 인쇄된 글자 그대로를 수용하고 있는 것은 간과해선 안 될 점이다. 신문 사설을 읽기 이전부터 태희의 내면에는 재가의 가능성이 내재하고 있었다. 맏동서 역시 태희의 재가를 염두에 두고 있으므로 "가려면 종용히나 가지, 불한당떼 같은 놈들을 불러"(p.131) 들이냐는 나무람을 스스럼없이 하는 것이다. 그러나 태희는 모든 상황을 원통한 누명으로 인식함으로써 재가에 대한 내면의 갈등을 배제시키려 한다. 그리고 "뽀얀 물 한 술 아니 먹고 굶어죽기로 작정"(p.136)을 한다. 그러나 "이 신문을 보고 생각해 본즉"(p.140) 재가란 지금의 태희를 구제하고, 학교 교육을 받은 여성으로서 개화 문명을 실현할 새로운 방책에 해당하는 것이다. 이러한 태희의 내면을 전제하지 않은 채, 신문 사설 한 편을 통해 급작스럽게 진행된 근대적 자각을 설명하는 데에는 무리가 있다. 그럼에도 불구하고, 태희의 자각이 신문매체를 통해 이루어진 것에는 중요한 의미가 있다.

> "내가 아이 때에 들으니까 이 신문은 우리나라에 제일 유공한 신문인데, 언론이 정당하고 비평이 공변되어 하늘로 미리 둔 우리나라 사람 쳐놓고는 불가불 사볼 신문이라더니, 지금 이 논설만 보아도 참말 아니 볼 수 없는 신문이지. 아마 우리 어머니께서 이 신문을 보시고 차마 자식더러 개가를 가라고는 못하시고 이것이나 보고 제가 절로 깨달으라고 일부러 버선을 싸서 보내신 것을 이 맹추가 인제야 자세히 보았나보다."
>
> (<홍도화(상)>, p.140)

신문은 매일 규칙적으로 정보를 갱신(更新)하고 의견을 교환하는 새로운 관습을 만들어 낸다.[35] 신문을 읽음으로써 이목이 트이는 것은 이전 사회에서는 경험하지 못했던 새로운 정보와 지식에 자극을 받음으로써 가능하게 된다. "부인의 학문도 신문 한 장은 무난히 보는 터"(<추월색>, p.13)였기 때문에 교육의 기회가 거의 없는 당시 대부분의 여성들에게 새로운 세계를 알려주는 좋은 매개체였다. 청

---

35) 권보드래, 앞의 책, p.205.

소년, 농부, 여성, 지식인 등 다양한 사회계층의 남녀 독자들이 적극적으로 신문을 접촉하면서 그 영향을 받았다. 개항기의 신문이 독자들에게 스승처럼, 성현들의 책처럼 간주된 것이다. 이런 점에서 근대 인쇄매체는 대중들의 자아형성과정에 근본적인 변화를 가져왔다고 볼 수 있다.[36)]

태희의 근대적 자각을 일깨우기 위한 촉매로써『제국신문』이라는 인쇄매체는 작동한다. 태희는 근대적인 인쇄매체에 접촉함으로써 매체에 의해 매개된 정보와 경험을 자신의 현실 속에서 이미 지니고 있는 가치관에 따라 이해하고 수용하게 된다. 이렇게 매체의 내용을 자기 것으로 만드는 전유(appropriation)를 통해 자신의 자아를 형성하게 된다. 태희가 잠재된 재가에 대한 의지를 일깨움으로써 현재에 처한 상황으로부터 벗어날 수 있는 의지의 중심을『제국신문』에 둔 것은 당연한 결과라 하겠다.

<홍도화(상)>에서 태희는 얼개화꾼인 친정아버지의 압권으로 결혼하였으나, 과부가 되어 남은 생을 모진 시집살이를 견디며 살아가야 하는 현실에 처한다. 기막힌 현실을 죽음으로써 벗어나려 할 때 보게 되는『제국신문』은 태희로부터 사적 전유를 가능케 한다. 그리고 태희가 근대적 자각을 이루는 데에 기여함으로써 태희를 현실에서 구제할 방법으로 작동한다.

---

36) 김영희, 앞의 책, pp.38-40.

3-2. 독서를 통한 사적 공간의 확보

"작가라는 직업은 그것이 생업이 되지 않고서는 존경받을 수도 명성을 얻을 수도 없다고 나는 생각해왔다"는 장자크 루소의 말은 책의 권위 더 나아가 저자의 권위를 단적으로 보여준다.[37] <비오는 날>의 병일에게 지적 욕망은 서적의 권위를 인정하는 근거가 된다. 그러나 공적 영역이라는 현실을 벗어날 수 없는 병일은 독서를 위한 사적 공간[38]을 지키는 것이 힘들다.

공적 영역에 해당하는 병일의 낮 시간은 "사무실 마루를 쓸고 훔치고 손님에게 차와 점심 그릇을 나르고 수십 장의 편지를 쓰고 장부를 정리하는 등 소사와 급사와 서사의 일을 한 몸으로 치르고" 난 후, "주인이 금고 문을 잠근 후에 병일이는 모자를 집어 들고 사무실 문밖에 나"서면 "한 걸음 앞서 나섰던 주인은 곧 사무실 문을 잠가 버리는 것"으로 끝이 난다. 거의 잡부에 가까운 노동을 하는 병일이 공장에서 보내는 공적 시간이 끝나면, 이제야 그가 누릴 수 있는 사적 공간에 대해 "작은 별들이 반짝이는 하늘 아래 말할 수 없이 호젓해짐"(p.48)을 느낀다. 그가 느끼는 사적 공간에 대한 감정은 특별한 것이다.

노동과 독서라는 대립적 설정은 근대적 공간을 전제로 한다. 공적

---

37) 브뤼노 블라셀, 권명희 역, 『책의 역사(문자에서 텍스트로)』, 시공사, 1999, p.118.

38) 이 책에서는 병일이 공장 사무실에서 일하는 공간을 '공적 공간'으로 표현할 것이다. 병일이 근무하는 장소는 감옥에 비유할 수 있다. 이진경의 공장에 대한 감옥의 비유는 병일의 근무처인 공장 사무실에 대한 감옥의비유를 가능하게 한다. 이진경에 의하면, 공장은 사회의 다른 영역과 단절되어 있기에 노동자들의 행동을 강제하고 통제할 수 있는 공간으로 작동하게 된다.(이진경, 『근대적 시 공간의 탄생』, 그린비, 2010, p.234.) 이는 병일이 처한 현실적 상황을 반영한다. 그리고 공적 공간 이외의 사적 영역에 해당하는 시간과 공간은 통틀어 '사적 공간'으로 표현할 것이다.

영역에서 병일은 지식인이 아닐지라도 할 수 있는 잡다한 일들을 함으로써 시간을 허비하지만, 사적 공간에서 병일은 독서라는 가치 있는 일을 할 수 있다. 식민지시기 지식인이 독서를 통해 자신만의 세계를 갖는다는 것은 당대 실현 가능한 최대의 여가이다. 보증인이 없는 이유로 사장의 신임을 얻지도 못한 채, 고학생으로 힘들게 공부하였음에도 불구하고 자신이 공부한 것과 무관한 잡일로 시간을 허비하는 병일에게 독서를 하기 위한 사적 공간의 형성은 그리 쉬운 것은 아님이 분명하다.

> 어느 날 밤엔가 늦도록 ≪백치(白痴)≫를 읽다가 잠이 들었을 때에 도스토예프스키가 속 궁근 기침을 하던 끝에 혈담을 뱉는 꿈을 꾸었다.
> (<비 오는 길>, p.64)

병일이 겪는 도스토예프스키와 니체의 환영으로부터의 시달림은 병일의 독서력 상실, 아버지의 죽음과 가난의 반영을 의미한다. 그리고 작가 최명익의 도스토예프스키와 니체에 대한 관심을 의미한다.

> 도스토예프스키는 어느 장편에선가, 그 끝에 가서 작자인 자기가 전 장편을 통해서 빚어낸 모든 비극적인 운명과 고통을 낱낱이 뒤집어씌웠다고 할, 한 영락한 여인과 그의 어린 것들을 거리에서 방황하게 하고 (중략) 그들과 자기가 겪고 있는 '인생고' 앞에 머리를 조아려 절하면서 또 그런 허다한 고통을 지니고 있다고 생각하는 대지- 즉, '수난의 대지'인 땅에다 입을 맞추는 장면을 소리 높여 울부짖는 듯한 문장으로써 묘사했다.
> 이 역시 내가 젊은 한때 매력을 느끼며 잃었던 한 장면이다. 그러나 이러한 세계에서는 더 배겨낼 수가 없고 따라서 자기를 그런 투로 학대할 필요나 이유는 어디 있을까? 하는 생각이 들자부터는 도스토예프스키

의 그 '심령의 세계'라는 것이 싫증이 났다. '잔인한 천재'의 그 '심각의 세계'라는 것이 싫증이 났다. '잔인한 천재'의 그 '심각성'이라는 것에서는 일부러 꾸며보이는 작태와 '신파'식으로 과장된 목소리가 느껴지기도 했다.[39]

병일이 꿈에서 본 도스토예프스키는 무의식적 반영에 해당한다. 병일의 일상은 도스토예프스키가 묘사한 비극적 운명을 옮겨 놓은 듯 "음산하게 벌어져 있는 현실"이다. 만약 도스토예프스키가 묘사한 '허다한 고통을 지닌 수난의 대지'에서 벗어날 수 없다면, 신파적이기까지 한 자기 학대를 식민지시기를 살아가는 지식인이 그대로 받아들이고 살아가야 하는가에 대한 회의는 독서에 대한 의지를 약화시킨다. "산문적이면서도 그 산문적 현실 속에는 일관하여 흐르고 있는 어떤 힘찬 리듬이 보이는 듯"(p.63)하지만 결국 "그 리듬은 엄숙한 비판의 힘으로 변하여 병일의 가슴을 답답하게"(p.64) 한다. 가족을 부양하는 나이 어린 기생을 통해 공장 사장과 이칠성에게서 확인한 경멸스러운 삶의 현실을 "어떤 힘찬 리듬"으로 생각하기는 하지만, 근대의 일상에 융합할 수 없는 지식인으로서의 일면은 "엄숙한 비판의 힘"이 되어 병일을 답답하게 한다. 결국 병일은 독서를 하는 사적 시간의 확보를 통해 일제를 중심으로 한 공적 영역에 대한 분리를 시도한다. 독서란 일상성의 지배에 대항하면서 병일이 마련한 자기만의 폐쇄적인 세계이다.[40]

병일이 꿈속에서 본 도스토예프스키의 동양인 같은 수염에 맺혔

---

39) 장수익, 『그들의 문학과 생애-최명익』, 한길사, 2008, p.33에서 최명익, 「레프 톨스토이에 대한 단상」, 『글에 대한 생각』, 조선문학예술총동맹출판사, 1964, pp.146-147을 재인용.
40) 장수익, 위의 책, p.42

던 혈담은 아버지의 주검의 연상으로 인한 환상임을 스스로 잘 알고 있음에도 불구하고, 니체가 바위에 머리를 부딪치는 상상에 몸서리 치기도 한다.[41] 자신이 이러한 환상에 시달리는 것은 "활자로 박힌 말의 퇴적이 발호하여 풍겨오는 문학의 자극에 자기의 신경이 확실히 피곤해졌"(p.65)기 때문이라고 병일은 생각한다.

> 하숙방에서 활자로 시커멓게 메워진 책과 마주 앉을 용기가 없어진 병일이는 어떤 유혹에 끌리듯이 사진관으로 찾아가게 되었다. …… 거기에는 술과 한담(閑談)이 있었다. (중략) 병일이는 문득 자기를 기다릴 듯한 어젯밤 펴놓은 대로 있을 책을 생각하고 시계를 쳐다보기도 하였으나 문밖에 빗소리를 듣고는 누구에 대한 것인지도 모를 송구한 마음을 가라앉히는 것이었다. 그럴 때마다 그는 이야기에 신이 나서 잊고 있는 사진사의 잔을 집어서 거푸 마셨다.
>
> <비 오는 길>, p.66)

병일이 사진관에 가는 것은 "마치 땀 흘린 말이 누워서 뒹굴 수 있는 몽당판"(p.76)을 찾아가는 것과 같다. 사진관은 독서력을 잃고만 병일의 피난처에 불과한 곳이다. 하숙방에서 활자로 시커멓게 메워진 책과 마주 앉을 용기가 없어진 병일이는 어떤 유혹에 끌리듯이 사진관으로 찾아간다. 자신의 시간을 찾기 위해 독서를 한다는 병일은 오히려 책을 회피하고 돌아서고 싶어 한다. 그가 피난처로 생각한 사진관은 현실에서 살아가는 법에 대한 주장으로 가득 찬 공간으로, 문학에 심취한 병일은 "평범하고 속된 것"(p.63)이라고 인식한

---

41) 니체는 비극을 원한이나 복수와는 구별하면서 과정 속에 나타난 실존에 충실함으로써 새로운 생성을 예고하는 것으로 파악한다. 병일이 도스토예프스키 외에 니체의 책을 읽고 있다는 것에서, 최명익이 적어도 일제시기에 니체에 관심이 있었음을 알 수 있다. (장수익, 앞의 책, pp.166-167.)

다. 자기 나름의 "명확한 철학"까지 가진 사진사를 병일은 "청개구리 뱃가죽같은 놈"이라고 경멸한다. 사진사의 화젯거리는 자신의 내력과 생활에 관한 이야기와 자랑에서부터 도가 지나치다 싶은 그의 살림 이야기이다. "책 사는 돈으로 저금이나 할" 것이면 족할 사진사의 신념에 대해 병일은 자신의 독서가 "내 생활을 위하여 몰두하는 시간"(p.69)을 갖기 위한 것임을 내세우지 않는다. 병일은 "사진사가 꿈꾸는 행복"(p.70)을 자신을 포함한 "이러한 사회층에 관념화한 행복의 목표"(p.71)라는 것을 알고는 있으나, "이러한 것을 진정한 행복"이라고 믿을 수는 없다. 그렇다고 나의 희망과 목표는 무엇인가고 생각할 때에는 병일의 뇌장(腦臟)은 얼어붙은 듯이 대답이 없었다. 그러나 비록 "사실 월급에서 하숙비를 제하고 몇 푼 안 남은 돈으로 탐내어 사들인 책들이 요즈음에는 무거운 짐"(p.65)과도 같아 그로부터 회피하고는 있을지라도 독서 대상을 신문이나 법률서적으로 생각하지 않는다. 병일에게 독서란 도스토예프스키와 니체와 같이 "문학의 자극"(p.65)을 얻을 수 있는 것을 대상으로 한다. 여기에는 사적 공간에서의 독서는 자기만의 생활을 위한 '독서'로 난해한 도스토예프스키와 니체에 큰 의미를 둠으로써 대중들과 자신을 구별[42]하려는 의도가 내재해 있다.

유력한 신문지국의 '지정사진관'이라는 간판을 얻기만 하면 수입도 상당하거니와 사진관으로서는 큰 명예가 된다고 기다랗게 설명을 하였다. 일전에 지방 잡신으로 서문루에 길이 석 자가량 되는 구렁이가 나타나서 작은 난센스 소동을 일으켰다는 기사를 보고 작은 것을 크게 보도하는 것이 신문 기자의 책임이어든 옛날부터 있는 성문지기 구렁이를 석 자밖

---

42) 장수익, 앞의 책, p.41.

에 안 된다고 한 것은 무슨 얼빠진 수작이냐고 사진사는 대단히 분개하였던 것이었다.

(<비 오는 길>, p.73)

집단적인 공동사회의 이미지로서의 신문은 모든 사적인 책동(策動)에 대립하는 것이 당연하다. 사리사욕(私利私慾)을 위해 대중을 조종하려고 생각하는 사람도 공표함으로써 개인적 견해를 제거하는 신문의 힘을 알 수 있다. 신문을 소유하는 사람이나 혹은 신문을 상업 목적으로 이용하려는 사람이 공정한 견해를 가진 것처럼 보이기도 한다. 신문 소유자들은 본질적으로 타락한 사람이라는 기묘한 고정관념을 지니게 된 유래도 여기에 있다 하겠다.[43] 그러나 병일은 "담배를 피우며 신문을 뒤적이고 있는 주인을 바라볼 때 신문 외에는 활자와 인연이 없이 살아갈 수 있는 그들의 생활이 부럽도록 경쾌한 것"같이 느낀다.

생활인 이칠성은 "열세살부터 10년동안 그의 적공은 그의 사진술과 지금 병일의 눈에 보이는 이 독자적인 사업"으로 나타나는 근대 자본주의의 세속인이다.[44] 사진사는 사진관의 명예와 수입을 위해서 신문지국과 연결되길 희망한다. 그래서 서문루에 나타난 구렁이를 석자로 보도한 것에 대해 신문지국이 아닌 신문 기자의 책임으로 돌리며 흥분한다. 그러나 신문 기자의 입장에서 이러한 기사는 잘쓴 기사라 할 수 있다. 특정 작품에 그려진 현실들이 대부분 부정적 세태를 나타낸다면 이는 신문 기사의 성격과 부합하는 것이 된다. 서문루의 구렁이를 '지방 잡신'이라 하고 서문루 성문지기 구렁이의

---

43) 마셜 맥루언, 앞의 책, pp.309-310.
44) 성지연, 「최명익 소설 연구」, 『현대문학의 연구』제18집, 한국문학연구학회, 2002, p.216.

품격을 격하시킨 기사를 보도함[45]으로써 독자의 반응을 유도해내고 있기 때문이다.

병일은 사진사와 병일이 근무하는 공장의 사장처럼, 담배를 문 채 신문을 뒤적이며 "신문 외에는 활자와 인연이 없이 살아갈 수 있는 그들의 생활이 부럽도록 경쾌한 것"하게 느껴진다. 그만큼 병일은 "활자로 박힌 말의 퇴적이 발호하여서 풍겨오는 문학의 자극에 자기의 신경은 확실히 피곤"(p.65)함을 느낀다. 그보다 병일은 학문을 소일거리로 하며 지내는 소부르주아 신사[46]일 수 없는 자신의 신변 때문에 더욱 고달픔을 느낀다. 근대는 지배계급에게나 해당되는 것이지, 저개발사회의 피지배계급인 자신에게는 결코 해당되지 않는다. 그에게 근대란 일종의 환상일 뿐, 그가 거리에서 실제로 접하는 것은 그 환상에 대조된 군중들의 열악한 현실과, 마찬가지로 그 현실에서 움쭉달싹도 못하는 자신의 처지인 것이다.[47] "병일은 취직한 지 2년이 되도록 신원 보증인을 얻지 못하였"(p.47)으며, "첫날부터 지금까지 하루도 변함없이 자기를 감시하는 주인의 꾸준한 태도"(p.48)는 병일을 불쾌하게 한다. "부(府) 행정 구역도에 없는 좁은 비탈길"(p.44)을 "일찍이 각기병으로 기운이 빠진 병일의 다리"(p.45)로 걸어 가다보면 "새로운 시구 계획으로 갓 닦아놓은 넓은 길"(p.46)에 들어섬으로써 자신이 거주하는 빈민굴에서 벗어나 "신흥 상공 도

---

45) 마셜 맥루언, 앞의 책, pp.294-300.
　　신문은 사회의 어두운 면을 파헤칠 때 그 기능이 가장 잘 수행된다. 진실한 뉴스란 곧 '나쁜 뉴스'인데, 신문은 지면의 긴밀도를 높이고 독자의 참가를 요청하기 위해 나쁜 뉴스를 필요로 한다.

46) 임헌영, 「일제하 혁명적 지식인과 체제순응적 지식인」, 『역사비평』제18호, 역사비평사, 1992, p.264.

47) 장수익, 앞의 책, p.44.

시하는 이 도시의 공장 지대"(p.47)에 들어서게 된다. 이 길을 접어들면서 병일은 공적 공간에 속하게 되며, 병일을 비웃기나 하듯 그의 지식과 전혀 무관한 일을 강요하는 공적 공간에 얽매인다.

병일의 사적 공간은 피로한 그에게 오히려 심적 부담으로 다가온다. 이에 대한 도피는 사진관에서 시간을 허비하는 것으로 이어진다. 오늘도 유쾌해진 사진사는 병일에게 잔을 건네며 "긴상 밤에는 무엇으로 소일하시우"(p.66) 라는 질문으로 병일의 사생활에 대해 묻기 시작한다.

> 사진사는 병일이가 권하는 술 몇 잔에 우울한 기분이 유쾌해지며 병일이의 월급으로 한 달에 기껏 6원 쓰고 7, 8원을 저금하였다면 이태 동안 백 원은 족히 모았으리라 짐작한다. 그러나 "아직 한 푼도 저축한 것이 없다"는 말에 "그 돈을 무엇에다 다 썼을까고 대단히 궁금"하게 여긴다. "갑갑해서 그저 책이나 보"려고 돈을 썼다는 병일에게 "책? 법률 공부하시우? 책이나 보시기야 무슨 돈을 그렇게…… 나를 속이시는 말인지는 모르지만 혼자서 적지 않은 돈을 저금도 안 하고 다 쓴다니 말이 되요?"
>
> (<비 오는 길>, p.68)

병일은 사진사의 안타까움이 섞인 비난을 묵묵히 듣고만 있다. 설령 설명하려든다 할지라도 자신의 삶이 평범한 사람과 같이 "자그마하게나마 자기 집에다 장사면 장사를 벌이구 앉아서 먹구 남는 것을 착착 모아가는"(p.70) 가는 데에 있지 않다는 것을 사진사가 이해하는 것은 힘들 것이다.

> 그렇다고 '돈을 아껴서 책까지 안 산다면 내 생활은 무엇이 됩니까? 지금 나에게는 도서관에 갈 시간도 없지 않소? 그러면 그렇게 책은 읽어

서 무엇 하느냐고 묻겠지만 나 역시 무슨 목적이 있어서 보는 것은 아닙
니다.'하고는 '어떻게 살아야 후회 없는 일생을 살 수 있는가? 하는 즉 사
람에게는 사람이란 무엇인가? 하는 의문이 있다는 것을 알고 나도 그것
을 알아보려고 한 적도 있었지만 지금은 고학도 할 수 없이 된 병약한
몸과 2년래로 주인에게 모욕을 받고 있는 나의 인격의 울분한 반항이―
말하자면 모두 자기네 일에 분망한 세상에서 나도 내 생활을 위하여 몰
두하는 시간을 가져보겠다는 것이 나의 독서요' 하고 이렇게 말한다면
말하는 자기의 음성이 떨릴 것이요, 그 말을 듣는 사진사는 반드시 하품
을 할 것이라고 생각한 병일이는 하염없는 웃음을 웃고 나서

　　"그럼 나도 책사는 돈으로 저금이나 할까? 책 대신에 매달 조금씩 늘
어가는 저금 통장을 들여다보는 것으로 낙을 삼구……."

(<비 오는 길>, p.69)

　병일은 이러한 자신의 입장을 말로 설명하지 못한 채 사진사와의
술자리를 며칠 거르게 된다. 실상 몸이 안 좋은 탓도 있었다. 그러던
중 이칠성(사진사)의 죽음을 신문을 통해 확인한 병일은 문득 노방
의 타인인 그와 함께 사적 공간을 공유한 것이 낯설게 여겨진다. 독
서력을 상실한 채 방황하는 병일의 사적 공간을 공유하며 자신의 이
야기를 들려주던 이칠성의 죽음은 "지금껏 자기 앞에서 이야기를 하
여 들려주던 사람이 하던 이야기를 마치지 않고 슬쩍 나가버
린"(p.78) 것으로 인식된다. 이칠성은 자신의 생활인으로서의 삶의
이야기를 병일에게 들려주던 중 전염병을 핑계로 죽어 버림으로써
또다시 노방의 타인으로 위치한다. 이를 인식한 병일은 이칠성의 죽
음에 대한 경외심보다는 "그 이야기는 영원히 중단된 이야기"가 될
것이란 허전함을 느낀다. 병일이 현실에서 도피한 채 시간을 허비했
다고 생각한 사진관은 병일의 또 다른 사적 공간이었으며, 잠시나마
독서력을 잃은 병일에게 이칠성의 이야기 듣기라는 다른 형식의 독

서를 가능하게 한 공간이기도 하다. 실지로 병일에게서 독서력이 상실된 적은 없었음을 이칠성의 죽음을 통해 인식한 병일은 "더욱 독서에 강행군을 하리라고 계획"(p.79)한다.

병일은 독서가 가능한 사적 공간의 확보를 통해 일제를 중심으로 한 공적 영역과의 분리를 시도한다. 그러나 병일은 그 속에서 학문에 대한 열망을 비웃기나 하듯 그의 지식과 전혀 무관한 일을 강요하는 공적 공간에 얽매인다. 병일의 독서를 통해 자신의 사적 공간을 형성하려는 그의 의지는 오히려 그에게 심적 부담으로 작용한다. 사진관은 현실 도피를 위한 병일의 또 다른 사적 공간에 해당한다. 사진관에서 이칠성의 이야기 듣기라는 다른 형식의 독서가 실현되고 있었음을 인식한 병일은 더욱 독서에 강행군을 할 것을 결심한다.

4. 제국의 식민정책에 대한 은유적 저항

4-1. 신문을 통해 강제된 규율과 신문 발행권 유지

신문은 책과 달리 독자를 적극적으로 참여시키고 개입시킨다. 책이 한 사람의 고백형식을 갖는다면, 신문은 높은 참여도에 의한 집단 고백형식을 갖는다. 신문은 그 시초부터 책이 되기 위해서 만들어진 것이 아니라, 모자이크적 형태 혹은 사람들의 참가를 요청하는 형태를 목표로 삼아 왔다. 인쇄와 취재의 가속화에 의해 이 모자이크 형태는 인간 공동사회의 지배적인 양상이 되었다. 신문은 내용에 있어서 잡다한 제목과 크고 작은 본문 활자와 사진, 또는 정치·사회·경제·문화·스포츠 등 서로 전혀 관계없는 기사 내용으로 구성되어 모자이크적인 특성을 가지고 있다. 따라서 신문은 독자를 적극적으로 참여시키고 개입[48]시킨다.

신문연재소설은 독자를 신문에 집중하게 하는 모자이크적 특성을 정확히 보여 준다. 신문독자는 연재되는 소설을 비롯한 논설 등을 읽기 위해 신문의 부수적 일면에 집중하기도 한다. 따라서 "매일 열심히 보는 신문"을 통해 "권투가 어엿한 운동 경기로서, 직업 선수만 될 말이면 사실 돈도 벌 뿐이 아니라, 신문지상에 사진까지 게재되고, (중략) 매우 유망한 선수라고 바로 신문에도 이름은 오르내리나, 그만하면 돈도 많이 탈 듯"(<골목 안>, p.387)하다는 짐작과 기대를 가지는 것[49]도 당대 신문독자의 한 양상에 해당한다. 뿐만 아니라, "옥련이가 고등소학교에서 졸업 우등생으로 옥련의 이름과 옥련의 사적이 화성돈 신문에 났"(<혈의 누>, p.56)다는 사실과 "어느 날 신문에 옥화의 자살미수의 보도가 났고 그 까닭은 실연이라 해서 보기 숭굴숭굴한 기사 같은 개인의 개인적 사건"(<두꺼비>, p.313)을 공고하거나, 사람을 찾기 위한 수단으로 지면을 활용하기도 한다. 급기야는 신문이라는 공적기능과는 무관하게 "가래침이 공교롭게도 (중략) 중년 신사의 구두 콧등에 떨어"지자 휴지 대용으로 "낡은 신문지를 한 줌 찢어"(<장삼이사>, p.222) 닦아보려고도 하고, 포장지

---

48) 마셜 맥루언, 앞의 책, pp.293-303, 527.

49) 신문은 민주화의 과정과는 분리할 수 없게 되었으며, 문자·문화적 견해, 혹은 서적의 견해로는 소모품으로 간주되었던 것이다. 누구나 신문에서 먼저 시선을 주는 것은 자기가 이미 알고 있는 것과 관계되는 대목이다. 그 까닭은 이성을 가진 사람이라면 누구나 자기의 경험을 새로운 구체적인 형태로 보려고 하고, 혹은 재인식하려 하기 때문이다. (마셜 맥루언, 앞의 책, pp.293-303)

(<신문지와 철창>)로 활용하기도 한다. 다른 한 편으로, 자신의 고민을 "생각을 하면 간이 녹아 신문이나 보고 잊어버리"(<추월색>, p.33)기 위한 방법으로 신문에 집중하기도 한다. 따라서 신문의 활용은 각 개인의 사적 목적에 따라 그 용도가 바뀔 수 있는 것이다.

'삼남 지방T경찰서 유치장' 수감자들은 "어쭙잖은 일"(p.239)에서부터 "수상한 청년 한 명을 재운 죄"(p.240) 등의 이유로 수감되었다. 어느 날 잡혀온 "노인인 듯한 목쉰 소리"(p.242)는 "백지 죄가 없는 사람"(p.242)으로, 자신이 유치장에 잡혀온 일에 대해 이해하지 못한다.

> "와 이카노. 와 이캐? 와 나캉 씨름할나카나? 잡고 설치노! …… 백지 죄가 없는 사람을 잡아다가 송아지매로 와 이리 끄시노?"
> "모오 죄가 없소? 저 …… 곤봉이란 ……무기를 드르고 도 저……복면을 하고 백주 대도에 남의 집에 뛰어들어가 사람을 상했었지? 죄가 없소? 강도모랴? 사람을 중상 냈으니 상인강도(傷人强盜)다. 이십 년 징역살이다."
> (<신문지와 철창>, p.242)

"나이 칠십을 넘어 강도 노릇을 한다는 것부터 끔찍한 일이거든 밤도 아니요 한낮에 보통 도적 같으면 몸서리를 치고 달아날 경찰서장의 집에 침입했다는 것은 정말 엄청난 일"이므로, 우리는 모두 "일종의 영웅이나 제 눈앞에 나타난 듯한 경탄하는 빛"(p.245)을 띄었으나, "왼손에는 노란 손수건을 들었고 오른손에는 생무 껍질을 벗겨 만든 듯한 꼬부장한 지팡이를 쥐고 있"는 "어디까지 양순해 보이고 어리서어 보이고 불면 쓰러질 듯한 이 잔약한 늙은이"가 들고 있는 "저 꼬부장한 지팡이"가 "곤봉이란 무기"이고, "저 노란 수건"

이 "복면하는 데 쓰는 탈"(p.247)임을 알게 되자 일동은 어이가 없어 마침내 실소(失笑)를 하고 말았다. 게다가 아직 노인을 '검속으로 둘지, 보외(報外)로 할지'도 정하지 못하고 있었던 만큼, 실상 그가 정말 죄인일 것인가 하는 의문이 생긴다.

> "내가 무슨 죄고? 대문간에 내비린 신문 한 장 존(주은) 것밖에 나는 아무 죄가 없지그리."
> "신문 한 장? (중략) 그래 신문 한 장을 줏었다가 잡혀왔단 말이냐?"
> 하고 어이없다는 듯이 씩 웃는다.
> "신문을 존는데 쪼맨은(조그마한) 일본 가시내가 빼뜰라 캐서 작대기로 이마를 좀 밀었다고 붙들려왔구마."
>
> (<신문지와 철창>, p.249)

작품에서 형상화한 비극적 전형은 비록 현실에서는 삶의 터전을 잃고 신문지같이 하찮은 존재로 무시되는 사회적 약자[50]에 불과하다. 노인은 배고파 우는 어미 잃은 손자 인식에게 먹일 "밥을 싸가지고 갈라 캤"다는 것[51]이다. 얻은 밥을 "쌀 데가 만만치 않으매 그는 공교히 경찰서장 집 문간에 떨어진 신문지 조각을 발견하고 신이야 넋이야 하며 앞뒤 생각 없이 그것을 주웠"을 뿐이다.

제국이 식민지를 효과적으로 통제하기 위해 필요한 매체는 공간 이동이 쉬운 '종이 매체'이다. 인쇄술의 발달과 함께 신문과 잡지매체로 실현된 종이 매체는 사회변화에 있어 긴요하고 중요한 요소로

---

50) 신헌재, 「현진건의 <신문지와 철창> 考」, 『한국어문교육』제1권, 고려대학교국어교육학회, 1990, p.204.

51) "흰밥과 팥밥덩이를 한데 신문지에 싸 끼고 해변으로 어슬렁거리고 나"오는 안변 영감의 모습을 통해서 얻은 밥을 싸서 이동할 도구를 신문지를 활용했음을 알 수 있다(이태준, <아담의 후예>, p.234).

기능[52]하는 것을 고려할 때, 밥을 싸기 위한 도구로 신문을 사용하려 한 노인의 행동은 곧 식민지 지배 책략의 공적 의의를 인정하지 않음을 의미한다. 그러나 노인은 신문의 정치적 함의를 이해하지 못한다. 노인은 "신문 들이치는 소리를 듣고 나왔던 서장의 누이나 딸이 그가 주운 신문지를 빼앗으려드니까 그는 밥 싸 가질 욕심에 눈이 어두워 지팡이로 그의 계집애를 갈긴 것이 상인강도란 무시무시한 죄목에 걸린 것"을 알게 되자, "뜨거운 눈물 한 방울"(p.250)을 떨어뜨린다.

노인은 노란 수건으로 콩밥을 싸서 인식에게 주기 위해 관식을 훔친다. 노인에게 '신문지'란 '노란 수건'과 같은 것이다. 신문 매체가 형성하는 '공론의 장'보다는 인식을 먹일 밥뭉치를 싸는 데에 더 큰 의미가 있다고 생각하는 것이다. 그의 사적 욕망은 신문이든 노란 손수건이든, 오로지 인식의 밥을 위한 것이라면 오로지 사적 의미로만 존재하는 것이다. 밥을 싸기 위해 신문을 훔친 노인의 죄란 것은 실상 "웬만치 하고 고만 내보내"도 될 정도로 경미(輕微)한 것임에 틀림없다.

일본인이 구독하는 신문이 일제를 중심으로 공적기능에 봉사하는 것임은 의심할 여지가 없다. 그러나 노인에게 신문지란 노란 손수건과 다를 바 없다. 손자에게 줄 밥을 포장할 수단 이외에는 어떠한 의미도 없다. 따라서 신문지를 일본 가시내로부터 뺏기지 않고 무사히 얻은 밥을 신문지로 싸서 손자에게 가져다 주는 개인적 목적만이 중요할 뿐이다. 그런 노인에게 일본인의 신문을 뺏은 데에 대해 '상인

---

52) 캐이시 맨 콩 럼, 이동후 역, 『미디어 생태학 사상』, 한나래, 2008, p.255.

강도(傷人强盜)에 이십 년 징역살이'라는 어이없는 말을 간수로부터 듣게 된다. 이는 제국의 공적 영역을 침범한 늙은 노인의 사적 욕망 추구를 허락하지 않는 식민지 상황을 알게 한다.

식민지시기에 신문은 일제의 검열과 규율의 대상이 되었다. 제국신문사는 9월 20일 「붓을 던져 신문 ᄉᆞ랑ᄒᆞᄂᆞᆫ 여러 동포에게 작별을 고흠」이라는 논설로 신문의 폐간을 통고한다. 1907년 7월 24일 날짜로 반포된 광무신문지법 제4조와 부칙 제38조에 의하면, 이미 발행되어 오던 『제국신문』과 같은 경우에는 보증금 300환을 2개월 이내, 곧 9월 24일까지 납부해야만 하였다. 이에 『제국신문』은 9월 21일부터 발행되지 않았다. 동업인 『황성신문』은 그 폐간을 애석해 하였다. 사회 일각에서는 의연금 모집을 시작하였고, 여자교육회를 비롯한 후원회 조직이 이루어지고 있었다. 이는 미주(美洲) 교포들에게까지 번졌다. 이에 『제국신문』은 10월 3일자로 속간하였다.[53]

근대적인 인쇄매체의 출현 이후 자아형성에 활용하는 정보와 지식으로 인쇄매체가 매일 제공하는 이용들이 점차 중요한 역할을 하게 되었다. 그러나 당시 신문, 잡지, 서적 등 인쇄매체의 보급상황은 매우 제한적인 것이었으나, 특히 신문의 1부당 독자는 그보다 훨씬 많았고, 신문에 대한 사회적 신뢰는 거의 절대적이었던 이 시기의 특수성을 고려한다면 개화기 커뮤니케이션 변화에서의 인쇄 매체의 영향력은 막대한 것이다. 인쇄매체의 등장과 보급은 커뮤니케이션 체계의 변화와 사회 변동을 이끄는 대단히 중요한 요인이다.[54] 이와 함께, 이 시기에 발행된 신문의 운영은 매우 영세하였다. 당시의 인

---

53) 최기영, 『대한제국시기 신문연구』, 일조각, 1991, pp.33-34, 236-239, 238, 284-285.
54) 김영희, 앞의 책, p.41.

구가 정확치 않으나, 1909년 통감부에서 조사한 바에 의하면 1,300만 명으로 보고되었는데, 한국인이 발행하는 신문사의 숫자는 가장 많을 때에도 10개소가 되지 못했다. 대부분의 신문사가 재정난으로 경영에 곤란을 겪었으며 단명(短命)한 신문의 폐간 이유도 그것이다.

> (어떻든 오기는 하겠지! 하지만 한 두 시간 후면 올 사람이, 엎드러지면 코 닿을데서 전보를 친 것을 보면 마치 올지?)
> 하는 생각을 하며 조금 전에 "십시 도착"이라고 한 전보를 받을 때, 저절로 입이 벌어지던 것을 생각하고, 헛 믿고 좋아한 것이나 아닐까, 애가 다시 씨우기 시작을 한다. 그야 여기서 눈이 빠지게 기다린 것을 생각하고, 돈이 들어설 가망이 있으니까 친절히 한 것이겠지마는, 정작 돈말이 없으니 안심이 안 되는 것이다. …… 일만 시작하게 하느라고 그런 것이지 모르나, 만일 오지도 않는 날이면 삼십 여 명 직공들 - 제 멋대로 날뛰는 주정군이들에게 볶이는 것은 고사하고, 인제는 무어라고 말 마감이라도 해야 좋을지? A는 조비비듯한 생각에 입술이 바작바작 타고 두 눈이 화끈거리는 것을 깨달았다.
>
> (<윤전기>, pp.225-226)

우리나라에 근대적인 신문이 출현한 목적은 민족진영 신문으로서 국민을 계몽하는 것이다. 이 시기 신문들은 이윤추구를 목적으로 발행한 것이 아닌 나라의 근대적인 개혁을 위한 사회계몽 수단으로 발행한 것이다. 당시 신문의 주 수입원은 광고수입이 아닌 구독료[55])에 의지함에도 불구하고 대체로 싸게 책정하였다. 그러나 독자들은 구

---

55) 광고란(廣告欄)과 주식 시세란은 신문의 기초를 지탱하고 있다. 이것을 대신할 수 있는 각종 정보를 사람들이 매일 간단하게 입수할 수 있다면, 신문은 망할 것이다. 신문 중 책과 비슷한 색채를 가지는 유일한 부분인 사설은 뉴스 형식, 혹은 광고와 같은 형식을 위하지 않는 한 오랫동안 무시되어 왔다. 서구인의 신문을 본질적으로 독자를 사려고 하는 광고주의 돈으로 유지되는 무료의 오락 서비스라고 볼 수 있다.
(마셜 맥루언, 앞의 책, pp.297-298)

독료를 제때 납부하지 않았고, 대부분의 신문들은 항상 경영난에 시달리게 된다. 『대한매일신보』를 제외한 신문발행 부수는 2000~3000여 부 내외로 한정되어 있었다. 이러한 여러 가지 한계가 있었으나, 이 시기 신문은 전통적인 조선사회의 커뮤니케이션 체계의 성격을 점차 근대적인 것으로 변화시키는 데에 중요한 요인으로 작용한다.

> 우리가 외상으로 신문을 발송할 수 없는 것이: 우리가 그간 여러 달을 신문을 발판하였으되, 혹 몇 달씩 신문 값을 아니 낸 사람이 많은지라. 이 같이 하면 우리가 이는 고사하고 저간 부비를 저당할 수 없사오니, 그간 우리 산문을 구람하시는 이는 양력 십일월 회일 안으로는 신문 값을 다 회계하여 보내시고, 내년 정월 일일부터 새로 미리 셈하시기를 깊이 바라오.
>
> (『독립신문』제1권 제102호, 1896.11.28. 잡보)

발행부수가 가장 많았던 『대한매일신보』도 경영상 어려움을 겪었으며, 신문 값 납부를 촉구하는 사고(社告)가 자주 게재되었다. 이에 뜻있는 독자들은 신문 발행을 의로운 사업으로 인식하고 자발적으로 신문을 후원하고자 현금을 기부하였다. 한 달 신문 구독료가 30전이었고, 후원금액은 거의 1원에서 3원 정도였기에 평균적으로 후원 액수는 적은 편이었으나, 신문사 측은 후원에 대한 사례의 말을 신문지상에 보도하였다. 신문발행을 후원하기 위해 현금을 기부한 사실은 독자들이 신문에 대해 얼마나 큰 관심과 애정을 갖고 있었는지를 보여주는 것[56]이다.

친일정권과 통감부에서는 신문지법의 확대적용을 위한 준비, 즉

---

56) 김영희, 앞의 책, pp.31, 56-57.

그 개정작업을 시작하였다. 실제 신문지법이 반포된 이 후,『대한매일신보』는 정부와 통감부의 간접적인 탄압을 받아오고 있었다. 각 지방에 발송되는『대한매일신보』가 우체국에서 연체되거나 누락되는 경우가 증가하였다. 또 지방에서 신문의 구독이 일본인들에 의해 방해를 받거나 금지되는 경우도 있었다. 그밖에 취재의 금지나 제한 등 당시 신문 전반에 대한 신문 활동이 제약되고 있었다. 신문지법이 신문의 규제를 위주로 구성되었다. 신문발행의 허가제, 보증금제도, 사전검열, 내부대신의 행정처분권 등의 규제사항과, 위반 시 가혹한 처벌규정은 신문의 발달에는 도움이 되지 않는 내용이었다. 신문 활동에 대한 보호나 권리에 대한 규정은 전혀 없었고, 정부가 필요에 따라 악용할 수 있도록 신문사에 대한 의무와 처벌만을 규정[57]하였다. 앞서 언급한 바와 같이『제국신문』의 폐간 원인은 경영의 어려움보다 '신문지법'에 따른 지배 정책에 있다.

　　「흐흥, 그 일 묘하게 되어 간다. 이때껏 안 된게, 십 분 후에 되다니? 그 비럴 먹을 윤전기라도 진작 파아 먹구 다 집어 치을 일이지. 번연히 안될 일을 언제가지 이러구 있으면, 누가 장하다나? 흥, 뻔뻔스럽게 말들은 잘하지.」(중략)
　　신문이 아무리 중하여도 먹어야 하겠지마는, 굶고라도 신문을 죽여서 안 되겠다는 것은 허영심도 야심도 아니다. 누구고간에 다시는 총독부의 허가를 얻을 방법이 없고, 그 발행권의 취소가 무서운 까닭이다. 적당한 경영자가 나서기까지 발행권을 유지하는 것이, 민족과 사회에 대한 의무라고 믿기 때문인 것이다. 일반 사원은 거기까지 생각이 못 미치는 것도 할 수 없는 일이었다.
　　　　　　　　　　　　　　　　　　　　　　　　(<윤전기>, pp.227-228)

---

57) 최기영, 앞의 책, p.273.

<윤전기>에서 A는 신문의 폐간을 막기 위해 노력한다. 발행권이 취소되면 총독부의 허가를 다시 얻을 방법은 없다. A는 적당한 경영자가 나설 때까지 민족에 대한 의무를 다할 것을 결심한다. 그러나 신문사를 운영할 만한 적당한 경영자에 해당할 자본가 계급을 찾는 것은 결코 쉬운 일이 아닐 것이다. A의 친구가 구해온 직원의 월급은 구독료에서 나온 것이 아니다. 신문사는 물적 토대로써 부르주아 계급에 의지한다. 사정이 이러하니 신문 역시 자본주의 시장에서 성숙된 상품적 성격을 갖지 못하고, 각 신문사와 인쇄소들의 생존 경쟁의 장으로 재현된다. 정치적으로 기능하는 공론장인 신문의 출현과 유지는 일제 지배 책략에 맞설 대중의 의지를 모아낼 공론장을 위한 투쟁과 같다.

<윤전기>의 A는 경영의 어려움과 신문지법과 같은 지배 책략 속에서도 발행권을 지키려 한다. 발행권 취소는 식민지시기 조선의 새로운 공론 형성의 장을 창출할 수 없게 하려는 지배 책략에 해당한다. A의 투쟁은 민족에 대한 의무와 일제에 대한 저항의 실현이다.

식민지시기 대중매체로서의 신문은 일본의 '침투 전략'을 실현케 하는 공적 영역으로 작용한다. <신문지와 철창>에서 신문은 일제에 대한 공적 기능에 봉사하는 것임에도 불구하고, 노인에게 신문이란 손자에게 줄 밥을 쌀 수 있는 사적 욕망에 해당한다. <윤전기>는 식민지시기 신문사가 처한 재정적 현실과 신문지법을 통한 지배 책략을 그려내고 있다. A의 투쟁은 민족에 대한 의무와 일제에 대한 저항의 실현이다.

4-2. 독서 활동을 통한 현실 인식과 투쟁

맥루언은 매체가 인간의 확장임을 발한 바 있다. 인쇄술의 발달은 구텐베르크 시대 이전의 필사작업으로부터 해방시켜준다. 이는 인간이 노동으로부터 해방됨으로써 손의 확장을 얻게 됨을 의미한다. 복잡한 '손 일'을 활자 인쇄를 통해 기계화함으로써 인쇄물의 보급은 폭발적으로 확대된다. 인쇄물의 보급을 통해 인간의 마음과 소리가 세계적인 규모로 확산된다.

인쇄를 단순히 정보의 축적, 혹은 지식의 급속한 부활로 본다면, 알파벳 및 그 활자에 대한 확장은 지식의 힘을 넓히고 부족적인 인간관계를 파괴하며 공동체를 분리된 개인의 집합체로 바꾸어버린다. 인쇄술에 의한 인간의 확장은 사회적으로는 내셔널리즘, 산업주의, 대량시장, 그리고 보편적으로 읽고 쓰는 능력과 교육을 가능하게 했다.

인쇄의 반복 가능성은 사회적 에너지를 새로 확대시키는 데에 자극이 된다. 인쇄는 한 사회의 심리적, 사회적 에너지를 방출하는 데에 기여한다. 개개인을 모아서 집단의 힘을 만들어내기 위한 노력의 한 예로써 일본을 들 수 있다. 일본은 작가와 예술가에게 개인적이고 진취적인 기상의 정신을 표현할 의지를 일깨워 글로 표현토록 함으로써 다른 사람들을 군사적, 혹은 상업적인 거대 조직을 만드는 방향으로 이끌어 내었다.[58] 이를 통해 서적을 비롯한 인쇄물이 시대를 초월한 정보의 전달과 지식 축척뿐만 아니라, 독서 집단의 정신적 세뇌에 기여함으로써 특정 목적을 추구하는 조직형성의 전제 기반으로 작용할 수 있음을 알 수 있다.

---

58) 마셜 맥루언, 앞의 책, pp.232-249.

독서를 노조와 저항으로 등식화시키는 것에는 많은 문제점이 내재해 있다. 그러나 식민지시기 일본을 통해 들어온 거대자본으로 인한 일본인과 조선인 간의 불평등한 경제구조는 식민지 지배 정책과 맞물린 채 강제된 규율과 금지만을 가능하게 하였다. 특정 목적을 추구하는 독서모임을 통한 개인의 자각은 그들이 처한 현실적 상황을 능동적으로 바라보는 것을 가능하게 한다.

> 서식이는 독서를 좋아하고 깊은 생각에 빠져있을 때가 많았다. 재작년 늦은 가을에 민보가 고향을 떠날 때 서식은 민보의 교편을 받아가지고 S야학교 선생으로 들어섰다. 그러다가 작년 오월에 소관 B주재소에 ××되어 이주일 후에 H로 ××되었다. 민보가 아는 것들은 그것 뿐이었다. 그 다음에는 무슨 일로 어떻게 되었는지 알 도리가 없었다. 그러다가 바로 열흘 전에 민보는 신문지상에서 서식의 사진을 보고 놀랐다. 기사 금일 해금 "S농조관계자 심팔 명 금일송국"이라는 미다시로 꽁장하게 기사가 실려 있었다.
>
> (<민보의 생활표>, p.261)

<민보의 생활표>에서 민보는 "S농조관계자 십팔 명 금일송국이라는 미다시로 꽁장하게 기사가 실"린 서식이에 대한 기사를 읽고 "독서를 좋아하고 깊은 생각에 빠져있을 때가 많았"(p.261)던 서식이를 새삼 떠올려 본다. 독서를 통한 의식의 자각이 현실의 불합리에 대한 저항으로 전개되었음을 민보는 직감한다.

> 근주의 남편은 책이 한 여남은 전 꽂인 조그만 책상 앞에 앉아 있다. (중략) 그 경옥이라는 여자가 강훈을 보고 눈짓을 하고 훈이 마주 눈짓을 하자 경옥이는,
> "자 그럼 계속하지."

하며 무릎 밑에서 조그만 얄팍한 책자를 꺼내었다. 그에 따라 다른 사람들도 제각각 같은 책자를 꺼냈다. 근주도 책상 서랍에서 또 한 권을 꺼내 가지고 와서,

"이야기는 있다 나중에 하고, 자 우리 우선 이 책부터 같이 봐."

하며 옥순이 옆에 앉았다. 책 껍질에는 굵은 언문으로 '우리는 왜 가난한가'라고 씌어 있다. 옥순은 모든 것이 웬 영문인지를 알 수 없었다. 그러나 하여튼 책을 보자니 보는 수밖에 없다. 근본이 옥순이는 공부가 몹시도 하고 싶은 터이다.

(<여직공>, p.163)

옥순이가 강훈에게서 들은 '우리는 왜 가난한가'와 '값있는 것 …… 가치(價値)는 누가 맨드는가', 그리고 다음 과목으로 공부할 '이렇게 맨들어 낸 가치는 누가 가져가는가'는 제목을 통해 노동운동과 관계된 서적임을 알 수 있다. 강훈은 "패한다 하여도 회사를 쫓겨나면 고만이다 하지만 우리를 쫓아내고는 일을 못"하므로 "최후의 승리는 반드시 우리의 것"(p.166)임을 확신한다. 독서모임에 처음 참석한 옥순이는 이 뜻을 제대로 알지 못하고 "몹시도 하고 싶은" 공부를 하는 것으로 생각한다. 그러나 "모든 것의 책임은 결국 자기 혼자 지고 반대로 자기는 처녀를 잃어버리고 동무에게 낯을 못 들게 되고 그 끝에는 그 잘난 공장까지 쫓겨"나게 되자, 이 모든 원망의 대상이 "가난한 사람의 딸로 태어"난 것에 있음을 깨닫는다. 이후 "자기가 행복하게 살 수 없는 것은 물론, 자기와의 몇십만, 몇백만의 딸들이 같은 길을 밟을 것"이라는 데에 생각이 닿자, 옥순은 "전에 없이 열렬하게 의견을 토하"며 "조금도 굴하지 않고 공장 속의 조직을 진행하기를 결의"(p.186)한다.

<여직공>의 독서모임은 강훈의 낭독을 듣는 형식으로 진행된다.

그러나 <문예구락부>의 독서모임은 각자 자신이 쓴 글을 발표하는 형식으로 진행된다. 이들의 독서 모임은 고무공장 직공들과 여러 명이 모여 이룬 소위 '문예 구락부'이다.

> 「나는 시.」
> 원찬이는 가슴의 고동을 숨기며 침착하게 공책을 내놓는다.
> 「저는 감상문이요.」
> 그리고 현옥이도 책 속을 드려다 보았다.
> 「나도 감상문이외다.」
> 인호도 종이를 펼쳐들었다.
>
> (<문예구락부>, p.96)

자신의 순수 창작물이나 독서 감상문을 발표하면서 "가슴의 고동"을 느끼는 이들의 모임의 목표는 창간지 '□지'를 출판하는 것이다. 그러나 창작이 누구에게나 쉬울 수는 없다. 그러나 "부자사람은 부자살림을 쓸게구. 가난뱅이는 가난뱅이 이야기를"(p.95) 쓰면 된다는 창작에 대한 기본입장도 확실히 제시함으로써 "벌써 근 십년을 화부로 늙어온 이가 화부 이야기를 쓰면"(p.96) 좋은 글이 나올 것임을 제안하기도 한다.

> 나는 어렸을 적부터 책 보기를 즐겨하였다. (중략) 삼학년까지 다니구 양말공장에 가서 자구리를 □□다. (중략) 나는 이야기책을 주워보려고 애썼다. 신문조각을 얻어들고 변소에 가서 본 적도 있었다. (중략) 그러나 나는 책 살 돈도 없었고 책 볼 자미도 없었다. 나는 이따금 일하든 손을 놓고서 생각하였다.
> 읽고 싶은 책 한권 못 읽고 보고 싶은 사진 구경 한번 못 가구 이 세상을 살아가면 무엇하나?
> 돈 있는 고주는 열 살도 안된 나를 끌어다 일을 시키고 (중략) 내가

그들에게 모아준 돈인들 어찌 적다고 할 것인가! 그런데 그들은 나에게 책 한 권 살 돈두 글 한자 쓸 짬두 주지 않았다.

(<문예구락부>, p.99)

식민지시기 가난한 집안에 태어나 열심히 일을 했으나 독서에 대한 욕망을 충족시킬 경제적 여유는 자신에게 주어지지 않았다는 것을 진솔하게 서술하는 것은 독서 모임에서 표방하는 문학 창작론의 방법과 일치한다. 그러나 독서 모임이 노동자로 구성된 까닭에 그들의 현실을 진솔하게 담은 글은 "돈 있는 고주"에 대한 비판으로 자연스럽게 서술된다.

「내 그럴 줄 알았지. 창간지 □지에만 정신이 팔려 일들을 하드라구. 내 그렇게 될줄 알았어.」
감독이 궁둥이를 화독에 돌려대고 불을 쪼이면서 코웃음을 한다.

(<문예구락부>, p.103)

작은 집회소를 이루는 사적 개인들의 공중으로의 결집은 비밀스러운 공론장이 전제되어야 한다. 독서 모임, 즉 교양인 공중의 의사소통은 지배관계를 위협하므로 공개되지 않음으로써 보호받아야 한다. 그러나 <문예구락부>의 창간지 출판 예정이 공개됨으로써 구성원들이 보호받지 못하는 상황에 처하게 되는 결과를 초래[59]한다.

<여직공>의 옥순과 <민보의 생활표>의 서식은 독서를 통해 현실의 불합리에 저항할 의지를 갖게 된다. <문예구락부>의 독서 집단은

---

59) 위르겐 하버마스, 앞의 책, p.119 참조.

창간호 발간이라는 목적을 조직 형성의 전제 기반으로 작동시킬 수 있다. 이처럼 서적은 지식을 전달함으로써 이 세상을 이해하게 하고, 사회적 에너지를 확대시킴으로써 사회개혁에 기여하게 한다.

IV

소리매체와
식민지 조선의 풍경

1. 레코드 · 라디오 매체와 취미 제도

맥루언은 매체가 전달하는 의미나 내용보다는 매체 그 자체에 집중하였다. 한 사회의 인식구조는 매체를 중심으로 형성되므로, 매체는 대중의 인식패턴과 의식소통의 구조, 나아가 사회구조 전반의 성격을 결정짓는다. 이는 문화가 기술에 의해 결정된다는 맥루언의 기술결정론의 일면에 해당한다. 라디오가 처음 등장한 당시, 대중은 라디오가 전달하는 내용보다는 라디오라는 새로운 기술매체 자체에 놀란다. 맥루언은 청각이 시각보다 더욱 소통적인 감각이므로, 구어적 소통은 문자적 소통보다 더욱 감각적이고 현장적이며 직접적인 것[1]으로 보았다. 이는 유성기와 라디오와 같은 소리매체가 인쇄매체에 비해 대중의 인식구조 변화

에 더 큰 영향력을 행사할 수 있음을 의미하며, 식민지 지배 정책 중 하나로써 청각을 통한 취미 제도를 활용하는 것이 효과적임을 의미한다.

취미라는 근대적 제도와 소리매체는 대중의 탄생에 기여한다. 레코드와 라디오를 통해 생산된 대중이 실제로 구현한 것은 '취미 제도'이다. 그리고 이를 통해 대중들 사이에 '공유하는 감각'이 생성된다. 일제는 공유 감각을 통한 지배가 인식을 통한 지배보다 더 효율적인 점을 활용하였다. 그러한 지배 정책의 일환이 『매일신보』의 취미 도입론이다. 이는 개인의 사적 취향을 대중이라는 문화주체를 통해 공통의 취향, 공통의 감각으로 환원시키기 위한 것으로, 취미를

---

1) 월트 J 옹, 이기우 역, 『구술문화와 문자문화』, 문예출판사, 1995, pp.112-113.
　월트 옹은 인간의 5개의 감각을 인간과 친밀한 순으로 '촉각-맛-냄새-청각-시각'을 제시하였다.

설계한 일제의 의도[2])를 선명히 보여준다. 라디오·유성기를 통해 형성된 취미 제도가 자신의 생활 감각을 규율하고 있음을 대중은 알지 못했다.

'소리가 머무는 기계'라는 뜻을 가진 '유성기(留聲機)'는 19세기 후반에 근대문물과 함께 조선으로 유입되었다. 유성기가 '말하는 기계'로 불린 것은 레코드의 보급과 무관치 않다. 유성기를 통한 음악 향유는 일본의 레코드 회사경영과 밀접한 관계에 놓여 있다. 1907년에 설립된 일미축음기제조회사는 1910년대에 이르러 일본축음기상회로 확장하였으며, 이후 1928년 일본 콜롬비아로 개칭될 때까지 많은 레코드 음반을 제작 판매[3])하였다. 이들이 보급하는 음반에 수록된 곡은 곧 중산층 또는 지식층에 의해 유행된다. 음향 향유는 근대의 상업자본주의를 통해 이루어졌으며, 이를 통해 취미 제도에 소속되어갔다. 그러나 식민지시기에 소작농 또는 공장 노동자가 대부분이었던 대중은 유성기를 구입하고 음반을 지속적으로 살 수 있는 여유를 가지지 못했다. 따라서 유성기가 유입된 초기인 1910년대에는 광고의 초점이 유성기 자체에만 맞춰진다. 1920년대부터 고음질의 유성기 생산이 가능해지자 새로운 음반을 광고하기 시작한다. 이와 함께 유성기를 생활의 필수품으로 소개한다. 1930년대 초반에 이르자, 유성기는 가정에까지 확산되기 시작하였고, 휴대형 축음기까지 발매되어 야외에서도 음악을 들을 수 있게 되었다. 순수음악인의 경우, 축음기에 담긴 유행가가 상업주의에 편승한 것으로 보고 이를 비판하기도

---

2) 이경돈, 「"취미"라는 사적 취향과 문화주체 "대중"」, 『대동문화연구』제57권, 성균관대학교대동문화연구원, 2007 pp.233-254.

3) 이승원, 『소리가 만들어낸 근대의 풍경』, 살림, 2013, pp.56-57.

하였다. 그러나 1920~1930년대 유성기가 각 가정으로 빠르게 보급되면서 조선에 대중가요를 보급하는 핵심적인 역할4)을 하게 되었다.

레코드 보급 초기에는 우리의 전통 음악을 중심으로 제작 하였으나, 전기취입방식이 개발된 이후에는 유행가를 많이 제작하였다. 레코드의 등장을 통해 전통적인 음악사회가 갖고 있던 시·공간적 제약을 극복함으로써 지역성(locality)은 점차로 줄어들게 되었다. 대중들의 취향은 점점 유행을 중심으로 한 공유 감각을 형성해나갔고, 이에 따라 음악시장은 전국적인 규모로 재편되어 나갔다. 새로운 문물의 등장과 취향의 변화는 새로운 음악의 등장과 상호작용을 일으켰고 전통음악의 텍스트에서도 새로운 취향에 따른 자발적인 변화가 일어났다. 발화자와 수화자 사이에서 양자의 관계를 조율하거나 텍스트의 의미를 굴절시키고 때로는 그 의미를 아예 규정해 버리기도 하는 미디어로서의 레코드는 자신의 소리를 전국적으로 널리 송출해 주었던 라디오와 더불어 음악사회를 변화시키는 중요한 요인으로 작용5)하였다.

일제는 개성이 제거된 문화 주체인 대중을 창출함으로써 대중의 습관을 관리하고 관념을 지배하며 금기를 창출하는 지배 책략을 작동시켰다. 대중은 은닉된 규율을 깨닫지 못한 채 사적으로 소리매체를 적극 수용기도 하였으나, 지배 정책으로 작동하는 소리매체의 공적 영역을 거부하고 강제된 규율에 저항하기도 하였다.

---

4) 신인섭·김병희, 『한국 근대 광고 걸작선 100: 1876~1945』, 커뮤니케이션북스, 2007, pp.328-330.
5) 김병오, 「일제시대 레코드 대중화 과정 연구」, 『낭만음악』제17권, 낭만음악사, 2005, p.100.

2. 청각의 소통 양상과 생활 감각의 규율

2-1. 유성기를 통한 취미 감각의 지배

대중이라는 정체성으로부터 공통의 감각을 확보하는 것은 근대 국가의 체제 확립과 제국의 확장에 긴요한 요건이었다. 취미는 사적이면서도 대다수가 공유하는 것이다. 그러나 공유 감각의 외부에 존재하는 취향은 은밀하면서도 철저하게 배제한다. 일제는 동시대를 향유하는 공통 감각을 형성할 수 있는 취미 제도를 통해 대중의 감각을 지배[6]했다. 1920년대 중반부터 고음질 음반의 대량 생산이 가능[7]해짐으로써 다양한 음악 장르의 향유도 자유로워졌다.

> 이곳은 W백화점 입구이다. 유선형 시보레 차 한 대가 동대문 방면에서 쏜살같이 달려와 스르르 스톱을 한다. (중략) 레코드가 울고 그랜드 피아노가 흑요석같이 빛나고 있다. 얼른 보니 저쪽에는 젊은 남녀가 레코드를 고르고 있지 않은가? (중략)
>
> "여보 이것은 슈베르트의 소야곡이구려. 꼭 한 장 사야해요."
>
> 이것은 여자의 방울같은 고운 목소리다.
>
> "참 좋은 것도 있네. 암 사야지요."
>
> "사다가 한번 실컷 틀어봐야겠네."
>
> (「백화점 풍경」, ≪조광≫, 1937. 4월호)

시보레에서 내린 부부가 백화점에서 꼭 구입하려하는 것은 레코드 판이다. 이들 부부와 레코드를 고르는 젊은 남녀는 취미활동을 위해

---

6) 이경돈, 앞의 글, pp.1, 16-26.

7) 요시미 순야, 송태욱 역, 『소리의 자본주의-전화, 라디오, 축음기의 사회사』, 이매진, 2005, p.113.

레코드판을 서슴지 않고 구입할 수 있다. 그러나 그들이 선택한 것은 대중에게 이미 유명한 "슈베르트의 소야곡"일 뿐, 애써 진열된 레코드를 살피며 자신의 취향에 맞춰 구매하려는 노력을 하지 않는다.

유행에 맞춘 음악청취는 <가을>의 홍림에게서도 확인할 수 있다.

> "리스트의 '헝가리 광시곡 제이번.' 스토코프스키 지휘의. 자네 저번에 '오케스트라의 소녀' 안 봤는가?" (중략)
> 요새 와서는 골동품 취미가 또 유행이라 그도 돈은 있겄다 골동품도 더러 사들이곤 하였다. 그런 생활태도를 가장 속물적인 것이라 해서 기호는 일상 은근히 속으로 업신여겨 온 것이나 어째 요새 와서는 도리어 홍림이 선각자인 것같이 생각되어 그에 대해 슬그머니 친근한 느낌을 갖게 되는 것이었다.
>
> (<가을>, p.296)

기호는 홍림의 음악에 대한 선망을 통해 동질감을 느끼게 된다. 1926년 당시, 신문화 담당자들은 모두 어느 정도의 엘리트 의식을 갖고 있던 듯하다. 그들은 수입된 문화에 대한 미숙함을 드러내 보이면서도, 스스로 식민지시기의 새로운 예술을 담당할 지식인이라는 사명감[8]을 갖고 있었다. 그러나 홍림은 레코드 회사의 제작과 보급에 좌우된 채 "이포리토프 이바노프 작곡. '코카서스의 풍경"과 같은 서구 음악에 심취한다.

> "거 이상허지. 전엔 음악도 서양 것이라야만 덮어놓고 좋더니 요샌 웬일인지 이런 이국적(異國的) 동양적인 것이 좋단 말이야. 그야 베토벤인 둥 모차르트 둥 차이코프스킨 둥 좋기야 좋지만 그저 좋을 뿐이고 이렇

---

8) 이영미, 「일제시대의 대중가요」, 김창남 외, 『노래1-진실의 노래와 거짓의 노래』, 실천문학사, 1984, p.89.

게 우리 살 속으로 핏속으로 스며들지는 않는단 말일세. 자넨 어떤가. 우
리 동양 사람에겐 역시 동양 것이라야……."
　　"그것도 시세요 유행이니까."

(<가을>, p.298)

　　1920년대 이후 음악은 예술이자 고상한 취미로, 지식인이라면 누
구나 한 번쯤 **빠져** 볼만한 '유행'[9]이다. 홍림은 동양적인 것이 좋아
진 이유를 자신이 "동양 사람"이기 때문이라고 생각한다. 그러나 기
호는 음악에 대한 선택권은 향유자에게 처음부터 주어지지 않았으
며, 홍림이 즐기는 음악이란 것도 레코드판을 통해 유행하게 된 음
악일 뿐임을 알아차린다. 기호에게 홍림의 음향 향유는 곧 "시세요
유행"에 불과한 것이다. 이러한 규율화 된 취미의 선택은 <전기축음
기>에도 드러나 있다.

　　내 상여금에다 안해의 저금한것 五十원을 덧붙여서 의기양양하게 악
기점을 찾어가 코가 웃슥해서 일금 일백팔십원째리 전기축음기를사서
돈을주고는 영수증을 받고 도라설때 나의안해는 바루 하늘의별이나 딴
것처럼 눈을마주치며 어깨를 으쓱— 했든 것이다.

(<전기축음기>, p.324)

　　저축까지 덧붙여서 전기축음기를 구입하는 것임에도 불구하고 이
들 부부는 "코가 웃슥해"지며 기뻐한다. 그리고 "월급날이면 항용
二十원이란돈을 「레코-드」상회"(p.326)에 가서 레코드를 구입하는데
사용한다. 매달 월급날이면 "한장의 레코-드값청구를 청산해주면 그
날일은 간단히 처리가 되는" 처지를 "동료들 앞에 자랑하"면, "그들

---

9) 이승원, 앞의 책, p.46.

은 나를 행운아라고도 불러주”(p.325)며 부러워한다. 이들이 즐기는 취미문화는 전기축음기의 구입과 매달 한 장씩 레코드를 구입하여 즐기는 것으로 요약할 수 있다. 이들 부부의 레코드음악 취향은 “치쿠노바이젤의 G線을 퉁기는 소리”(p.328)에 대한 언급을 통해 짐작할 수 있다. 레코드를 통해 보급된 유행 음악을 향유함으로써 형성된 이들 취미 문화는 음악 향유자들 사이에 공통적 감각을 형성한다. 이러한 공통감각의 형성은 “사적 취향을 통해 취미를 선택하는 것이 아닌, 제도화된 취미를 선택하게 되는 것”[10]으로 이루어진다. 이들 부부 역시 일제의 기획된 취미 제도에 의한 감각의 지배하에 놓여있을 뿐이다.

부부는 “五十원가량 빚”(p.326)과 남편의 실업에도 불구하고 레코드의 구입과 청취를 자제하지 못한다. “안해의손에서 금반지가 날러갔고 실업일년만에 내양복은 한벌도 없”게 되었으나, “전당질을하면서도 한장식이나마 「레코-드」”(p.326)를 구입하였다. 급기야는 “백장을 팔아서 한달용과 양식을 팔아쓰게까지되었”으나, “취미의 전부를 잃는다는것은 너무나 큰비극”(p.327)이라는 절망감에만 집착한 채 쓰러져 눕는 주인공을 통해 이미 취미 제도가 당시 대중의 일상에 적극 개입되어 있음을 알 수 있다. “「레코-드」가 수입금지령”(p.326)으로 인해 두 달간 구입이 불가하게 된다든지, 레코드의 발매금지와 압수처분이 공공연히 행해졌고 급기야 검열제도까지 생기게 된[11] 것은 정치적 지배를 위한 문화통제를 입증하는 부분이

---

10) 이경돈, 앞의 글, pp.1, 16-26.
   1926년 대중의 제 문화적 현상들이 진정한 역사적, 문화적 주체가 되기 위해서는 일제의 기획된 통치 전략에 의해 대중이 ‘소환되는 객체’가 된다.
11) 김창남, 앞의 책, p.79.

기도 하다.

<가을>의 홍림과 <전기축음기>의 부부는 레코드를 적극적으로 수용한다. 지배 정책으로 제도화된 취미에 의해 조율되는 모습을 확인할 수 있다. 1926년 신문화 담당자들은 식민지 시기의 새로운 예술을 담당하는 지식인이라는 사명감을 갖고 있었음에도 불구하고, 일제의 기획된 감각의 지배를 인식하지 못한 채 서구 클래식 음악에 심취한다. 그리고 일제에 의한 레코드의 수입 금지, 검열, 압수와 같은 문화통제를 경험하게 되고 이에 절망한다.

2-2. 라디오의 보급과 문화 권력의 공공성

경성방송국은 라디오 방송을 통해 조선의 문명개화를 실현하고자 하는 근대 문물이자, 조선 침탈(侵奪)을 위한 지배 정책을 실현하고자 하는 공적 영역이다. 그럼에도 불구하고, 조선에 유입된 라디오는 대중의 문명에 대한 욕망을 충족시켜줌으로써 선진 문화를 향유하는 사적 영역을 실현하게 할 수 있는 역할을 수행하기에 이른다.

라디오는 1920년을 전후로 미국을 중심으로 영국, 프랑스, 독일 등 여러 나라로 급속하게 보급되었다. 일본에서도 1925년 도쿄, 오사카, 나고야에서 정기 방송이 시작되어 점차 보급되었으며, 이와 비슷한 시기에 조선에서도 조선총독부 주도로 라디오 방송 설립이 추진되었다. 라디오는 '무선전화 방송'이라는 이름으로 처음 출현하였다. 이어 경성방송국이 설립되어 1927년에는 정규방송이 개시되었으나, 라디오 보급은 매우 부진하였다. 이는 일제 지배라는 특수

한 시기에 조선에 출현하면서 다른 나라와는 달리 일제 식민당국의 통제 속에 도입되었기 때문이다.12)

1925년 7월, 조선총독부에 사설방송국 설립허가원을 제출한 11개의 민간기업 및 단체가 경성사설무선전화 방송국 창립사무소를 설치하고, '라듸오 위원 정례회'를 매주 개최하는 것이 보도되었다. 이들이 1926년 4월 창립위원회를 열려고 했을 때, 총독부는 '개인이건 단체건 단일의 법인체를 구성하여 비영리적 사업을 하도록 한다'는 일본 본토의 정책을 내세워, 단일의 비영리 법인체를 구성하도록 명했다. 이로써 방송국 창립계획은 무기한 연기되고, 같은 해 11월 한국 최초의 방송기관으로 경성방송국이 총독부 통제 하에 발족되었다. 경성방송국은 일제 총독부의 지원 아래 일본인이 주도하여 설립한 것으로, 조선에 거주하는 일본인들의 정보와 문화 욕구에 부응하고, 일본의 식민지체제에 조선인을 순응하게 하기 위한 교화의 수단이다.

일본은 한국 민간자본이 또 다른 방송국을 세워 방송 사업에 진출하는 것을 사전에 봉쇄하기 위해 방송사업의 보호라는 명목을 내세우며 1지역 1기업 원칙을 내세웠다. 라디오는 비행기, 전기, 전화 등과 마찬가지로 서구 과학문명의 테크놀로지로 소개되었으나, 사람들의 생활 속에는 사진, 영화, 전신, 전화, 유성기가 그러했듯이 발명품이 아닌 박래품으로 조선에 들어 왔다. 식민지 조선이 일제를 통해 서구 과학 기술을 이식받는 전형13)중 하나이다.

---

12) 김영희, 앞의 책, p.114.

13) 백미숙, 「라디오의 사회문화사」, 강명구 외, 『한국의 미디어 사회문화사』, 한국언론재단, 2007, pp.312-313.

> 朝鮮의라듸오! 그것은 우리의것이아니다, 世界의라듸오-文明-그것은
> <u>征服者의專有物</u>이다, 지금의文明이 沒落되는날은 곳 우리가 새天地를발
> 견하는날이다.[14]

위의 글은 라디오란 우리의 것이 아닌 정복자의 전유물임을 명백
히 하고 있으며, 라디오로 상징된 지금의 문명, 즉 제국의 문명의 몰
락을 통해 새로운 세상을 맞이하고자 하는 의지를 드러낸다. 이는
라디오에 내재된 문화권력이라는 공적인 측면과 무관치 않다. 1940
년대부터 라디오가 군국주의에 기여한 사실과 무관치 않다. 라디오
는 송신기와 수신기 안테나의 전파를 타고 전 국민을 하나의 시공간
에서 움직이게 만듦으로써 일제의 군국주의에 기여한다. 라디오는
독점적 방송 선전도구로, 일방적 소통방식만을 추구한다. 대중은 라
디오에서 나오는 구령 소리에 맞춰 '국민체조'를 해야 했다. 라디오
는 보이지 않는 누군가의 목소리를 전달함으로써 시공간을 가로질
러 무수한 사람들의 신체를 통제하였으며 식민지 근대의 일상과 대
중의 감정을 통제하고 훈육[15]하는 기계로 작동하였다.

> 좋고 유익한 것이면 나라에서 도리어 장려하고 잘할라치면 상급도 주
> 고 그러잖아요. 활동사진이며 스모며 만자이며 또 왓쇼왓쇼랄지 세이레
> 이 낭아시랄지 라디오체조랄지 이런 건 다 유익한 일이니까 나라에서 설
> 도도 하고 그러잖아요.
> 나라라는 게 무언데? 그런 걸 다 잘 분간해서 이럴 건 이러고 저럴 건
> 저러라고 지시하고, 그 덕에 백성들은 제각기 제 분수대로 편안히 살도
> 록 애써주는 게 나라 아니오?
>
> <치숙>, p.169)

---

14) 승일, 「라듸오·스폿트·키네마」, 『별건곤』 제1권, 1926, p.105.

15) 이승원, 앞의 책, pp.78-80.

<치숙>의 조카는 일본을 통해 유입된 활동사진, 스모, 만자, 라디오 체조를 유익한 일로 인식하고 적극 수용하길 주장한다. "스모"는 씨름, "만자이"는 만담, "왓쇼왓쇼"는 일본의 전통축제인 '왓쇼이왓쇼이'를 말하는 것이다. "세이레이 낭아시"는 '세이레이 나가시'라는 절기행사를 일컫는다. 일본정신을 강조하는 축제·절기 행사·스모, 제국주의 침략 선전도구로 이용되던 영화나 만자이는 이데올로기적 편향성을 확연히 드러내 보인다.[16] 1933년 조선어방송인 제2방송이 개설되어 비교적 독립적으로 프로그램을 제작하면서 활기를 띠었으나, 1937년 일본이 중일전쟁을 일으키면서 국민정신 총동원 계획에 의해 라디오 방송도 비상시국을 인식시키는 철저한 총독 당국의 대변인 노릇을 담당하기 시작했다. 1941년 일본이 태평양전쟁으로 전쟁을 확대시키자 라디오 프로그램은 보도 제1주의로 동경방송의 중계를 강화했고, 군국주의를 고취하고 황국신민화를 위한 내용이 그 대부분을 차지했다. 라디오가 전시 통제체제를 유지해 나가는데 주도적인 역할을 하였던 것[17]이다.

대중은 라디오 매체를 적극 수용함으로써 소리문화를 향유하는 사적 영역을 실현한다. <치숙>의 조카는 일본을 통해 유입된 활동사진, 스모, 만자, 라디오 체조를 유익한 일로 인식하고 적극 수용하길 주장한다. 그러나 1941년 태평양 전쟁의 확대와 함께 라디오 프로그

---

16) 윤대석, 「1940년대 전반기 황국 신민화 운동과 국가의 시간·신체 관리」, 『한국현대문학연구』제13권, 한국현대문학회, 2003, p.141.
　　문학과지성사(2013, p.334)는 이 부분의 단어 중 '왓쇼왓쇼'를 '어영차 어영차하고 소리지르는 함성'으로, '세이레이 낭아시'를 '익숙한 행사'로 해석하고 있으나, 이 책에서는 윤대석의 해석에 타당성이 있다고 본다.

17) 김영희, 앞의 책, p.115.

램은 독점적 방송 선전도구이자 사람들의 감정을 통제하고 훈육하는 기계로 사용된다.

3. 소리매체의 사적 영역과 수용 양상

3-1. 유성기의 보급과 음악의 향유

일본이 유성기 판매에 나선 1907년에 유성기는 주로 공공장소에서 청중을 동원하는 데에 사용되었다. 1920년 이후부터 유성기는 전문적인 음악 감상에서 연설 음반 취입에 이르기까지 다양하게 사용되었다. 특히 유성기는 대중성을 띠고 가두로 나서게 되어 약장수나 서커스 공연에서 나팔과 유성기가 활용되어 사람들을 모으는 데에 활용하거나, 매약(賣藥) 행상인의 선전도구로, 오입장이 풍류도구로, 남의 소실의 화초(花草)도구로 퍼지게 되었다.

농촌에서도 대중들은 5일에 한 차례씩 개최되는 장날에 아무 할 일 없이 다만 유성기를 들으러 가는 현상18)도 나타난다. 이렇듯 초창기 유성기는 가정에서보다는 공공장소에서 청중을 동원하거나 여흥을 함께 즐기는 등의 목적을 위하여 이용되었다.

> 고약스럽기는 하루에도 몇 차례씩 점원이 총출동하여 점포 앞에 나서서 제금과 깽매기와 갱지니와 징을 두들려대는 것인데, 이 소동은 아닌게 아니라 상당히 머리빡을 산란케 한다. 손님을 끄는 광고술법이 (중략) 하루 고작 너덧 차례. 한번에 오 분 내지 십 분이니, 그것쯤이야 못 참을

---

18) 송석하, 「농촌오락 조장에 대해서」, ≪동아일보≫, 1935.

리 없겠는데, 참말 기가 막히는 것은 축음기의 확성이다. 가게 문을 떼고 쨍과리를 울려대기 전부터 축음기는 소란스레 울어댄다. 레코드나 좀 좋은가, 맹꽁이타령, 군밤타령, 꼴불견, 조선 행진곡 도합 예닐곱 장 되는 놈을 몇 번이든 되풀이한다.

(<녹성당>, pp.185-186)

가게를 홍보하기 위해 유성기를 활용한 것은 일반적인 경우에 해당한다. 유성기뿐만이 아니라, 바이올린을 "방앗간 말처럼 뺑뺑 돌아댕기며 몸과 팔을 정신없이 내두르면서 바이올린을 놀리"며 "어떤 곡조가 있는 것이 아니라, 활을 아무렇게나 줄에 대 그어대니 듣기 싫은 소리"(<소년>, p.251)만 내며 약 광고를 하는 호객행위도 있었다. 그러나 예술에 대한 정열에 사로잡혀 진정한 예술인 음악을 통해 자신의 성공을 확신한 이들도 있다.

> "우리 회사서 새로 만든 '하라곤'이란 약이 있지? 약은 썩 좋은데 아직 선전이 들 됐단 말이다. 그러니 군은 사람 많이 모일 만한 곳을 찾아댕기며 바욜린을 하면서 이 약을 광고하는 거여. 가끔 시골로 돌아댕기면서도 광고하구. 물론 반대는 없겠지?" (중략)
> "그럼 뭐요? 난 바욜린을 장난거리로 공부하는 줄 아쇼? 내 일생의 사업으로 허는 거요. 그래 당신네들 약 파는 데 써먹자고 내 신성한 예술을 꺼낸단 말요?"(중략) "하여간 이런 욕을 받는 회사는 그만두겠습니다." (중략)
> "나는 내일부터 이 회사엔 오지 안 한다. 바욜린 가지구 약 광고를 하고 다니라는 구나."
> "허면 어째서 그러니? 힘든 일 하지 않구 좀 좋아?"

(<소년>, pp.249-250)

사람들은 "바욜린 가지구 약 광고를 하고 다니라"는 말에 회사를 그만두겠다는 최군의 반응을 이해하지 못한다. 소년의 "아버지나 어머니는 바이올린을 하는 것이, 도대체 음악이란 것이, 일종의 오락이고 돈 있는 사람들의 계집질하는 것과 같은 방탕한 노름으로 여기는 것"(p.240)이다. 서양음악이 고상한 취미로 대중화되면서 예술이 아닌, 향락과 유흥의 도구로 음악을 인식하기 시작하였다. 그리고 유행에 동조함으로써 취미 제도에 편입하려는 욕망은 아무도 치지 않는 주인집 마루에 놓인 피아노와 같은 소품 구입으로 이어진다. 당시 대중은 음악을 예술이 아닌 수단으로 인식하였다. 음악의 본질을 오인한 대중은 소년의 바이올린 연주를 장사 수단으로 이해할 뿐, 예술성에 대한 이해를 전제하지 않는다.

> "바욜린으로 존 걸 하나 들려줄까?"
> 송 선생 부인은 포터블 축음기를 가져오더니 손쉽게 찾아낸 레코드를 걸었다. 나는 단번에 에르만이 독주하는 「세레나데」인 것을 알았다.
>
> (<소년>, p.246)

소년은 『바이올린 명곡집』을 통해 바이올린을 혼자 터득 하였다. 송 선생은 소년의 예술에 대한 정열을 이해한다. 송 선생은 "예술은 거짓이 없고 솔직하구 결백해야 하는 게다. 사람도 옳게 살랴면 꼭 예술과 같"(p.243)아야 함을 강조한다. 그러나 송 선생은 용기와 정열이 없어 음악을 포기한 자[19]이다. 일본의 문화정치에 의해 허용된 문화적 활동은 지식인에 의해 이루어진다. 그러나 외국문화 유입은

---

19) "나나 당신은, 이 최군과 같은 정열이 없단 말요. 희망을 잃었으니깐 정열이 없는 거야. 허긴 희망을 잃은 게 아니라 우리가 그걸 움켜잡을만한 힘이 업는 게 아뇨 결국은 내 자신을 탓할 수밖에 없어. 우리는 타락을 한 거야. 무슨 일에든 정열을 가진 사람이 행복한 사람이거든."(<소년>, p.245)

담당자의 한계에 의해 쇠퇴 혹은 통속화·상업화된다. 신학문을 배운 젊은 층이 고급문화의 주도권을 잡게 되자, 서구적 양식 중심으로 고급문화가 재편[20]된다. 송 선생을 비롯한 당대 음악가들은 문화의 대중화로 인해 음악에 대한 희망과 정열을 잃게 된다. 송 선생이 "무슨 일에든 정열을 가진 행복한 사람"(p.245)인 소년을 격려하는 것도 일시적인 감정의 발로에 의한 것은 아니다.

1920대를 시작으로 음악 향유가 예술 차원으로 전환되자, 음악에 대한 지식이 부족한 것을 인식하고 전문적으로 공부를 더 하고자 하는 학생도 나타난다. <유성기>에서 주인공의 아버지에게 음악이란 학문이나 예술이 아닌 유성기로 표상되는 일종의 풍속이다. 이는 음악공부를 하겠다고 결심한 주인공의 태도에도 드러난다. 게다가 '그'가 "中學을卒業ㅎ고도 故鄕에 도라가지 안앗"던 이유는 "故鄕村구석에가서 農事를ㅎ고는 견듸지못ㅎ性質"이기 때문이기도 하지만 "都會를 이제떠나면 언제다시올지 막연ㅎ데 그러케쉽게 떠날수가업섯"고, 끝으로 이 두 가지 이유로 인하여 "이都會에 얼마동안 더머무러서 그가 가장질기는 音樂을배우고십헛"(p.76)기 때문이다. 주인공은 자신의 인생목표를 실현하기 위해 학업을 계속하려는 것이 아니다. 음악을 들음으로써 슬픔을 달랠 수 있기에 음악을 공부하겠다는 주인공의 입장은 학문으로서의 음악이 아닌, 향유 대상으로서의 음악을 추구하고자하는 당대 풍속과 무관치 않다.

주인공은 "슬흔때에도 音樂을드르면 그슬흠이 스러지고 그보담더 조흔 공부는 업스리라"라는 내용에 이어 "小子도 音樂을배호려"(p.77)

---

20) 이영미, 「일제 시대의 대중가요」, 김창남 외, 『노래1-진실의 노래와 거짓의 노래』, 실천문학사, 1984, pp.88-89.

한다는 뜻을 아버지께 편지로 전한다. "그의 아부지는 그 스물아믄 집되는 동리에쉽지안은豪農이다. 二三萬圓의재산을 자긔손으로만드른 그의 아부지는 또 그동리의 第一되는 린색흔사람으로 그의 린색흔데흔 逸話가 만히잇"(p.76)을 정도이다. 이렇듯 인색하기 그지없는 아버지께 음악공부를 하겠다는 내용의 편지를 보내는 것은 주인공에게 있어 대단한 용기에 해당한다. 도시 속에서 계속 음악을 향유하고자 하는 욕망은 '음악공부'를 통한 새로운 지식에 대한 기대로 전유된다. 그러나 음악을 들음으로써 슬픔을 달랠 수 있기에 음악을 공부하겠다는 주인공의 입장은 학문으로서의 음악이 아닌, 향유 대상으로서의 음악을 추구하고자하는 당대 풍속과 무관치 않다.

> 「音樂은 조흔 것이다. 이즈음 藥장사들이 留聲機라는 것을가지고 音樂을흐는데 참조터라. 네가 音樂을배호겟다는 것은 (중략) 너혼자배호면 무얼흐늬 나와 너의어머니 형 아우 누의 모도배면 더욱조흘터이니 내 어늬 新聞廣告를보니 留聲機한개에 八원이라 흐엿기에 八圓동봉히보내니 꼭닛지말고 사가지고 하로밧비도라와서 모도 音樂을배호자. 꼭닛지마라.」
>
> (<音樂 공부>, p.77)

주인공의 아버지에게 음악이란 학문이나 예술이 아닌 "유성기로 표상되는 일종의 풍속"[21]이다. 주인공은 음악공부를 포기하고 결국 낙향하게 된 것으로 끝나는 이 작품은 음악에 대한 막연한 동경을 부추긴 유성기에 대한 웃지 못 할 상황을 형상화 한 것이다.

1920년대 이후, 유성기를 비롯한 음악에 대한 인식이 단순한 호객 수준이 아닌, <유성기>와 <소년>의 주인공에서 확인할 수 있는

---

21) 이승원, 「'소리'의 메타포와 근대의 일상성」, 『한국근대문학연구』제9호, 한국근대문학회, 2004, p.220.

것처럼 전문적인 음악에 대한 열정으로 조금씩 변화하게 된다. 대중의 음악 감상을 위한 축음기 음악회가 신문사나 잡지사 혹은 사회단체 등에서 주최하고 음반회사가 후원하는 식으로 이루어졌으며 대부분 양악연주회를 개최한다.22) 연주회에 참석하는 대중들 중에는 예술의 진정성과 아우라의 복원을 꿈꾸는 이들도 있다. 달리 말하면, 모두가 레코드라는 복제음향에 몰두한 것은 아니었다. 우리는 역사적 대상과 관련하여 아우라의 개념을 제안한 바 있지만, 이러한 분위기의 개념을 이해하기 위해서는 우선 자연적 대상의 분위기 개념을 예로 들어 설명하는 것이 좋을 것이다. 우리는 자연적 대상의 분위기를 아무리 가까이 있더라도 어떤 먼 것의 일회적 나타남이라고 정의내릴 수 없다. 어느 여름날 오후 휴식의 상태에 있는 자연에게 그림자를 던지고 있는 지평선의 산맥이나 나뭇가지를 보고 있노라면, 우리는 이 순간 이 산, 이 나뭇가지가 숨을 쉬고 있다는 느낌을 맡는다. 이러한 현상을 우리는 산이나 나뭇가지가 숨을 쉬고 있다고 말할 수 있을 것이다.23)

<환상 즉흥곡>의 멜로디는 그대로가 바로 느껴 우는 영혼의 울음소리였다. 폭풍우같이 감정이 물결치다가 문득 잔잔하게 가라앉으면서 고요한 애수가 방울방울 듣는 듯- 그렇게 느끼면서 듣노라니 미란에게는 낮에 본 바다 생각이 나면서 항구의 감상이 다시 가슴속에 소생되었다. 가을 나무가 우수수 흔들리다가 한 잎 두 잎 낙엽지는 광경이 떠오르면서 그런 나무 선 바다의 애수를 노래한 것이 그 곡조의 뜻인 듯이도 해석되며 지금 몸이 마치 그런 배경 속에 서 있는 듯 감상 속에 온통 젖어버렸

---

22) 엄현섭, 『근대 조선의 대중문예 연구』, 어문학사, 2011, pp.39-42.
23) 발터 벤야민, 반성환 역, 「기술복제시대의 예술작품」, 『발터 벤야민의 문예이론』, 민음사, 1983, p.204.

다. 폴란드의 정서는 왜 그리도 모두 슬픈 것일까. 다음 작품 <베랫 A플랫 작품 47>에서도 미란은 같은 감정을 느끼면서 쇼팽의 이름이 가슴 속에 새겨지기 시작했다.

(≪화분≫, pp.126-127)

≪화분≫에서 예술의 아우라를 축음기가 아닌 피아노 연주를 통해 복원하고자 한 것은 당대 레코드의 음질이 그리 뛰어나지 않음에서 연유되기도 한다. 유성기의 기종과 녹음 시기에 따라 연주회 감상과 레코드 감상은 다를 수밖에 없다. 이는 음질의 문제로, 음의 현장감을 중시하는 감상자에게는 중요한 문제[24]다. 따라서 복제음에 대한 신기함만으로 유성기의 '음'을 수용하지는 않았다.

현마는 영화 교섭의 일이 순조로이 끝나 유쾌한 기분으로 항구 구경을 제안한다. "항구라는 말에 한줄기 감상(感傷)을 느끼면서" "기차로 한 시간 남짓 걸려 태평양의 물"(p.125)을 보게 되지만, "까닭 없는 슬픈 여정"(p.126)을 느낀다. "깨끗이 정돈되어 있는 넓은 부두, 아마도 만톤급에 가는 듯한 육중한 외국기선, 그것을 중심으로 흩어져 있는 무수한 배들"(p.125)에서 느껴지는 "고요한 풍경"은 사랑하는 "그들을 떠내보내고 난 쓸쓸한 사람들"의 작별 광경이 떠오른다. 미란은 "또렷이 지목할 수 없는 막연한 감정 … 그 막연한 애상을 도리어 향락이나 하는 듯 별일 없으면서도 몇시간 동안이나 부두를 거닐며 바다를 바라보았"(p.126)다.

---

24) 홍난파, 「음악실 단상」, 『조광』, 1935.12 참조.
　　 순수음악을 공부하는 사람들은 유성기 레코드판에서 흘러나오는 음악을 상업주의로 비판하기도 하였다.

베토벤의 <어두운 무덤 속에>와도 같은 무거운 화음이 방안에 찼다. (중략) 곡조가 끝나도 침통한 리듬이 방안에 배어 귀에 쟁쟁하다. (중략)

「모두 이런 슬픈 노래―」

돌아앉으면서 탄식하는 듯이 미란을 바라본다.

「그 슬픈 노래를 모두 즐거운 것으로 고쳐 쓰게 할 부은 영훈 씨 밖엔 없잖아요?」

「운명이랄 수밖엔 없어도 - 인력으론 어쩔 수 없는.」

선언과도 같았다.

(≪화분≫, pp.185-186)

그들이 슬픈 감정을 논하는 소리는 레코드를 통한 복제음이 아니라, "동정에 넘치는 조화된 즉흥의 한 곡조"(p.185)이며, 이 곡조는 연주가 끝난 후에도 여음으로 가슴을 공명케 한다. 재생을 통해 다시 여러 번 들을 수 있는 연주도 아니었으며, 그렇게 느낄 수 있는 감동도 아니다. 중요한 것은 미란의 슬픈 감정은 작품 전체의 분위기를 형성한다는 점이다. 영훈은 가야의 편지가 작곡을 원하는 가사이며, 자신은 "모두가 슬픈 노래 - 샘같이 솟는 그 흔한 슬픈 감정을 일일이 좇아갈 수가 없"기에 작곡을 하지 못한다고 미란에게 말한다. 그러나 미란은 가야의 시에 "아름다운 반주"(p.185)를 붙이기를 권한다. 미란에게 가야의 시에 대응될 만한 반주는 슬픈 가사에 슬픈 곡조를 붙일 수밖에 없음을 모르고 한 말은 아닐 것이다. 그녀의 주위를 싸고 있는 전반의 상황은 슬픈 곡조마저도 "아름다운"것으로 느껴진다. 그리고 이것은 슬픈 곡조를 녹음한 레코드 음반을 재생시켜 들음으로써 충족시키지 않고 있으며, 즉흥적으로 연주하는 피아노 곡조에 부응하고 있다.

초창기 유성기는 청중을 동원하거나 여흥을 함께 즐기는 등의 목적을 위해 적극적으로 수용되었다. 그러나 <소년>의 주인공은 진정한 예술을 꿈꾸고 있으며, 자신의 음악적 지식을 쌓기 위한 도구로써 레코드를 적극 활용한다. 그러나 음악이란 예술이 아닌 상업의 수단으로 이해된 분위기를 증명이나 하듯, 회사는 소년의 바이올린 연주를 매약을 위한 도구로 활용하려한다.

<유성기>의 주인공은 레코드를 적극적으로 수용한 나머지, 도시 속에서 계속 음악을 향유하고자 하는 욕망을 갖게 되며 이를 '음악 공부'에 대한 기대로 전유한다. 그러나 아버지에게 음악이란 유성기로 표상되는 일종의 풍속일 뿐이다.

모두가 유성기를 통한 복제음향을 수용한 것은 아니다. 1920년대 이후 대중의 음악에 대한 열정은 예술의 진정성과 아우라의 복원으로 이어졌다. ≪화분≫의 작중인물은 기계 테크놀로지인 유성기와 라디오의 음향을 거부하고, 즉흥적으로 연주하는 피아노 곡조를 통해 자신의 감정을 드러낸다.

3-2. 라디오 방송과 사적 전유

라디오는 청각적 이미지의 극대화라고 볼 수 있다. 라디오를 통해 "世界의움지김을듯는수수께끼갓흔이약이"를 처음 들은 대중은 "現代科學文明의 極致·鬼神의 作亂·近代文明에 새로운神"으로 여기며, 그 신기함에 감탄한다. 유성기와는 다른 새로운 감각을 라디오를 통해 감지한 대중은 "科學의神"에 대한 찬양과 함께 라디오에 몰두한다.

타적마당에다 바지랑때를세우고 電池를갓다놋코 라팔통을갓다대이면 JOAK가나온다. 동경에서 기생이소리하는 것이 들리인다. (중략)

JODK, 『여기는 서울체신국이올시다』— 뚝끈첫다가 金秋月의南道短歌올시다 『白鷗야 훨훨날지마라……』가 들리인다. 『엉……』하고입을딱벌리인다.

그러나 나는어느無線雜誌에서 러시아의어느農家의家庭에서 지금 라듸오를듯는판인데 여덜시에 모스코바에서 스탈린의農村에대한演說이잇다고하여서 그집主人늙은영감이 얼골이 긴장이되여서 텁석부리의수염한아가 싸딱이지아니하고 受話機를 귀에다다이고안저잇는데 그엽헤는 그의아들인듯한젊은친구가 「아버지나좀드릅시다」하면서 재차례가 도라오기를기다리고잇는그림—이 마음에맛는그림을본일이잇다.

레닌은 『未來에 나의바라는 世界는電氣의世界라』고하엿다.25)

초기 유성기 모델들의 음질은 빈약하기 짝이 없었다. "그집主人늙은영감이 얼골이 긴장이되여서 텁석부리의수염한아가 까딱이지아니하고 受話機를 귀에다다이고안저잇는데 그엽헤는 그의아들인듯한젊은친구가 「아버지나좀드릅시다」하면서 재차례가 도라오기를기다리고잇는" 것은 유성기의 소리가 극히 작았기 때문이다. 따라서 청진기 같은 보조용이나 나팔이 필요했다. 후에 점차 나팔관 형태로 바뀌고 음량이 커지게 되면서 다수가 청취할 수 있게 된다. 이후에는 나팔 내장형이 등장한다. 함께 듣는 공동이 함께 듣는 것을 가능케 하기 위한 조건은 "음량 확보"이다. 확성기는 음량 확보의 결정적 역할을 한다.

상당히 고가품에 속하는 라디오를 구매하고 향유할 수 있었던 계층은 상류층 사람들로 가정 내에서 자신들의 부를 과시하는 하나의 상징물로서 충분히 존재가치가 있었다.

---

25) 승일, 앞의 글, p.104.

돈업는동무여! 당신네들은 八九十錢을내이고 新聞을보듯이그만한돈을
내이고 그代身라듸오를 드를수가잇슬까요 (중략) 그러타, 生活과라듸오-
우리의게는 우리의生活과는 아즉도멀다, 어느것이나 아니그러리요마는 文
明-그것도 돈잇는者의所用物이다, 文明은쉬임업시 새것을내여놋는다, 文明
은 쉬임업시 새것을내여놋는다, 그것은 부르조아의게 팔리여간다, 그리하
야, 못처럼 意義잇게나왓든것이 그本意를일허바리게된다 그리하야 文明
이운다文明이운다, 설어워한다, 하듸오가운다, 우리와는 距離가멀다.[26]

"新聞을보듯이" 매달마다 "八九十錢"의 비용을 지불하며 라디오
를 듣는 것은 당대 대중의 경제적 여건에 있어 현실적이지 못하다.
1920년대에서 1930년대 한국인 노동자의 월급이 1원에서 22원 사
이를 맴돌았고, 쌀 한 가마니의 가격이 약 4원 정도 했으니, 90전의
청취료는 만만한 금액일 수는 없다.[27]
라디오와 유성기는 취미 문화를 즐기기 위해 중산층 가정에서 갖
추어야 할 물건으로 여겨졌으며, 실제로 음악을 즐기기 위한 필수품
이기도 하였다. 자신의 걱정을 접어두고 단순히 즐겁게 놀기 위한
수단이 유성기와 라디오이다.

문경이는 잔걱정 다 집어치우고 재미있게 놀려 하였다. 풍금을 치며
합창도 하고, 유성기를 내놓고, 라디오를 듣고, 군것을 사다 먹고…… 어
쨌든 그 동안 혼자 지내기에 인제는 사람에 주리고, 또 남편이 들어오더
라도 무슨 난폭한 짓을 할지 그것도 조금은 겁이 나서, 그리 친하지도
않던 영자를 붙들어 두려고 자기보다도 영자를 놀려 주는 것이었다. (중
략) 외면을 하듯이 하고 들어온 인호는, 손에 수첩과 연필을 들고 뒤따라
들어오는 상인을 돌려다보며,
"고레데스가(이겁니다만)……."

---

26) 승일, 앞의 글, pp.104-105.
27) 이승원, 앞의 책, p.72.

하고 아까 틀다가 놓아 둔 유성기와 저 구석으로 탁자에 받쳐 놓은 라디오 세트를 가리킨다. (중략) 그 일본 사람은 두 기계를 뒤적뒤적해 보고 레코드판을 틀어 보고 하더니, 허리를 굽실하고 나가 버린다. (중략)

"전부 일백삼십 원밖에는 더할 수가 없습니다."

"그건 너무 억울한데."

"하지만 더 붙일 데가 없습니다. 글쎄요, 지금 본 것 두 가지에서나 한 오 원 더 나올까요. 그 외엔 일 푼 더할 수 없습니다."

(≪무화과≫, pp.614-616)

문경과 인호의 결혼생활은 파국을 맞이하고 있다. 인호에게 단란한 가정의 상징물인 유성기와 라디오 세트는 더 이상 의미가 없다. 그러나 문경은 일본인 상인에게 웃돈을 얹어주면서까지 이것을 소유하려고 한다. 유성기와 라디오는 근대문명으로 취미 제도의 소속을 의미하는 것을 넘어서, 결혼생활의 단란한 그림을 유지하는 데에 필요한 물건이며 곧 문경 자신의 결혼생활에 대한 자존심을 의미하는 것이기도 하다.

라디오의 사적 의미가 취미문화를 향유하기 위한 것을 기본으로, 행복한 결혼생활을 의미하는 것으로 전유되었다. 그러나 라디오의 본래적 역할은 공적 영역에서 일제 지배 정책에 기여하는 데에 있다.

"제이오디케이(JODK), 지금부터는 동경방송국의 음악을 중계방송을 하겠습니다. 러시아의 당대 일류 성악가 쿠론스키 씨의 <사랑의 갈등>이라는 세레나데의 독창입니다⋯⋯"

오후 일곱시 이십분이다. 여기는 식당이다. 경옥이가 미리 경성방송국의 프로그램을 보아두었던지 식탁이 벌어진 뒤에 스프만 먹고 나서 맞은 벽의 시계를 쳐다보더니 살짝 나타나서 라디오의 스위치를 틀어 놓았다.

"야! 동경의 음악을 서울 안에서 밥 먹으며 듣는 세상이 되다니 우리 손자가 우리 낫세가 되면 비행기를 타고 화성이나 금성에 가서 댄스를 하고 거기 모던 걸을 데리고 와서 이 집에서 새벽 잠에 곤드라져 자게 되렸다……"

주인영감은 스푼을 놓고 내프킨으로 입을 씻으며 감개무량한 듯이 이런 소리를 한다.

"그야 이번 독일서 온 첵펠린백 호에서는 서백리아의 논이 쌓인 벌판을 날아오면서 식당에서 샴페인을 마시며 무선전화를 들었다는데……"
…… 쿠론스키의 <사랑의 갈등>은 동경서 날아와서 샹들리에 밑에 화려히 빛나는 이 조그마한 식탁 위에서 낭랑히 춤을 추었다.

(≪광분≫, pp.24-25.)

조선총독부는 일본에서 라디오 방송 설립이 추진되자, 총독부 체신국에 무선실험실을 설치하여 1924년 11월 무선시험방송을 시작하고, 1925년 6월부터 출력 20w로 매주 4회 시험방송을 실시하였다. 경성에서 정규방송이 시작된 것은 1927년 2월 16일이었다. 첫 방송은 일본어와 조선어의 두 언어가 사용된 '혼합방송'이었다. "JODK 여기는 경성방송국…"으로 시작되었다. 호출부호 JODK는 경성방송국이 도쿄, 오사카, 나고야에 이은 네 번째 일본의 방송국임을 의미하는 것이었고, 내선일체 식민정책을 상징하였다. 그러나 라디오의 보급이 원활히 이루어지는 것이 쉽지만은 않았다. 이에 조선총독부는 라디오의 보급이 여의치 못한 조선 사람들에게 라디오 내용을 듣도록 하기 위해 탑골공원에 라디오 수화기를 설치한다.

종래톄신국에서일주일동안에몃번식방송하든 "라의오"방송은전혀일본사람을중심으로 한 것을 방송히여왓스나 현상에잇서서는 조선사람들도 상당히 무선뎐화 스화긔를설치하얏슴으로 일 주일 네 번식방송하되 한번은 조선 사람들을위하야 방송하기로 되어금팔일오후일곱

시반부터방송하리라는바 아즉그설치가보급되지못한관계로 일반에게 널니들녀줄수가업다하야특히탑골공원안에수화긔를설치하고례신국 방송국에서 방송하는 조선의유수한명창의의음률과노래영화해설등을 들녀주게된것을 비롯하야 매주일한번식 조선인을 위한방송이잇게되 엿다더라.[28]

  라디오에 집중하게 하기 위한 일환으로써 일주일 네 번 방송 중에 서 한 번을 조선인이 듣고자하는 명창의 노래와 영화해설을 비롯한 '조선인을 위한 방송'을 실시하였다. 라디오는 '소리 나는 기계'라는 그 존재 자체로 신기한 것이었으나, 프로그램의 미비함은 수신기 구 매 촉진에 큰 장애가 되었다. 예를 들면, 경성방송국의 초기 편성에 서 뉴스는 일본 동맹 통신 기사를 그대로 낭독하는 것이었고, 심지 어 "뉴스를 말씀드리겠습니다. 오늘 뉴스는 없습니다"가 뉴스였다.

  1931년, 초기 경영난 타개와 한국인 청취자 회유책으로 '이중방 송' 계획이 세워지고, 1933년부터 이중방송을 시작한다. 이때부터 지방 주요 도시를 순회하면서 <지방 도시의 밤>이라는 프로그램으 로 1년 반 이상 계속 현지 중계방송을 하면서 일반 국민들에게 라디 오 매체를 소개하고 지방 청취자를 확대해 갔다. 그러나 라디오 수 신기는 매우 비싼 고가의 제품이었고, 1933년 이중방송이 시작된 후 보급품의 수신기가 출현하였던 시기에도 보통사람들이 구입하기엔 쉽지 않은 것이었다.

  보급품수신기는 50원 정도 가격의 보급형 교류식 수신기를 제작 판매하였다. 1930년대 기자를 포함한 사무직・전문직의 월급이 60

---

28) 「탑골공원내에 라듸오설비」, 『동아일보』, 1926.07.08

~80원 정도였고, 꽤 인기 직업에 속한 여점원이 월21원 정도의 수입이었으니 라디오 수신기는 상당히 비싼 가격이었다. 그리고 월 2원의 청취료와 전지 및 소모품비가 월 2원 정도 더 소요되었으므로, 라디오를 구입하겠다는 생각은 쉬운 것이 아니었다. 따라서 라디오에 대한 광고와 라디오 보급 활성화를 위해 다양한 정책을 실시하게 되는데, 탑골공원에 라디오 수신기를 설치하는 것도 라디오 홍보의 일환이라 하겠다.

1937년 경성방송의 조선어방송인 제2방송의 출력이 50kw로 증강된 무렵 라디오가 사회적으로 수용될 수 있었고, 라디오 수입 판매상이 많이 증가하였다. 1936년에 이르면 조선은 일반에게 보급되기 시작하여 저급직공의 집까지도 라디오가 장치되고 지방에서도 인테리 가정, 주식추인, 미두놀이에 귀를 쓰는 사람, 문화청소년의 집 같은 데까지 라디오가 장치되어 라디오 보급이 눈이 띄게 증가하였다.[29]

삼한사온의 그 사온―, 바람 없고 따뜻한 날, 남향한 대청에는 햇빛도 잘 들고, 그곳에가 시어머니와 며느리, 귀돌 어멈과 할멈이, 각기 자기들의 일거리를 가지고 앉아 육십팔 원짜리 '콘서트'로 '쩨·오·띠·케'의 주간방송, 고담이라든 그러한 것을 흥미 깊게 듣고 있는 풍경은, 말하자면, 평화― 그 물건이었다.

(≪천변풍경≫, p. 340)

1930년대 후반에는 대중극이 연예프로그램의 가장 중요한 종목으로 부상하여 신불출과 같은 배우의 이름이 전국적 유명세를 얻었다. 이때 인기 있는 소재는 가정 비극으로, 여성들은 라디오 방송에 심취

---

29) 김영희, 앞의 책, pp.119-124.
백미숙, 앞의 책, pp.316-317.

한 나머지 자신이 비운의 여주인공이고 싶은 생각에 빠지기도 하였다.

중년여성층이 라디오 드라마에 열광했다면, 노년층은 남도소리, 서도소리를 들려주는 조선음악에 열광했다.

윤직원 영감은 본이 전라도 태생인 관계도 있겠지만, 그는 워낙 남도 소리며 음률 같은 것을 이만저만찮게 좋아합니다. 그렇게 좋아하는 깐으로, 일년 삼백예순날을 밤낮으로라도 기생이며 광대며를 사랑으로 불러 다가 듣고 놀고 하고는 싶지만, 그렇게 하자면 일왈 돈이 여간만 많이 드나요! 아마 연일을 붙박이로 그렇게 하기로 하고, 어느 권번이나 조선 음악연구회 같은데 교섭을 해서 특별할인을 한다더라도 하루에 소불하 십 원쯤은 쳐주어야 할 테니, (중략) 윤직원 영감의 그다지도 뜻 두고 이루지 못하는 대원을 적이나마 풀어 주는 게 있으니, 라디오와 명창대회 가 바로 그것입니다. (중략) 윤직원 영감은 그래서 바로 머리맡 연상(硯床벼루올려놓는 상) 위에 삼구(三球) 짜리 라디오 한 세트를 매두고, 그 걸 금이야 옥이야 하면서 방송국의 마이크를 통해 오는 남도 소리며 음률 가사 같은 것을 듣고는 합니다.
장죽을 기다랗게 물고는 보료 위에 편안히 드러누워 좋다! 소리를 연해 쳐가면서 즐거운 그 음악 소리를 듣노라면, 고년들의 이쁘게 생긴 얼굴이나 광대들의 거동이 눈에 보이지 않아서 유감은 유감이지만, 그래도 좋기야 참 좋습니다.

(≪태평천하≫, p.50)

음악방송은 언어의 제약이 적어, 같은 음악방송을 일본어와 조선 어 두 가지로 방송하였다. 일제는 지배 정책을 알리기 위해 대중의 관심을 끌어야 했으므로, 조선의 아악과 민요·설화 등을 방송하기 도 했다. 라디오 구매력이 있는 나이 든 조선청취자들은 국악방송을 특히 선호했다. 특히 "오십 전을 내고 하등표를 달라고 해서 홍권(紅 卷)을 한 장"(≪태평천하≫ p.58)을 구입해서 듣는 것보다는 라디오 방송프로그램의 청취가 윤직원 영감에게는 더 저렴하다. "그놈의 것 돈 십칠 원 들여서 사놓고 한 달에 일 원씩 내면서 그 재미를 다 보니, 미상불 헐키는 헐타고 은근히 좋아"(≪태평천하≫, p.52)한다. 국악 방송에는 조선권번의 기생들이 출연하여 잡가 등의 조선 노래를 부르거나 장고, 거문고 연주를 하기도 했다. 가장 인기를 끈 프로그램의 하나는 명창대회였다. 전국에서 가장 유명한 명창을 하루 한 사람씩 초대하여 매일 방송한 라디오 명창대회가 가장 인기 있는 프로그램의 하나였다.

> 라디오를 프로그램 대로 음악을 조종하는 소임은 윤직원 영감의 차인 겸 비서 겸 무엇 겸 직함이 수두룩한 대복(大福)이가 맡아 합니다.
> 혹시 남도 소리나 음률 가사 같은 것이 없는 날이라치면 대복이가 생으로 벼락을 맞아야 합니다. (중략) 하기야 대복이도 처음 몇 번은 방송국에서 프로그램을 그렇게 정했으니까, 집에 앉아서야 라디오를 아무리 주물러도 남도 소리는 나오지 않는 법이라고 변명을 했더랍니다. (중략) 방송국에서 한동안, 꼭같은 글씨로, 남도 소리를 매일 빼지 말고 방송해 달라는 투서를 수십 장 받은 일이 있습니다. (중략) 그야말로 눈물의 투서였던 것입니다.
>
> (≪태평천하≫, p.51)

라디오방송 일정은 신문을 통해 미리 보도[30])되었으므로, 대복이

---

30) 아래와 같이 라디오 방송 순서를 동아일보 등 신문매체를 통해 미리 예보하였다.
   六月十七日 【月曜日】
   ▲午前一〇,〇〇氣象槪況,各地天氣實況
   ▲一, 三〇料理品目▲一一, 〇〇日用品時勢▲一一〇〇家庭講座▲正午時報 "뉴스"▲午後〇, 二〇라듸오學校音樂▲二, 一〇婦人講座(朝鮮語) "佛敎와女性觀"金泰洽▲三,四五 "뉴스"▲六, 〇〇초등영어강좌▲六二〇音樂童話▲七, □〇趣味講演▲七,五〇 "뉴스"▲八, 〇〇라듸오푸레이▲八, 三〇日本演藝中繼放送▲九, 三〇라듸오體操橋本茂雄▲氣象槪況,各地天氣實況翌日順序發表, 時報▲九, 五〇 "뉴스"▲一〇, 〇〇朝鮮雅樂一,保太平之樂二,萬年之曲三,堯天舜日之曲사, 長春不老之曲五, 萬年長歡之曲六, 訟九如之曲▲라듸오난센쓰李雲芳案(全一幕三場)演出라듸오劇硏究會指揮李海月 (「라듸오放送」, 『동아일보』, 1929.06.17)

는 윤직원 영감이 원하는 대로 라디오 일정을 미리 알아 놓을 수 있다. 총독부가 엄격한 사전검열과 심의·방송 차단 등의 방식으로 방송 내용을 제약하면서도, 수신기 보급과 청취자 숫자 증대라는 정치적 필요성에 의해 독립적인 조선어 채널을 설치하고, 출력을 증강하여, 조선적인 프로그램이 발전하게 된 것은 한국어를 말살하려는 식민지 통치정책에 반하는 모순적인 결과였다.

제국의 정치논리와 정책 의도에도 불구하고, 일상생활 속에서 라디오를 청취하던 수용자들에게는 양악과 새로운 형태의 대중문화를 경험하게 하는 근대적 문화의 창구였을 뿐 아니라, 전통 음악과 이야기를 근대적으로 변용하여 제공하는 매체이기도 하였다.[31]

지금까지 살펴 본 작중인물들을 통해 라디오에 대한 수용은 감탄과 함께 적극적 수용의 양상을 확인했다. 그러나 라디오 방송을 통해 들려오는 소리는 근대 도시의 소음으로 쉬지 않고 돌아가는 기계소리와 다름없이 거부하고 싶은 대상에 해당한다.

> 박은 그만 어뜩어뜩 현기증이 나는 머리를 반동적으로 흔들며 일어나고 말았다. (중략) 서울 사람들은 내일 하루 날이 궂을까 하여 몹시 애들을 태우는 듯 라디오는 밤중까지 내일 천후를 예보하느라고 거리를 시끄럽게 했던 것이다. (중략) 엊저녁 라디오는 무어라고 예언하였는지 모르거니와 날은 씻은 듯이 개었다.
>
> (이태준, <봄>, p.153)[32]

박이 신경 쓰는 것은 라디오의 전달 내용이 아닌, 밤중까지 라디오에서 쏟아져 나오는 시끄러운 소음이다. 라디오 방송 소리는 박을 정

---

31) 백미숙, 앞의 책, p.314.
32) 이태준, <봄>, ≪달밤≫, 깊은샘, 2004

신을 번쩍 차리게 만드는 "오정 소리"(p.158)와 다름없다. 오정 소리
는 "완강한 기계의 종"(p.154)이 된 박과 자신의 딸이 "종 치면 일하
고 종 치면 집에 오구, 집에 와선 저렇게 곯아떨어져 자"(pp.155-156)
는 고된 삶을 환기시킨다.

> 자기는 개울에서 고기를 잡다가, 아내는 둔덕에서 나물을 캐다가,
> "꽃도 되운 폈소……."
> 하고 앞뒷산을 번갈아 바라보던 생각도 났다.
> 이런생각 저런 생각에 몸은 점점 달았다. 더구나 가까이 있는 행길 시
> 계포에서 심술궂은 아이처럼 지절대는 소리로 창경원이니, 벚꽃이라니,
> 저기압이니 하고 떠드는 라디오 소리에 박은 짜증이 더욱 났다.
>
> (이태준, <봄>, p.156)

박은 근대 자본주의 구조를 인지하지 못한 채, 고향에서 가지고
온 천 원이나 되는 돈을 삼 년 동안 낭비하고 만다. 그보다 장질부사
로 아내를 잃고, 딸아이를 담배공장에 보내 연명을 하던 지난 시간
을 돌아볼 때, 오히려 박이 인쇄소에서 근무하게 된 것은 공장 감독
의 말처럼 다행인 것이다. 그러나 "딸의 얼굴이 그다지 창백한 것"
과 "쌔근쌔근하는 힘에 가쁜 숨소리, 거기에서 피어오르는 그윽한
담배 향기"는 근대의 노동자에게서나 맡을 "딸의 눈물겨운 직업의
냄새"(p.155)이다. 노동자는 기계 소리와 종소리, 정오 소리에 놀라
정신을 차리는 데에 익숙하다. 이는 힘든 삶의 연속을 통한 익숙함
이지, 결코 근대의 소리에 대한 긍정적 감탄에 의한 것은 아니다.
'일요일 휴일의 날씨'에 집착한 라디오 방송의 소리는 "날 좋은 일요
일"(p.157)임에도 불구하고 담배 공장과 인쇄소로 각각 달려가는 노
동자가 듣는 소음과 다를 바 없다.

박은 "왼종일 오장육부가 뒤흔들리는 엔진 소리"가 아닌 "새 소리 한마디"(p.157) 듣기를 갈망한다. 박은 라디오를 비롯한 기계로부터 흘러나오는 소리를 거부한다. 박은 라디오를 강한 거부의 대상으로 인식한다.

일제는 공적 영역에 기여하기 위한 지배 정책의 일환으로써 라디오 보급과 홍보에 기여한다. 그러나 라디오는 ≪광분≫에서 부유한 가정에 소속된 작중인물을 통해 놀라운 기술에 대한 만족임을 드러내 보임 함께 중산층의 부의 과시와 ≪무화과≫에서 무경은 단란한 결혼생활의 상징으로 마지막까지 소유하고자 한 대상이었다. 라디오의 발달과 보급형이 등장하자 대중에게로 취미문화가 확산된다. ≪천변풍경≫에서 중년여성층이 라디오 드라마에 열광하는 모습을 확인한 바와 같은 맥락으로, ≪태평천하≫에서 윤직원 영감의 남도소리·서도소리와 같은 조선음악에 열광한다. 식민지시기 지배 정책 중 하나인 경성방송국을 통해 일제는 지배 정책을 알리려 한다.

라디오에 대한 사적 전유 양상은 수용과 함께 거부의 모습을 드러내기도 하였다. <봄>에서 박은 라디오 방송을 통해 들려오는 소리는 근대 도시의 소음으로 쉬지 않고 돌아가는 기계 소리와 다름없이 거부하고 싶은 대상에 해당한다.

4. 제국주의의 문화정책과 식민지배

4-1. 유성기 음악에 대한 저항

식민지시기는 일제의 수탈에 의한 민족 말살과 그에 맞선 자주적 근대 국가의 지향이라는 대립 구도로 설명할 수 있다. 제도를 근거로 한 취미 문화의 확산 속에서 상품 가치를 갖게 된 음반은 경제적 지배원리 위에 작용하였다. 그러나 경제적 지배원리보다 근본적으로 작용하는 것은 정치적 지배원리이다. 일제의 정치적 의도는 조선의 식민지화를 통한 최대한의 착취에 있다. 이를 추구하기 위해 대중의 문화와 주체성을 압살하고 일제에 완전 동화시킴으로써 대중의 비판적 의식을 마비시키고 무기력하고 소극적인 생활태도를 갖도록 하는 것이 긴요33)하였다.

박태원의 <피로>와 <소설가 구보 씨의 일일>은 산책 모티프가 주된 서사로 작용하고 있다. 종래 산책 모티프는 모더니즘 연구의 일환으로서 주목해왔다. 그러나 산책의 모티프에 내재한 음악적 모티프에 대한 중요성은 간과34)되어 왔다. 박태원의 <피로>와 <소설가 구보 씨의 일일>은 엔리코 카루소(Enrico Caruso)의 '엘레지-'와 엘만의 '발스 센티멘털'을 각각 배경음으로 활용하고 있다. 이 음악들

---

33) 김창남, 「유행가의 성립과정과 그 문화적 성격」, 김창남 외, 『노래1-진실의 노래와 거짓의 노래』, 실천문학사, 1984, pp.77-79에서 조동일, 「시인의식론(11) 유행가 시인과 비애라는 상품」, 『청맥』, 1965, p.204 재인용.

34) 조은주, 「박태원과 이상의 문학적 공유점」, 『한국현대문학연구』제23권, 한국현대문학회, 2007, pp.251-282.
조은주는 박태원과 이상이 공유하고 있는 거울, 음악, 산책 모티프에 주목하고, 이들이 구인회 활동으로부터 비롯된 문학적 공유점이자 핵심적인 메타포로 기능하고 있음을 규명하였다. 작품의 배경음인 엔리코 카루소의 엘레지는 반복 재생되는 것은 그의 소설 창작과 대치되면서 소설 창작은 곧 음악 감상 행위로 치환된다(p.267)고 보았다.

은 소설 전반에 제시되며, 소설 전체의 흐름에 상응하는 분위기를 전개를 암시하는 축으로써 기능한다.

<피로>에서 버스 속의 '나'는 자신의 "의지에 배반하여 자꾸 다른 방향으로 달려가고 있는 버스 우에 무표정한 얼굴을 하고 있"을 수밖에 없는 무기력함을 느낀다. 그가 심리적 안정감을 찾을 수 있는 곳은 낙랑에서 차를 마시며 담배를 피우는 일, 그리고 엔리코 카루소의 '엘레지-'를 듣는 순간이다. 그는 노래를 12번 이상이나 들음으로써 음악을 통한 피로의 해소에 이어, "분명히 열두 번 이상 들었던 엘레지는 역시 피로한 것"이 된다.

> 사람들은 피로한 몸을 이끌고 들어와 등탁자 하나씩을 점령한다. 아마도 위안과 안식을 구하려 들겠지만, 어린 보이 노마에게 주문해 얻은 것은 한 잔의 홍차에 지나지 않는다. '나'는 이 다방이 레코드를 250장이나 확보하고 있는 중에 오직 한 장, 엔리코 카루소가 노래하는 「엘레지」만 듣기 위해서 찾는다. 어떤 땐 7시간 이상 눌러앉아 있으면서 그 판을 열두 번 이상 듣기도 했는데 그럴 때의 「엘레지」 역시 피로한 것이었음에 틀림없다.
>
> (<피로>, p.25)

<소설가 구보 씨의 일일>에서 산책 모티브는 음악 감상 행위와 따로 분리되어 설명될 수 없다. <소설가 구보 씨의 일일>에서 구보는 산책을 통해 듣게 되는 조선 고유의 '수심가'와 엘만 음악을 병치시킴으로써 보다 적극적인 식민지 조선의 거리 산책[35]을 한다. 그러나 "자기와 더불어 그곳에 있던 온갖 사람들이 모두" 목적을 갖고

---

35) 조은주, 「박태원과 이상의 문학적 공유점」, 『한국현대문학연구』제23집, 한국현대문학회, 2007, p.252.

"저 차에 오른" 데에 반해, 자신만 혼자 그곳에 남아 있는 것을 통해 외로움을 느낀다. 구보는 움직이는 전차에 뛰어 오름으로써 그들과 동화의 공간을 유지하려 한다. 그러나 근대화의 제도에 편입하지 않은 구보는 결국 스스로 '소외'를 느낄 뿐이다. 그의 소외감은 계속 이어진다.

> 조선은행 앞에서 구보는 전차를 내려, 장곡천정으로 향한다. 생각에 피로한 그는 이제 마땅히 다방에 들러 한 잔의 홍차를 즐겨야 할 것이다. (중략) 다방의 오후 두시, 일을 가지지 못한 사람들이 그곳 등의자에 앉아, 차를 마시고, 담배를 태우고, 이야기를 하고, 또 레코드를 들었다.
> (<소설가 구보 씨의 일일>, p.33)

음악에 대한 문화 향유 방식에 획기적인 변화 양상을 갖게 된 것도 유성기의 등장과 관계있다. 유성기 등장 이전까지 음악의 향유는 '라이브' 방식으로, 현장에서 기생과 가객, 악공 등의 연주를 직접 관람하는 방식으로 음악이 수용되었다. 그러나 유성기의 유입으로 레코드 판을 통한 음악 청취가 가능해졌다. 즉, 유성기 등장은 이전의 '보고 듣는' 방식에서 '듣는' 방식으로 그 수용 양상이 변화하게 된 것[36]이다. 이 점은 <피로>에서 '나'가 '엘레지-'를 들음으로써 갖게 되는 심리적 안정감이 피로로 전환되는 내면적 이유를 밝히는 근거가 된다.

엔리코 카루소의 '엘레지-'를 12번 이상이나 듣는 행위는 싫증을 유발할 수 있는 것이다. 그러나 그는 "분명히 열두 번 이상 들었던

---

36) 고은지, 「20세기 유성기 음반에 나타난 대중가요의 장르 분화 양상과 문화적 의미」, 『한국시가연구』제21권, 한국시가학회, 2006, p.331.

엘레지는, 역시 피로한 것"으로 인식한다. 낙랑에서 듣는 폐쇄성을 가진 반복된 음악은 그에게 어떠한 현실의 돌파구를 마련해 주지 못한다.

'나'가 원고를 탈고하기 위해 "다시 다방 '낙랑' 안의 그 구석진 테이블로 되돌아온" 계기는 "'나'는 그것에서 '나'의 마지막 걸어갈 길을 너무나 확실하게 읽"었기 때문이다. "엘레지는 여전히 공기를 뒤흔들고" 있을 뿐이다. 엘레지는 '일상의 보존'을 의미하며, '나'의 피로를 보존시키고, "이제 하루도 겨우 한 시간이면 종국을 맞을" 시점에서 여전히 "쓰려는 원고가 언제쯤 탈고될까를 생각"하게 한다.

> 구보는 한길 위에 서서, 넓은 마당 건너 대한문을 바라본다. 아동 유원지 유동의자에라도 앉아서…… 그러나 그 빈약한, 너무나, 빈약한 옛 궁전은, 역시 사람의 마음을 우울하게 하여주는 것임에 틀림없었다.
> (<소설가 구보 씨의 일일>, p.36)

레코드를 통해 반복적으로 재생되는 '듣는' 방식의 음악 향유는 '나'의 일상이 반복적으로 재생되고 있음을 암시하며, 작가가 식민지 조선의 현실에 그대로 노출되어 있음을 암시하는 것이기도 하다.

> 철겨운 봄노래를 부르며, 열 살이나 그밖에 안 된 아이가 지났다. 아이에게 근심은 없다. 잘 안 돌아가는 혀끝으로, 술주정꾼이 두 명, 어깨동무를 하고, 수심가를 불렀다. 그들은 지금 만족이다. 구보는, 문득, 광명을 찾은 것 같은 착각을 느끼고, 어두운 거리 위에 걸음을 멈춘다.
> (<소설가 구보 씨의 일일>, p.68)

1910년대 유성기 음반 관련 신문기록에 의하면 한국 유성기 음반사의 시작이 '전통 음악의 녹음'으로 시작되었다. 1920년대 후방에 이르러, 전통적 가창 양식에 의해 주도되었던 유성기 음반의 레퍼토리는 변화가 생기기 시작한다. 1926년 2월 6일자 『매일신보』에 의하면 '양곡' 파트의 콘텐츠 다양화와 함께, 남도잡가, 경기잡가, 서도잡가 등의 전통적 레퍼토리가 여전히 주를 이룬다.37) 유성기가 보급되던 1907년대부터 공공장소에서 청중 동원용으로 사용되었음을 고려할 때, 다른 지역 민요의 향유기회 확산의 가능성38)은 다분하다고 볼 수 있다.

게다가 수심가는 이별과 인생의 한을 노래한 비애감이 강한 음조를 가진 노래이다. 1910년대 최고 가치의 가요는 영웅활달지사(英雄豁達之詞)나 장사강개지가(壯士慷慨之歌)와 같은 것이었기에 수심가·난봉가·아리랑 등은 개명진전(開明進展)의 시대적 상황에 역행하는 부정적인 가요로 여겨지고 있었다.39) 1920년대가 지나서도 수심가는 민요가 아닌, 속곡이자 패가(敗家)에 해당한다. 조선 민요를 패가로 기억되던 통속 민요는 주변부로 밀려날 수밖에 없었다. 따라서 두 명의 술주정꾼이 부르고 있는 곡이 수심가라는 것은 이 곡이 유흥물40) 즉, 유행가이기 때문에 집중하는 것은 아니다. "朝鮮

---

37) 1926년 2월 6일자 『매일신보』에 실린 '제비표 일동 레코드 제2회 매출목록'의 광고문을 '고은지, 앞의 글, p.334'에서 참고함.

38) 고은지, 앞의 글, p.330.

39) 임경화, 『근대한국과 일본의 민요 창출』, 소명출판, 2004, p.157.

40) 이소영, 「식민지 근대의 잡가와 민요」, 『한국음악연구』제46집, 한국국악학회, 2009, pp.223, 225, 227, 231, 235.
   신문과 잡지와 같은 근대적 활자매체에서는 1920년대와 1930년대에 주로 민요라는 용어만 등장한다. 그러나 소리매체에서는 1920년대에 잡가, 1930년대에 민요와 잡가라는 용어가 분점되어 나타난다. 1920년대 소리매체에서는 향토민요나 창작민요시를 중심으로 토속민가 잡가라는 이름으로 유성기음반의 중심장르로 부상했다. 수심가는 통속민요이다. 따라서 잡가라는 이름으로 1920년대 음반에 인기를 가진 곡으로 널리 불리게

民謠라 하면 朝鮮사람들이 오래동안 두고 부르든, 또 부르는 또한 불을 노래"41)기 때문이다.

1899년 무렵 경제적 특권층을 위한 유성기 문화에서 1930년대 레코드가 홍수를 이루는 황금시대에 이르는 과정에서, 대중의 음악 향유는 '듣는' 방식이 일반적이었다. '나'는 술주정꾼 두 명이 "잘 안 돌아가는 혀끝"으로 부르는 것을 '보고 듣고' 있다. 이는 유성기의 '듣는' 방식이 아닌, 유성기 매체 유입 이전의 방식을 통해 수심가를 '보고 듣고' 있음을 의미한다. 그리고 이들이 부르고 있는 노래 수심가는 서도지방의 대표적인 민요로서 이별과 인생의 한을 노래하는 비애감이 강한 음조를 특징으로 한다. 따라서 수심가를 부르는 자의 얼굴에는 마땅히 슬픔이 드리워져 있어야 하는 것임에도 불구하고, 술주정꾼의 얼굴은 '만족'스럽기 까지 하다. 그들을 보는 '나' 역시 "잘 안돌아가는 혀끝"으로 불러대는 노랫소리와 표정에서 "광명"을 느낀다. 이는 서도지방이 국경지대에 있어 자주 이민족의 침입을 받았을 뿐만 아니라 중앙정권으로부터 차별정책을 받아온 터라 소외된 자들의 공간42)으로 여겨진 점을 생각한다면 우연히 보고 듣게 된

되었다. 1930년대 서구적 개념 속에 재구성되고 각색된 민요란 용어는 양악과 국악의 혼종 형태의 전래노래를 가리키는 새로운 담론체계 속에서 사용되었으나, 전통 양식을 그대로 재현할 경우 전통사회에서부터 사용된 잡가란 용어가 사용된 경향성을 발견할 수 있다.
1920년대 민요는 근대적 민족개념의 담지체로, 식민지 지식인들에 의해 민족주의적인 근대 기획의 계기가 된다. 지식인들의 민요에 대한 긍정적인 태도에도 불구하고 수심가·난봉가·아리랑과 같은 유행민요는 잡가로서 통속민요에 해당한다. 이와 달리, 지방의 로컬리티를 즉각적으로 드러내는 향토민요로, 그 지방에서만 불렸으며, 각 지방적 특성을 통합함으로써 민족적 특성을 나타낼 수 있는 구성요소에 해당하는 것이 근대적 의미의 민요에 해당한다.

41) 안기영, 「조선민요의 그 악보화」, 『동광』제21호, 동광사, 1931, p.66.
42) 한기섭, 『전통서도소리전집』, 은하출판사, 1997, p.45.

곡일 수 없음이 분명하다. 특히 이들 두 명의 술주정꾼이 조선총독부 건물 앞에서 수심가를 "만족"하면서 부르고 있는 그들 앞에 선 구보는 이들을 통해 조선의 현실을 적극적으로 응시하고 있음을 간과해서는 안 될 것이다. 이는 레코드판과도 같이 반복된 궤도를 걷고 있는 그의 끝나지 않을 것 같던 산책을 멈추게 까지 한다. 이는 엘레지를 들음으로써 일시적으로 피로를 해소했던 '듣는' 방식과는 다른 특수성을 보여준다.

박태원은 '플라뇌르'이다. 플라뇌르는 목적 없이 도시의 아틀리에 같은 곳에서 한가한 시간을 보내거나, 도시의 거리와 아케이드를 산책하는 사람들을 지칭한다. 벤야민은 19세기 중반 파리 대중의 일상 속을 산책하는 플라뇌르에게서 자본의 생산과정과 속도의 현란함에 대한 저항에 대해 논한 바 있다.[43] 그러나 박태원의 산책은 단순히 자본과 속도에 저항함을 상징하는 것으로 끝나지 않는다. 그들이 누리는 한가한 시간은 구보에게 허락되지 않은 것이다. 구보의 산책은 '글쓰기'의 과정이며, 그가 산책으로 보내는 시간은 노동의 시간이다. 게다가 산책 과정에서 겪게 되는 여러 가지 현실, 즉 근대화 된 경성, 그 속에 소외되기를 자처한 구보, 그리고 구보를 끝없이 피로하게 하는 식민지 조선의 특수성, 이 모든 것이 복합된 채 구보를 '피로'하게 만들고 끝없이 산책하게 만든다. 이런 그의 산책을 멈추게 한 두 술주정꾼의 공연은 구보를 레코드판의 골을 타고 영원히 반복된 채 갇혀 버릴 것 같은 피로감을 주는 엘레지의 폐쇄적 절망에서 벗어나 만족한 마음으로 광명을 찾은 것 같은 착각을 느끼게

43) 발터 벤야민, 차봉희 역, 「중앙공원」, 『현대 사회와 예술』, 문학과지성사, 1980, p.125.

할 뿐만 아니라 어두운 거리 위에 걸음을 멈추44)게 한다. 애상적인 수심가에서 광명을 찾은 것 같은 착각을 한 이유는 슬프고 처량한 느낌의 탄식조만이 아니라 상대방을 원망하고 질타하는 듯한 호기로운 성격45)을 통한 호소력 있는 음률에 기인한다.

지금까지 살펴본 <피로>와 <소설가 구보 씨의 일일>에서 유성기 음악소리에 대한 향유와 그것의 반복으로 인한 피로, 그리고 근대적 기계매체가 아닌 술주정꾼으로부터 보고 들은 수심가의 노랫소리를 통한 광명의 확인과 반복적 산책의 정지에 대한 의미를 확인한 바 있다. 이처럼 유성기를 통한 음악소리가 대중을 취미 제도 내에 위치하게 함으로써 지배 정책을 실현하고자 하였으나, 오히려 근대적 기계매체의 소리문명을 거부하는 음악소리를 통해 일제의 책략에 저항할 수 있는 의지의 핵심으로 작동하기도 한다.

> "이제야 팔자를 고치나 보다."
> 했으나 이 두 동료를 발견할 때 이내 정이 떨어졌다. 더구나 여러 가지 규칙이 있었다. 몇 시에 자고 몇 시에 일어날 것, 방과 뜰을 차례로 소제할 것, 이를 닦을 것, 옷에 이를 잡을 것, B부인을 따라 예배당에 갔다오는 외에는 일체 외출을 못할 것, 동료간에 서로 동정하고 더욱 눈먼 사람은 도와만 줄 것, 틈틈이 성경책을 볼 것 등 정신이 얼떨떨하리만치 기억해야 될 일이 많았다.
>
> (<아담의 후예>, p.235)

안변 영감에게 양로원은 낚싯대를 한 번 들어보고 싶은 욕망 때문

---

44) 조은주, 위의 글, p.266.
박태원의 소설에서 '피로'라는 단어가 반복되는 이유를 고현학적 태도로 근대적 경성의 문물을 관찰하면서도 식민지 조선의 현실을 외면하기 어렵기 때문이라는 입장도 좋다
45) 한채연, 「수심가와 난봉가의 시김새 연구」, 목원대학교 석사학위논문, 2006, p.40.

에 "일본 사람 가게 앞에서 낚싯대 도적으로 붙들린 것"을 "원산서 자선가로 유명한 B 서양 부인의 눈"(p.234) 에 들어와 이곳 양로원에 오게 된다. 그러나 이는 도적질 한 벌로 감옥에 가는 것과 다를 바 없는 근대적 규율이 엄격히 존재하는 곳이다. 안변 영감에게 양로원의 규칙은 일종의 근대적 규율에 해당한다. 그에게 양로원의 규칙이 곧 군대 규율과 다를 바 없다. 곧 "앙잉게앙이라 이 안에사 죽음 목숨"이며, "죽는 날이나 기다고 있능" 것으로 판단한다. 안변 영감이 이러한 판단과 함께 바깥을 그리워하게 된 데에는 단순히 반복된 일상사와 "조석으로 찬 없는 밥상"(p.236) 때문은 아니다.

> 문득 바람결에 흘러오는 무슨 음악 소리에 귀를 목침에서 들었다. (중략) 나와 보니 불 밝은 거리에서 멀리 흘러오는 처량한 듯한 그 음악 소리는 언젠가 한때 귀에 배었던 말광대 노는 소리가 틀리지 않았다. 안영감은 저도 모르게 어깨가 으쓱하였다.
> "저기르 못 가나? 체! 나갔다 다시 앙이 오문 그망이지, 누구르 어쩔 테야……."

> (<아담의 후예>, pp.236-237)

초가을 밤의 찬 공기에도 아랑곳하지 않고, 안변 영감은 양로원의 규율을 의도적으로 어긴다. "사과르 따지 마라! 떨어진 것도 손으 대지 마라"는 양로원의 규칙을 떠올리며 "누구와 싸울 듯이 바쁜 걸음으로 사과나무"(p.237)의 굵은 열매를 마음껏 따 먹는다. 안변 영감의 이러한 양로원에 대한 거부는 근대적 공간을 상징하는 양로원에서 존재의 무가치를 깨달은 데에서 출발하며, 이러한 자각을 굳건히 하는 데에 기여한 것은 바로 '곡마단 음악 소리'이다. "초가을이라 하여도 밤 옷깃을 치는 바람이, 더구나 늙은 품에는 얼음쪽같이 찬

것이었으나 안영감은 흘러나오는 곡마단 음악 소리에 신이 나는 듯 낮지 않은 B부인집 담장을 힘들이지 않고 뛰어 넘”(p.237)는다. 안 변 영감이 억압적인 근대 제도의 규율을 거부하고 벗어난 것에는 곡 마단 음악 소리가 큰 영향력을 행사한다. 그리고 안변 영감에게 음 악 소리는 자신의 존재를 확신케 하는 각성의 도구이자, 근대적 규 율에서 벗어나기 위한 저항의 도구이다.

<피로>와 <소설가 구보 씨의 일일>에서 엔리코 카루소(Enrico Caruso)의 ‘엘레지-’와 엘만의 ‘발스 센티멘털’은 소설 전반의 분위기 를 주도한다. 레코드를 통한 음악의 반복적 재생은 일상의 반복을 암시한다. <피로>의 산책은 ‘엘레지’를 12번 이상 반복 감상하는 폐 쇄적인 구조에 머무르지만, <소설가 구보 씨의 일일>의 산책은 수심 가와 엘만 음악의 병치를 통해 식민지 조선의 거리 산책을 멈추게 된다. 이는 유성기의 ‘듣는’ 방식이 아닌, 유성기 매체 유입 이전의 방식을 통해 수심가를 ‘보고 듣고’ 있음을 통해 실현된다.

<아담의 후예>에서 안변 영감은 근대적 규율이 엄격히 존재하는 양로원의 규칙을 곧 군대 규율과 다를 바 없는 것으로 판단한다. 안 변 영감은 양로원에 대한 거부를 통해 근대적 공간을 상징하는 양로 원에서 자신의 존재는 무가치할 수밖에 없음을 깨닫는다. 이러한 자 각은 ‘곡마단 음악 소리’를 통해 구체화된다.

4-2. 시보・라디오 체조를 통한 식민지배와 저항

식민지 라디오 방송은 조선인의 황국미화를 효율적으로 수행하기 위한 역할을 부여받았지만, 라디오 전파는 권력의 의도와는 다른 방향에서 기능하였다. 그러나 이 같은 근대적 대중문화의 생산과 수용역시 1937년 중일 전쟁 이후부터는 식민 방송의 본래적 목적46)에 기여한다. 식민지사회의 대중문화를 생산하고 유통하는 근대적 대중매체로서 라디오는 일본 제국주의의 식민지 동화정책을 위한 도구라는 성격을 벗어날 수는 없다. 미디어 대중문화의 취향과 취미 역시 식민 제국 설계의 일부였기 때문이다.47)

　총독부는 방송국 개국 초기부터 라디오를 보도 및 교양 매체로서 규정했다. 그러나 일제가 중일전쟁을 일으키면서 국민정신 총동원 계획에 의해 라디오 방송도 비상시국을 인식시키는 철저한 총독 당국의 대변인 노릇을 담당하기 시작했다. 1938년 이후로는 제2방송의 연예오락방송은 급속도로 변질하여 조선육군지원병령을 방송에 반영토록하거나, 일본곡조의 연예오락 방송을 강요했다. 1941년 일제가 태평양전쟁으로 전쟁을 확대시키자 라디오 프로그램은 보도 제1주의로 동경방송의 중계를 강화했고, 군국주의를 고취하고 황국신민화를 위한 내용이 그 대부분을 차지했다. 제2방송은 총후를 위한 보도제일주의가 규제원칙으로 작동했으며, 결국전파탐지기를 장착한 연합군 공군기의 공습을 피하기 위해 조선 내의 모든 방송국도 전파관제 태세에 들어가, 1942년 마침내 조선어 제2방송은 폐지된다.48)

---

46) 백미숙, 앞의 책, pp.320-321.

47) 서재길, 「한국근대방송문예연구」, 서울대학교대학원 박사논문, 2007, pp.29-30.
　조선어 방송의 연예오락 프로그램 편성과 수용의 양태는 제국의 취미 설계와 자율적 문화실천의 어느 지점에서 일어난 저항과 순응의 정치학으로 볼 수 있다.(이경돈, 「취미라는 사적 취향과 문화주체 '대중'」, 『대동문화연구』제57집, 성균관대학교 대동문화연구원, 2007, pp.233-259)

48) 백미숙, 앞의 책, pp.322-323.

1933년 4월 26일 이중방송 실시 첫날 가장 긴장한 방송 중 하나는 '라디오 시보'를 울리는 것이다. 시보는 제1방송과 제2방송이 동시에 울려야했기 때문이다. 제2방송은 최소한 보도가 시작되는 기점인 정오와 하루를 마감하는 방송 종료 시에 시보가 방송되었다. 시보는 시간테크놀로지로서 시계가 아직 널리 보급되지 못했던 시기에 근대적 형태의 표준시간을 알리는 역할을 했다.

라디오 방송 시보는 표준시간이라는 '개념'을 제도화하고 일상생활에서 실천되는 근대적 시간체제를 구축하는 중심축의 하나[49] 이다. 특히 1930년대 후반 전시체제로 전환되면서 시보방성은 조선인들이 일상생활 시간을 사용하는 행동 양식과 생활을 규율하는 엄격한 시간통제 수단으로 전유되었다. 시간과 신체에 대한 지배는 국민화의 기제에서 **빼놓을** 수 없는 것[50]이다.

1943년 시간과 생활을 통제하는 테크놀로지 라디오에 국민보건체조 운동이 결합되었다. 일제 말기 총독부는 직역봉공(職域奉公) 하에 개개인의 시간마저 관리하였다. 1943년 4월부터 여름철에는 6시, 겨울철에는 7시에 기상 사이렌이 울린다. 조기기상으로 생긴 시간동안 여자는 가사일 을 하고, 남자와 어린이는 냉수마찰을 하고 가정과 마을 청소에 나서야 한다. 한 시간 후, 다시 마을의 스피커나 라디오 방송을 통해 사이렌이 울리면 궁성요배를 하고 1분 후 라디오체조가 실시된다. 라디오체조가 끝나면 출근이나 통학에서 결근과 지각이 없도록 각자 직역봉공하다 12시에 사이렌에 맞춰 출정황군의 무운창구를 기원하고 호국 영령에 감사의 마음을 바치는 정오의

---

49) 정근식, 「시간체제와 식민지적 근대성」, 『문화과학』제41호, 문화과학사, 2005, pp.145-169.
50) 니시카와 나가오, 윤대석 역, 『국민이라는 괴물』, 소명, 2002, pp.64-69.

묵도를 올린다.51)

　김남천의 <어떤 아침>은 조선인 황민화 기획이 강조된 시기에 창작된 작품으로, 조선어 사용이 제한됨에 따라 일본어로 창작한 것이다. 징병제와 조선어 사용 제한이라는 두 가지를 중요하게 다룬 조선인 황민화정책은 학술이나 행정활동 같은 공적 영역에서만 적용되던 조선어 사용 제한을 사적 영역에까지 확장하였으며, 1942년에는 문학을 비롯한 예술 분야에서도 조선어 사용을 금지했다. 같은 해, 조선어학회 사건은 공적 영역과 사적 영역 모두 조선인이라는 정체성을 지워버리고, 황국신민으로서 일본어를 사용하도록 강요하였다. 이러한 시기에 김남천이 <어떤 아침>을 창작한 이유는 일본어로 소설을 창작할 수 있는 너 댓 명 정도 밖에 되지 않는 작가 중 한 명이기 때문이다. 즉 작품의 조건이자, 작품이 개입해 들어간 지점이기도 한 동시대 정치적·이데올로기적 의미도 '라디오 체조'에 대한 김남천의 작가의식을 인식하는 데에 필수적 요건이 된다.

　<어떤 아침>은 '나'가 회상하거나 목격한 행위를 통해 식민지시기 조선인들의 모습을 보여준다. 조선인의 계몽에 앞장섰던 지식인 S는 신문사 직원에서 제약 회사 직원으로 침잠해 나가며 이른바 생활인으로서 살아간다.

　　장기판 옆에 높게 쌓여있던 석유 냄새나는 신문지 위에 커다란 문자가 위협이라도 하듯이 버티고 있었다. …… 개벽이라니, 정말 이상한 책도 다 있다고 생각했다. 그 후, 철이 들어 그것이 조선에서 가장 훌륭한 잡지라는 것을 알고는 나도 크면 꼭 그 책에 글을 써야지라고 결심했었

---

51) 윤대석, 「1940년대 전반기 황국 신민화 운동과 국가의 시간·신체관리」, 『한국현대문학연구』제13집, 한국현대문학회, 2003, pp.85-86.

다. 그러나 내가 쓴 글이 활자가 될 때쯤에는 그 잡지는 이미 없었다.
(<어떤 아침>, pp.298-299)

　　"개벽사의 S선생"은 "오랜 동안 출판과 문필로 고생을" 했으나, "수년 전부터 제약 회사의 중역으로 있"다. "아이를 등에 업은 내게 내가 쓴 글에 대해 이야기"하는 그에게서 문학에 대한 열정이 식지 않았다는 것을 짐작할 수는 있으나, 문필가로서의 생활이 아닌 제약 회사에 취직한 것이 오히려 "발걸음도 가볍게 지팡이를 흔들며 거리 쪽으로 내려"가는 생활인으로서의 S로 위치한다. '나' 역시 제약소에 다니고 있는 터라, 'S와 나'는 "늙은 기생의 갈 길은 무슨, 무슨 장사 밖에 없다"며 웃는 모습을 "정말 유쾌"하게 보는 것이다. S의 생활 인으로서의 면모는 '나'와 다를 바 없으며, 그렇기에 '나'는 S와 마찬 가지로 가족의 평안을 생각하고 아버지로서의 자격에 부끄러워한다. S선생, K씨 일행에 대한 서술을 통해 '나'는 그들처럼 살게 될 경우 를 상상해 본다.

　　'나'는 '산'이라는 공간에서 그들을 만난다. S선생은 "내가 신문기 자로 있던 시절, 유원지에서 회사 운동회가 있어 선생님도 객원으로 초대를 받아 오셨을 때" 만난 적이 있다. "처음 만났을 때 굉장히 인 상이 깊었을 텐데 지금은 하나도 생각이 나지 않"는다. 그러다 문득 산으로 올라가는 "언덕배기"에서 S선생을 자주 만난 것을 떠올린다. K씨와는 "사는 동네가 같아 일주일에 두세 번은 반드시 K씨의 차와 마주쳤지만, 그와 처음으로 인사를 나누게 된 곳 역시 이 산"이다. 그들을 산에서 만나 인사를 나누고 그들과 사적 일상을 잠깐이나마 나눈 공간이다. '산'은 "북악 근처의 웅장한 산세를 멍하니 바라보면서 나 자신만의 생각"에 잠길 수 있는 곳으로, 규율화 된 시간이 아닌 "얼마간의 시간"을 자신만을 위해 보낼 수 있는 곳이다.

> 그 일행을 무시하고 휴게소를 내려가려는데 K씨가 동경의 M경시청장과 만난 이야기를 하고 있는 것이 들려 왔다. M씨라는 사람은 내게 그리운 기억 속의 사람이었다.
>
> (<어떤 아침>, p.304)

"소년시절 학교에서 총독 각하의 이름이 무엇이지?"라는 질문에 대답했던 정무 총독각하가 바로 M이었다. '나'의 소년시절은 1920년대 초로 문화정치가 시작될 즈음이었다. M이 정무 총독각하로서 조선에 실시한 정책은 무단정치가 아니었기에, 그가 보통학교에 다닐 때에 이발소를 겸한 신문지국에서 이발사를 겸한 지국장이 '개벽'을 창간하는 것이 가능한 시절이다. 그러나 현재는 상황이 다르다. 문필가라는 이유로 옥고를 치르게 되자, '나'와 S는 현재 생활인으로서 제약소에서 일한다. '나'가 경시청장을 그리워하는 것은 "재계, 관계에 유명한 K"처럼 일본 재계 인물과의 안면트기와 같은 '경박한 생각' 때문이 아니다. 문화정치 시절, 문필가로 활동하던 자신과 S의 모습에 대한 그리움이라는 것이 더 정확하다.

"역시 K씨에 대해서는 좋은 인상을 가질 수 없었"으나 "그날, K씨 일행을 그 장소에서 보니, 높은 사람에게 흔히 있는 뭔가 범접하기 어려운 위엄이 있"는 것처럼 보였다. 그의 일행 대여섯 명 중 한 청년이 "떠온 약수"를 마시며 "미소짓는 모습이 믿음직스럽고 유쾌"하게 느껴진다. 그러나 청년으로부터 느낀 유쾌한 감상은 '나'가 K씨로부터 받은 "범접하기 어려운 위엄"을 덮어두고자 하는 고의적 장치에 불과하다.

> 조금 더 높은 곳으로 가자고 큰 아이를 재촉하였다. 내 생각인지 모르
> 지만 K씨가 큰 아이의 얼굴을 주의 깊게 살피는 것 같아 조금 부끄럽기
> 도 했다.
>
> (<어떤 아침>, pp.304-305)

이 소설이 창작된 1943년은 민족말살정책 시기이다. "큰 아이" 영
아와 작은 아이 선아는 사실 셋째, 넷째 아이에 해당하지만, 장녀와
차녀는 각각 따로따로 생활하고 있는 바 동거가족 구성원으로 본다
면 영아는 장녀의 위치에 있다. 그러나 "남자라는 것은 다 그런 모
양으로 그 순간"에는 벌써 "연상 작용"은 "안암동의 외조부 댁에서
사범학교 부속에 다니는 맏딸"에게로 향하여, "눈 쪽이 붉어지며 수
치심인지, 어색함인지 나는 그 순간 기민하게 반응하는 딸의 심리를
생각하며 초등학교 5학년이 되는 이 아이가 아버지를 남처럼 대하
는 게 쓸쓸하기도 하고" "오랫동안 만나지 못"(p.300)한 맏딸에 대
한 기억을 떠올리는 것이다.

"K씨가 큰 아이의 얼굴을 주의 깊게 살피는 것"은 맏딸에 대한
연상 작용을 불러 일으킨다. 범접하기 어려운 위엄이란 것을 유쾌함
을 가장하여 덮어버리려 한 것은 K씨로부터 받게 될 부끄러움에 대
한 예감에 의한 것이다. 사실그 예감이란 것은 부끄러움이 아닌 두
려움이다. 영아는 "대여섯 명의 산보객이 있었지만 그 사람들 사이
를 뚫고" 약수를 떠다줄 정도로 자란 아이이다. 대동아공영을 위해
여자 아이가 총동원되어 간 것을 모를 '나'가 아닌 것이다. K씨 일행
이 "바다에 가면"이라는 노래를 부르며, "뒤돌아보지 마라, 뒤돌아보

지 마라, 뒤돌아보지 마라"를 세 번이나 반복해서 부르는 구절이 들린다. 그 소리를 외면한 채 '나'는 "남산 기슭, 창덕궁과 종묘의 숲, 멀리 동대문 밖 그 일대에 아직 엷은 안개가 끼어 있어 시가지가 해면으로 감싸여 조용히 젖어 있는 것 같아 수묵화처럼 아름다"(p.305)운 시가지 풍경을 바라본다.

> 40 정도의 메리야스에 짧은 바지를 입은 남자가 네 명의 아이들과 함께 라디오 체조를 하고 있었다. …… 가장 어린 빨간 재킷을 입은 서너 살 정도의 소녀는 진지한 얼굴로 항상 다른 사람과 반대로 손을 흔들기도 하고 다리를 올리기도 하고 있었다. 바라보려니 마음이 즐겁고 따뜻해졌다. 나는 아이들과 서둘러 내려가면서 내가 곧 다섯 아이의 아버지가 되니 언젠가 모두 데리고 산에 와서 라디오 체조를 해 봐야겠다고 생각했다.
> 막 초등학교 앞을 지날 때 교문에서 2학년쯤 되는 학생들이 서너 명의 훈도와 2열 종대로 시끄럽게 떠들면서 나오고 있었다. 소풍 행렬이었다. 조그만 륙삭을 짊어지고 두 사람씩 손을 잡고 나오는 아이들의 행렬은 밝고 건강했다. 나는 시간 가는 줄도 모르고 먼지를 일으키며 거리 쪽으로 흘러가는 조그만 국민들의 행렬을 마지막까지 바라보았다. 그리고 다섯 명의 내 아이들이 그 속에 섞여있는 듯한 착각에 빠졌다. 그리고 S선생님의 막내도 K씨의 손자도 저 행렬 속에 있는 것은 아닐까 라고 생각하는 것이었다.
>
> <어떤 아침>, pp.306-307)

'나'는 라디오 체조를 하는 가족, 소풍가는 국민학교 아이들의 모습을 통해 자신의 모습을 투영시켜 본다. '나'는 라디오 체조를 하는 가족의 모습을 통해 자신도 가족과 함께 라디오 체조를 하고 싶다는 생각을 한다. 이에 대해 '나'가 생활인으로서, 가장으로서의 자신을 꿈꾸면서 라디오 체조의 리듬을 받아들이며, 1940년대 전반기 김남천 소설의 화자들이 무의식적으로 황국 신민화를 받아들이고 있음을 그들의 신체가 그것을 받아들이고 있[52]는 것으로 설명하고 있다. 그러나 이 입장은 '나'는 다른 가족들이 라디오 체조를 라디오 체조가 수신기를 통해 흘러나오지 않음에도 불구하고 구령에 맞추어 체조를 척척 해낼 때까지 '나'는 라디오 체조를 능숙하게 그들과 함께 하지 않은 채 희망 사항만을 마음속으로 상상하고 있는지를 간과하고 있다. '나'는 라디오 체조에 익숙지 않은 것이다. 더구나 전 가족이 함께 라디오 체조를 할 수 없다면, 그 자리에 함께 있었던 두 자녀와 라디오 체조를 하는 것은 별 무리가 없었을 것이다. 그럼에도 그는 상상을 하며 만족할 뿐, 어떤 발동작도 하지 않는다. 현실적으로 실현하지 않은 채 그의 내면에서 작동하는 라디오 체조를 통해 가족 간의 정을 다지려는 의지는 긍정적 의도에 의한 것일지라도, 일제가 통제하는 시간과 신체 속에서 노예의 삶을 살고 있음[53]을 인지하고 있다.

라디오 체조는 국민의 형성을 목적으로 둔 것이기에 식민지시기 조선인들은 라디오를 통해 나오는 구령 소리에 맞춰 동일 시간·동일 장소에서 동일한 동작을 하는 황국신민으로서의 자신을 상상[54]해 볼 수는 있다. 특히 라디오 체조를 하고 있는 이들 가족은 화목하고 경쾌하기까지 하다. 라디오 체조에 대한 상상은 다섯 아이를 데

---

52) 윤대석, 앞의 글, p.43.

53) 미셸 푸코, 오생근 역, 『감시와 처벌』, 나남, 1994, p.243.
   인생의 시간을 관리하고 그것을 유용한 형태로 축적하며, 이렇게 조정된 시간은 인간에 대한 권력의 행사에 이바지한다. 신체와 시간에 관한 정치적 기술의 한 요소로 편입된 수련은 천상의 세계를 올라가는 것이 아니라, 끝없이 계속되는 복종을 지향하는 것이다.

54) 윤대석, 위의 글, p.44에서 '국민총력 조선연맹, 『국민총력 운동요람』, 1943.9, pp.136, 149'을 재인용.

리고 라디오 체조를 하면서 문필가 시절 자신이 가졌던 계몽의식에 대한 죄책감을 외면하고는 화목하고 경쾌하게 살아볼까 하는 것으로 요약할 수 있다. 그러나 이러한 것이 실천적 의지가 아닌 상상을 통해 가정된다는 점은 간과할 수 없는 부분이다. 따라서 '나'가 일제의 시간과 신체 관리 속으로 편입되고자 하는 의지를 가지고 있다는 입장은 다시 고려해 봐야 할 것이다.

라디오 체조가 황국신민 이데올로기를 신체화하는 기능을 했다면, 국민학교 학생들의 소풍 행렬은 그 이데올로기를 신체화하는 데 그치지 않고 정신화하는 데까지 나아간다. 1941년 3월 '국민학교령'에 의하면, 천황제 이데올로기와 국가주의를 중심으로 한 교과 외 활동, 즉 조회, 집단체조, 소풍, 수학 생활, 운동회 등이 강화되었다. 학교는 '교육'이라는 용어 대신 '연성(鍊成)'이라는 신조어가 급속하게 유포되어 사용되기도 했다. '연성'이란 '황국의 도에 따라 아동의 내면으로부터 전 능력을 올바른 목표에 집중시켜 국민적 성격을 육성 강화하는' 것을 의미했는데, 이는 식민지 말기 들어 '황국신민으로서의 자질을 연마 육성하는 것'이 학교 교육의 목표가 되었음[55]을 보여준다. 일제의 지배 정책의 대상에 편입되기를 거부한다 할지라도 재계에 관계있는 K씨, 글쓰기를 포기한 채 제약회사에 다니며 생활인으로 주저앉은 S씨, 그리고 '나'의 자손들 모두는 저 행렬 속에서 벗어날 수 없을 것이다.

휴게소에는 이미 K씨의 일행은 보이지 않았고, 메리야스와 당꼬바지

---

55) 오성철, 「조회의 내력」, 윤해동·천정환·허수 외, 『근대를 다시 읽는다』1, 역사비평사, 2006, pp.85-101.

차림을 한 40대 정도의 남자가 아이 네 명과 함께 라디오 체조를 하고 있다. 6학년 정도의 장남이 위세 좋게 가장 잘하고, 그 다음이 4,5학년 정도의 장녀, 그 다음이 앞에 서서 "하나, 둘, 하나, 둘"하며 구령을 붙이고 있는 아이들의 아버지, 그리고 나머지 두 명 가운데 가장 작은, 빨간 재킷을 입은 네다섯 살 소녀는 진지한 얼굴로 다른 사람과는 반대쪽의 손을 흔들거나 발을 들거나 하고 있었다. 바라보고 있으면 아주 마음이 따뜻해지는 정경이었다. 아이들과 서둘러 길을 내려가며 나도 곧 다섯 아이의 아빠가 되는데, 언젠가 다함께 모이면 모두 데리고 산에 가서 라디오 체조를 해보자고 생각했다. 그때는 가장 큰 딸아이를 시켜 지휘를 하게하고, 나와 아내는 그 구령에 맞춰 다리를 들거나 팔을 흔들거나 <u>하겠구나</u> 라고 생각했다.

(<어떤 아침>, p.124)

'나'는 K와 라디오 체조를 하는 가족을 통해 모방 본능을 느낀다. 식민지 권력이 조선 사회에서 형성하려고 했던 황국신민은 조선인도 고쿠민도 아닌 '새로운 국민'이다. 황민화 정책이 일제 말기 조선인에게 강제되는 현상을 보여주는 '나'는 그 기획에 내재하는 모방 메커니즘의 불평등 구조를 예증하는 사례를 제시해 보여주고 있으며,[56] K씨와 라디오 체조를 하는 가족들이 황국신민을 상상하는 모습을 '나'가 상상하는 것으로 되돌려 보여주었다. '나'는 그들이 과거 상상한 욕망의 순간을 재현시킴과 함께 그들이 상상하며 모방한 그 행위 자체가 이미 그들은 고쿠민이 아닌 모방자임을 보여주게 된다. 조선인은 복종의 기술을 통해 훈련을 위한 신체, 권력에 의해 조작되는 신체인 '새로운 객체'[57]로 존재할 뿐이다. 이를 인식한 '나'는

---

56) 이진형, 「출산(出産)'과 '황국신민(皇國臣民)'의 미래- 김남천의 「어떤 아침(或る朝)」을 중심으로」, 『대중서사연구』제30호, 대중서사학회, 2013, pp.452, 454.

57) 푸코, 앞의 책, p.234.

국민 각자가 자기 직업을 통해 국가에 봉사하는 직역봉공에 적극적인 개입을 하지 않을 뿐만 아니라, 다양한 인물의 모습을 관찰하고 전달함으로써 S씨, K씨, 그리고 청년들이 진정 황국신민이 되었는가를 보여주고 있을 뿐, 이 작품을 통해 앞으로 조선이 취해야 할 입장에 대한 진술을 하지 않는다.

<어떤 아침>에서 '나'가 경험하는 사건에 대하 이야기는 식민지 말기 조선사회의 모습을 보여준다. K씨 일행을 통해 천황 중심의 군신관계로 조직화된 황국신민 이데올로기를 확인한다. '라디오 체조'를 하는 다섯 명의 가족은 구령 소리에 맞춰 체조를 한다. 라디오 체조는 라디오 매체를 통해 식민 이데올로기가 피지배자에게 강제된 것이다. 라디오 자체가 경성방송국은 일제 총독부의 지원 아래 일본인이 주도하여 설립한 것으로, 조선에 거주하는 일본인들의 정보와 문화 욕구에 부응하고, 일본의 식민지체제에 조선인을 순응하게 하기 위한 교화의 수단인 것이다.

<어떤 아침>은 '나'가 회상하거나 목격한 행위를 통해 식민지시기 조선인들의 모습을 보여준다. 라디오 체조가 황국신민 이데올로기를 신체화 하는 기능을 했다면, 국민학교 학생들의 소풍 행렬은 그 이데올로기를 정신화 하는 기능을 한다. 일제의 지배 정책의 대상에 편입되기를 거부한다 할지라도 재계에 관계있는 K씨, 글쓰기를 포기한 채 제약회사에 다니며 생활인으로 주저앉은 S씨, 그리고 '나'의 자손들 모두는 저 행렬 속에서 벗어날 수 없을 것이다. K씨와 라디오 체조를 하는 가족들이 황국신민을 상상하는 모습을 '나'의 상상을 통해 보여 줌으로써, 그들의 일제에 대한 모방은 복종의 기술을

통해 훈련을 위한 신체, 권력에 의해 조작되는 신체인 '새로운 객체'일 뿐임을 일깨운다. 이를 인식한 '나'는 국민 각자가 자기 직업을 통해 국가에 봉사하는 직역봉공에 적극적인 개입을 하지 않을 뿐만 아니라, 다양한 인물의 모습을 관찰하고 전달함으로써 S씨, K씨, 그리고 청년들이 진정 황국신민이 되었는가를 보여주고 있을 뿐, 이 작품을 통해 앞으로 조선이 취해야 할 입장에 대한 진술을 하지 않는다.

V

신매체의 문학적
형상화와 그 의의

새로운 매체의 유입과 그 사용은 사회제도적 측면뿐만 아니라, 제도를 이루고 있는 당대 대중의 의식과도 밀접히 연결된다. 개항과 더불어 도입된 근대문물인 신매체는 제국의 식민화 정책실현의 도구라는 본래적 기능을 수행한다. 그러나 조선의 대중에게 이들은 다른 의미로 해석되고 수용된다. 신매체에 대한 대중의 시선은 공적 영역을 강제하고자 하는 일제를 인식하고 있음에도 불구하고 새로운 근대문물에 대한 열망을 추구한다.

　　통신 매체의 수용은 이인직의 <혈의 누>, 이해조의 <빈상설>, 이기영의 ≪고향≫, 심훈의 ≪상록수≫를 통해 형상화된다. 그러나 모두 신매체에 대해 열광한 것은 아니다. 염상섭은 <전화>를 통해 통신 매체에 대한 거부를 형상화하였다.

　　조선은 우편통신을 실현시키기 위한 제도적 요건이 열악하였다. 그럼에도 불구하고 이인직의 <혈의 누>와 이해조의 <빈상설>은 우정 제도의 적극적인 수용을 통해 근대적 소통을 현실화하는 모습을 보여준다. 이는 작품을 통해 우정제도의 보급을 현실화하려는 작가의 의도가 내재된 것이라 하겠다. 이기영은 ≪고향≫에서 신매체에 대한 세 가지 수용 양상을 형상화하였다. 먼저, 안승학은 개화 문명을 적극적으로 수용함으로써 근대 규율을 강제할 수 있는 권위로 이해한다. 다음으로, 원터 마을 사람들은 그저 우편소라는 근대적 제도에 대한 두려움과 놀라움을 갖고 있을 뿐이며, 이를 적극 활용하는 안승학을 선망의 대상으로 바라본다. 끝으로, 희준은 원터 마을의 근대화를 이루고, 마을 사람들을 계몽시킴으로써 새로운 매체를 활용할 능력과 대중의 권익을 주장할 수 있는 자각을 일깨우려 한다. 이는 심훈이 ≪상록수≫의 박영신과 동욱을 통해 성취하고자 한

계몽운동의 내용에 해당한다. 심훈은 청석골 두메 산골 사람들이 특히 사전보 또는 편지 활용에 적극적인 것을 드러냄으로써 계몽의 힘과 신매체의 수용을 통한 근대적 편리를 대중에게 각인시키고자 하였다. 그러나 모든 대중이 통신 매체을 긍정적으로 이해하고, 적극적으로 수용한 것은 아니다. <행로>의 숙희와 <B사감과 러브레터>의 여학생들은 학교라는 공적 제도에 의한 검열의 부당함을 인식하면서도 이에 대해 거부하지 못한다.

그러나 모두 신매체에 대해 열광한 것은 아니다. 염상섭은 <전화>를 통해 통신 매체에 대한 거부를 형상화하였다. 염상섭은 <전화>에서 '추첨식 근대화'를 통한 전화 가설은 임의적이고 타율적인 선택에 의한 것임을 나타낸다. 아씨는 전화를 받아야만 타인과 소통을 할 수 있는 일방적인 통신 구조에 불쾌해 한다. 가정 내의 전화는 가장의 편의를 의미하며, 이는 곧 통신 정책을 실현하고자 하는 제국 지배 정책의 이익에 기여하는 것을 의미한다. 아씨는 전화를 팔아버림으로써 전화 매체를 통한 일제 통신 정책을 거부한다. 이는 염상섭의 전화에 대한 인식을 반영한 것으로, 아씨의 일방적 소통방식의 거부는 염상섭의 식민지 대중에게 강제되는 지배 정책에 대한 거부를 의미한다.

인쇄 매체의 수용은 이광수의 ≪무정≫, 김동인의 <김연실전>, 이무영의 <제1막 제1과>, 이해조의 <홍도화(상)>, 최명익의 <비오는 날>을 통해 형상화된다. 그러나 모두 신매체에 대해 열광한 것은 아니다. 염상섭의 <윤전기>, 현진건의 <신문지와 철창>은 인쇄 매체를 통한 일제 지배 정책에 대한 거부를 형상화하였다.

인쇄 매체의 등장은 대중의 공동체적 독서를 통해 '상상의 공동체'

를 형성함으로써 새로운 공론의 장을 마련한다. 이렇게 형성된 공론은 사적 전유를 통해 근대적 개인을 창출하는 데에 기여한다. 대중은 신문을 통해 상상의 공동체를 형성하게 하였으며, 새로운 유형의 공공 영역을 형성하게 된다.

이광수는 ≪무정≫에서 형식이 보유한 서적에 대한 묘사를 통해 서적의 사회적 위상을 드러낸다. 김동인은 <김연실전>에서 연실이가 문학작품 몇 편을 탐독한 후 스스로 조선의 선각자가 되고자 하지만, 이는 선각자의 자질양상과 무관한 편협한 독서에 불과함을 냉정하게 묘사함으로써 당대 여성의 독서 경향에 대해 조롱한다. 이해조는 <홍도화(상)>에서 태희가 『제국신문』을 통해 근대적 자각을 이루어내는 사적 전유을 나타내었다. 최명익은 <비오는 날>에서 병일을 통해 독서의 적극적인 수용을 형상화 한다. 병일은 독서를 하는 사적 공간의 확보를 통해 일제를 중심으로 한 공적 영역에 대한 분리를 시도하려 한다.

그러나 모든 작가가 인쇄 매체를 통해 긍정적 결과만을 형상화한 것은 아니다. 현진건은 <신문지와 철창>의 노인을 통해 신문지란 손자에게 줄 밥을 쌀 수 있는 사적 욕망에 해당할 뿐임을 보여준다. 염상섭은 <윤전기>에서 A가 신문발행권을 지켜내는 과정을 그려냄으로써, 식민지시기 신문사가 처한 재정적 현실과 신문지법을 통한 지배 책략을 그려내고자 한 작가의 의지를 확인할 수 있다.

소리매체의 수용은 유진오의 <가을>, 최성수의 <전기축음기>, 채만식의 ≪태평천하≫, 염상섭의 ≪광분≫, 박태원의 ≪천변풍경≫·<피로>·<소설가 구보 씨의 일일>을 통해 형상화된다. 그러나 모두 신매체에 대해 열광한 것은 아니다. 채만식의 <치숙>, 이효석의 ≪화분≫, 이태준의 <봄>·<아담의 후예>, 김남천의 <어떤 아침>은 소리 매체를 통한 일제 지배 정책에 대한 거부를 형상화하였다.

유성기와 라디오와 같은 소리매체가 인쇄매체에 비해 대중의 인식구조 변화에 더 큰 영향력을 행사할 수 있음을 의미하며, 식민지 지배정책 중 하나로써 청각을 통한 취미 제도를 활용하는 것이 효과적임을 의미한다. 일제는 공적 영역에 기여하기 위한 지배 정책의 일환으로써 라디오 보급과 홍보에 기여한다. 그리고 라디오를 통해 전시 통제체제를 유지하고 시간과 생활을 통제하고 국민보건체조 운동을 결합시킨다. 일제 말기 총독부는 직역봉공(職域奉公) 하에 개개인의 시간마저 관리하였다.

<가을>의 홍림과 <전기축음기>의 부부를 통해 지배 정책으로서 제도화된 취미를 통해 조율·규제되는 모습을 확인할 수 있다. 염상섭은 ≪광분≫을 통해 부유한 가정에 소속된 작중인물을 통해 놀라운 기술에 대한 만족임을 드러내 보임 함께 중산층의 부를 과시하려는 모습을 보여준다. ≪천변풍경≫에서 중년여성층이 라디오 드라마에 열광하는 것처럼, ≪태평천하≫에서 윤직원 영감의 남도소리·서도소리와 같은 조선음악에 열광한다. 그러나 모두 유성기와 라디오와 같은 복제음향에 열광한 것은 아니다. 이효석은 ≪화분≫의 작중인물이 기계 테크놀로지인 유성기와 라디오의 음향을 거부하는 모습을 드러낸다. 박태원은 <피로>와 <소설가 구보 씨의 일일>에서 엔리코 카루소(Enrico Caruso)의 '엘레지-'와 엘만의 '발스 센티멘털'이 레코드를 통해 반복 재생되는 것을 일상의 반복으로 암시한다. 박태원은 <피로>의 주인공을 '엘레지'를 12번 이상 반복 감상하는 폐쇄적인 구조에 머무르게 한다. 그러나 <소설가 구보 씨의 일일>에서

구보는 유성기로부터의 음악소리를 거부하고 수심가를 '보고 듣'는 것으로써 기계음향을 거부하는 모습을 드러낸다. 이태준은 <봄>에서 박을 통해 라디오 방송을 통해 들려오는 소리는 근대 도시의 소음을 거부하는 양상을 형상화하였다. 그리고 <아담의 후예>에서 안변 영감은 근대적 공간과 규율을 거부한다. 안변 영감에게 '곡마단 음악 소리'는 자신의 존재를 확신케 하는 각성의 도구이자, 억압적인 근대적 규율에서 벗어나기 위한 저항의 도구이다. 김남천은 <어떤 아침>에서 '나'는 재계에 관계있는 K씨, S씨, 그리고 '나'의 자손들 모두가 황국신민으로서 매일 라디오 체조를 하고, 시보에 의해 개인적 시간이 규율화 되며, 초등학생의 소풍 행렬 속에 섞여 살아가는 장면을 상상해 본다. 작가는 '나'가 어떤 아침에 등산길에서 만난 이들을 관찰·서술함으로써 식민지시기 조선인들은 모습을 보여준다. 일제를 모방하는 S씨, K씨, 그리고 청년들은 결코 황국신민이 될 수 없는 모방자에 불과함을 깨닫게 한다.

작중인물은 매체의 본래 목적인 공공영역 기여에 봉사하거나, 공적 영역을 사적 영역으로 전이시킴으로써 새로운 문명에 대한 열망과 매체를 통한 문화적 향유를 실현시키는 데에 기여하기도 한다. 그러나 매체가 갖는 공적기능에 저항함으로써 지배 정책에 대한 거부로 드러내는 작중인물은 결코 간과할 수 없다. 다시 말하자면, 매체에 대한 작중인물의 인식은 '매체에 대한 공적기능의 확인, 사적 영역으로의 전유, 그리고 일제 식민정책에 대한 저항'으로 전개된다.

통신 매체의 수용은 이인직의 <혈의 누>, 이해조의 <빈상설>, 이기영의 ≪고향≫, 심훈의 ≪상록수≫를 통해 형상화된다. 그러나 모두 신매체에 대해 열광한 것은 아니다. 염상섭은 <전화>를 통해 통신 매체에 대한 거부를 형상화하였다. 인쇄 매체의 수용은 이광수의 ≪무정≫, 김동인의 <김연실전>, 이무영의 <제1막 제1과>, 이해조의 <홍도화(상)>, 최명익의 <비오는 날>을 통해 형상화된다. 그러나 모두 신매체에 대해 열광한 것은 아니다. 염상섭의 <윤전기>, 현진건의 <신문지와 철창>은 인쇄 매체를 통한 일제 지배 정책에 대한 거부를 형상화하였다. 소리 매체의 수용은 유진오의 <가을>, 최성수의 <전기축음기>, 채만식의 ≪태평천하≫, 염상섭의 ≪광분≫, 박태원의 ≪천변풍경≫·<피로>·<소설가 구보 씨의 일일>을 통해 형상화된다. 그러나 모두 신매체에 대해 열광한 것은 아니다. 채만식의 <치숙>, 이효석의 ≪화분≫, 이태준의 <봄>·<아담의 후예>, 김남천의 <어떤 아침>은 소리 매체를 통한 일제 지배 정책에 대한 거부를 형상화하였다.

유성기와 라디오와 같은 소리매체가 인쇄매체에 비해 대중의 인식구조 변화에 더 큰 영향력을 행사할 수 있음을 의미하며, 식민지 지배정책 중 하나로써 청각을 통한 취미 제도를 활용하는 것이 효과적임을 의미한다. 일제는 공적 영역에 기여하기 위한 지배 정책의 일환으로써 라디오 보급과 홍보에 기여한다. 그리고 라디오를 통해 전시 통제체제를 유지하고 시간과 생활을 통제하고 국민보건체조 운동을 결합한다. 일제 말기 총독부는 직역봉공(職域奉公) 하에 개개인의 시간마저 관리하였다.

<가을>의 홍림과 <전기축음기>의 부부를 통해 지배 정책으로서 제도화된 취미를 통해 조율·규제되는 모습을 확인할 수 있다. 염상섭은 ≪광분≫을 통해 부유한 가정에 소속된 작중인물을 통해 놀라

운 기술에 대한 만족임을 드러내 보임 함께 중산층의 부를 과시하려는 모습을 보여준다. ≪천변풍경≫에서 중년 여성층이 라디오 드라마에 열광하는 것처럼, ≪태평천하≫에서 윤직원 영감의 남도소리·서도소리와 같은 조선 음악에 열광한다. 그러나 모두 유성기와 라디오와 같은 복제음향에 열광한 것은 아니다. 이효석은 ≪화분≫의 작중인물이 기계 테크놀로지인 유성기와 라디오의 음향을 거부하는 모습을 드러낸다. 박태원은 <피로>와 <소설가 구보씨의 일일>에서 엔리코 카루소(Enrico Caruso)의 '엘레지-'와 엘만의 '발스 센티멘털'이 레코드를 통해 반복 재생되는 것을 일상의 반복으로 암시한다. 박태원은 <피로>의 주인공을 '엘레지'를 12번 이상 반복 감상하는 폐쇄적인 구조에 머무르게 한다. 그러나 <소설가 구보 씨의 일일>에서 구보는 유성기로부터의 음악소리를 거부하고 수심가를 '보고 듣'는 것으로써 기계음향을 거부하는 모습을 드러낸다. 이태준은 <봄>에서 박을 통해 라디오 방송을 통해 들려오는 소리는 근대 도시의 소음을 거부하는 양상을 형상화하였다. 그리고 <아담의 후예>에서 안변 영감은 근대적 공간과 규율을 거부한다. 안변 영감에게 '곡마단 음악 소리'는 자신의 존재를 확신케 하는 각성의 도구이자, 억압적인 근대적 규율에서 벗어나기 위한 저항의 도구이다. 김남천은 <어떤 아침>에서 '나'는 재계와 관계있는 K 씨, S 씨, 그리고 '나'의 자손들 모두가 황국신민으로서 매일 라디오 체조를 하고, 시보에 의해 개인적 시간이 규율화 되며, 초등학생의 소풍 행렬 속에 섞여 살아가는 장면을 상상해 본다. 작가는 '나'가 어떤 아침에 등산길에서 만난 이들을 관찰·서술함으로써 식민지시기 조선인들은 모습을 보여준다. 일제를 모방하는 S씨, K씨, 그리고 청년들은 결코 황국신민이 될 수 없는 모방자에 불과함을 깨닫게 한다.

　　작중인물은 매체의 본래 목적인 공공영역 기여에 봉사하거나, 공적 영역을 사적 영역으로 전이시킴으로써 새로운 문명에 대한 열망과 매체를 통한 문화적 향유를 실현하는 데에 기여하기도 한다. 그러나 매체가 갖는 공적기능에 저항함으로써 지배 정책에 대한 거부로 드러내는 작중인물은 결코 간과할 수 없다. 다시 말하자면, 매체에 대한 작중인물의 인식은 '매체에 대한 공적 기능의 확인, 사적 영역으로의 전유, 그리고 일제 식민정책에 대한 저항'으로 전개된다.

　　통신 매체의 수용은 이인직의 <혈의 누>, 이해조의 <빈상설>, 이기영의 ≪고향≫, 심훈의 ≪상록수≫를 통해 형상화된다. 그러나 모두 신매체에 대해 열광한 것은 아니다. 염상섭은 <전화>를 통해 통신 매체에 대한 거부를 형상화하였다. 인쇄 매체의 수용은 이광수의 ≪무정≫, 김동인의 <김연실전>, 이무영의 <제1막 제1과>, 이해조의 <홍도화(상)>, 최명익의 <비오는 날>을 통해 형상화 된다. 그러나 모두 신매체에 대해 열광한 것은 아니다. 염상섭의 <윤전기>, 현진건의 <신문지와 철창>은 인쇄 매체를 통한 일제 지배 정책에 대한 거부를 형상화하였다. 소리 매체의 수용은 유진오의 <가을>, 최성수의 <전기축음기>, 채만식의 <치숙>·≪태평천하≫, 염상섭의 ≪광분≫, 박태원의 ≪천변풍경≫·<피로>·<소설가 구보 씨의 일일>을 통해 형상화된다. 그러나 모두 신매체에 대해 열광한 것은 아니다. 이근영의 <소년>, 이효석의 ≪화분≫, 이태준의 <봄>·<아담의 후예>, 김남천의 <어떤 아침>은 소리 매체를 통한 일제 지배 정책에 대한 거부를 형상화하였다.

개항과 더불어 도입된 근대문물인 신매체는 제국의 식민화 정책 실현의 도구라는 본래적 기능을 수행한다. 그러나 조선의 대중에게 이들은 다른 의미로 해석되고 수용된다. 신매체에 대한 대중의 시선은 공적 영역을 강제하고자 하는 제국주의를 인식한 채, 새로운 근대문물에 대한 열망을 추구하기를 포기하지 않는다. 이러한 신매체의 사적 전유가 조선 대중에게 어떠한 양상으로 나타났으며, 일제 지배 정책에 어떻게 대항하였는가에 대하여 연구하였다.

Ⅱ장에서 통신매체의 제도화와 근대적 소통에 관해 논의하였다. 조선의 통신조건은 조선의 전통적 사고방식에 대한 영향과 함께 우편통신을 실현시키기 위한 제도적 요건이 열악하였다. 이는 새로운 매체인 근대 통신제도는 외세의 침탈로 인한 부정적 인식뿐만 아니라, 대중의 통신에 대한 인식 부족과 체신국의 체계적이지 못한 운영, 근대적 통신에 대한 인식과 전통적 사고 사이의 갈등에서 기인한 것이다. <혈의 누>에서 체전부가 편지를 전하기 위해 안채든 어디든 찾아들어가게 되자, 부녀자들이 비명을 지르며 뒤란으로 도망치는 바람에 노상 매 맞기가 일쑤였음을 보여준다. <추월색>은 편지를 배송하지 못하여 겪게 된 주인공 남녀의 이별을 이야기 하고 있음에도 불구하고, <혈의 누>와 <빈상설>의 등장인물들은 우정 제도의 적극적인 수용을 통해 근대적 소통을 활용하는 모습을 보여준다. 이는 우정제도의 보급을 현실화하기 위한 의도가 내재된 작품이라 하겠다. <그 전후>, <오월의 구직자>, <공장가>, <해직사령>은 근대 우편제도의 도입과 함께 등장한 문서 전달 양식에 '편지, 내용증명, 엽서, 전보, 채용통지서, 해고사령서 등'이 포함되는 것을 보여준다. 식민통치에 필요한 근대의 속도를 토대로 사적 영역이 아닌 공적 영

역의 범주로의 전이 또는 사적 영역과 공적 영역과의 교차는 <소설가 구보 씨의 일일>에 드러나 있다. <소설가 구보 씨의 일일>에서 우편은 급박한 소식을 신속히 전달하는 사적 영역뿐만 아니라, 내용증명과 같은 고지서를 전달함으로써 공적 영역의 제도화를 실현하는 것을 보여준다. 전화 매체는 국민의 신체를 감시하고 관리함을 전제한다. 따라서 공적 영역의 실현을 위한 규율 훈련용 매체에 해당한다. ≪고향≫의 안승학은 통신매체를 적극 수용함으로써 공적 영역에서 전화가 활용되는 양상을 잘 보여준다.

<행로>의 숙희는 학교라는 공적제도에 의한 검열의 부당함을 인식하면서도 이에 대해 거부하지 못한다. <B사감과 러브레터>에서 학교라는 공적기관에 속한 B사감의 편지 검열은 파놉티즘과 같은 효과를 창출한다. B사감은 유령처럼 군림하며 학생들이 검열 당하고 있음을 느끼게 할 뿐만 아니라, 편지에 대한 훈계와 질책을 통한 자신의 직무를 이행한다. 그는 여학생의 애정문제에 대한 모든 사항을 한눈에 파악할 수 있는 검열의 능력을 부여받았으며, 이는 곧 '파놉티즘' 효과와 유사하다.

≪고향≫은 근대문명에 대한 세 가지 인식 양상을 '원터마을 사람들, 희준, 안승학'을 통해 형상화한다. 희준과 안승학은 최소한 특정한 사회계층에 속하긴 하나, 그들의 근대화에 대한 인식양상은 상반적이다. 희준은 원터 마을의 근대화에 대해 쾌감으로 일관할 뿐, 근대화를 통한 이익의 일면에 집중하지 않는다. 그러나 안승학은 개화문명을 적극적으로 수용함으로써 근대 규율을 강제할 수 있는 권위를 소유한다. 희준과 안승학과 달리, 원터마을 사람들은 우정국이라는 근대 제도에 대해 경외(敬畏)의 감정을 가진다. 우체 사령을 지옥

사자로 인식하는 두려운 마음과 함께 안승학의 개화 문명에 대한 적극적 수용을 감탄하며 위대한 선각자로 인식한다. ≪상록수≫의 등장인물들은 특사전보 또는 편지의 활용에 적극적이다. 해상의 화륜선과 육상의 기차와 같은 근대적 기계문명의 등장은 근대적 우편제도의 실현을 가능하게 하였다. 편지와 전보의 신속한 배송이 이루어지는 것은 곧 근대적 속도의 가속화를 의미하는 것이다.

<목단화>·<홍도화(하)>·<별을 안거든 울지나 말걸>을 통해 타인에 대한 비방과 거짓을 편지를 통해 전달함으로써 목적을 이루려는 사적 전유양상을 확인할 수 있다. 편지 중 '유서'는 교묘하고 다양한 기능을 한다. ≪재생≫의 사실 전달, <유서>의 자기 존재 확인, <운명(運命)>의 변심 예고, <제야>의 전략적 역할이 그러하다.

<전화>의 아씨와 이주사는 통신매체인 전화를 적극적으로 수용한다. 그러나 아씨는 전화가 한 가정 위에 군림하는 존재이며, 수동적이고 일방적 소통방식만을 강제함을 깨닫는다. 전화의 소유는 당첨이라는 타율적 선택을 통한 '근대화 받기'로 진행되는 것으로, 지배책략 중 한 가지에 해당한다. 아씨의 근대문물에 대한 부정은 지배정책에 대한 저항의 한 일면에 해당한다.

<어느 소녀의 사(死)>의 명숙과 <순애의 죽음>의 순애의 사적 상황은 당대 여성들을 중심으로 상상의 공동체를 형성하게 된다. 그들의 편지는 당대 조선이 각성하고 타파해야 할 사회적 문제를 인식하게 하는 데에 기여한다.

Ⅲ장에서 인쇄매체를 통한 공론장 형성과 공적 의미, 신문과 서적의 사적 영역과 그 수용, 그리고 제국의 식민정책에 대한 은유적 저항에 대해 논의하였다. 인쇄매체의 등장은 당대 대중의 공동체적 독

서를 통해 '상상의 공동체'를 형성함으로써 새로운 공론의 장을 마련한다. 이렇게 형성된 공론은 사적 영역으로의 전유를 통해 근대적 개인을 창출하는 데에 기여한다. 대중은 신문을 통해 상상의 공동체를 형성하게 하였으며, 새로운 유형의 공공 영역을 형성하게 된다.

<소경과 앉은뱅이의 문답>의 작중인물은 신문을 매개로 형성된 공론장이 사회문제에 대한 비판의 장으로 역할함을 보여준다. 대중의 열망으로 새로이 형성된 공론장은 경제적 악화와 신문지법으로 인해 신문사의 존립이 위태로워지자 성금을 모아 보태는 등 제국주의의 언론탄압에 대한 저항을 실천하기에 이른다. ≪무정≫의 형식과 <김연실전>의 연실은 서적의 사회적 위상을 이해하고 있으나, 식민지시기 학생층의 독서 성향은 고급한 책읽기로 인식되었으며, 교양과 문학수업을 위해 외국소설을 중심으로 독서하였다. 그들의 독서는 선각자의 자질을 위한 것과 거리가 먼 문학작품을 중심으로 한 편협한 독서에 불과하다. <제1막 제1과>의 수택과 <문예구락부>의 구성원은 평범한 독자에서 작가 또는 비평가로 거듭나고자 하는 공공성의 아우라에 빠진다. 근대적인 인쇄매체에 접촉한 사람들은 미디어에 의해 매개된 정보와 경험을 자신들이 놓여있는 현실 속에서 이미 지니고 있는 가치관에 따라 이해하고 수용한다. 미디어 내용을 자기 것으로 만드는 전유 과정을 통해 자신의 자아 형성과 가치관 변화를 가져오게 된다. <김탄실과 그 아들>의 탄실과 <김연실전>의 연실과 <용자소전>의 용자의 독서경험은 그들의 현실에 따라 각각 다른 양상의 독서환각으로 유도하는 사적 전유에 해당한다. <홍도화 (상)>에서 태희는 얼개화꾼인 친정아버지의 압권으로 결혼하였으나, 과부가 되어 남은 생을 모진 시집살이를 견디며 살아가야 하는 기막

힌 현실을 죽음으로써 벗어나려 할 때 보게 되는 『제국신문』은 태희로부터 사적 전유를 가능케 한다. 그리고 태희가 근대적 자각을 이루는 데에 기여한다. <비오는 날>의 병일은 독서를 하는 사적 시간의 확보를 통해 일제를 중심으로 한 공적 영역에 대한 분리를 시도한다. 그러나 병일은 그 속에서 학문에 대한 열망을 비웃기나 하듯 그의 지식과 전혀 무관한 일을 강요하는 공적 공간에 얽매인다. 사진관은 현실 도피를 위한 병일의 또 다른 사적 공간에 해당한다. 그러나 이칠성의 죽음을 안 후, 사진관에서 자신이 경험한 것이 '이칠성의 이야기 듣기'라는 형식의 독서였음을 인식한 병일은 더욱 독서에 강행군을 할 것을 결심한다.

<신문지와 철창>에서 신문은 일제가 '침투 전략'을 실현케 하는 공적 기능에 봉사하는 것임에도 불구하고, 노인에게 신문지란 손자에게 줄 밥을 쌀 수 있는 사적 욕망에 해당한다. <윤전기>는 식민지 시기 신문사가 처한 재정적 현실과 신문지법을 통한 지배 책략을 그려내고 있다. A의 투쟁은 민족에 대한 의무와 일제에 대한 저항의 실현이다. <여직공>의 옥순과 <민보의 생활표>의 서식은 독서를 통해 현실의 불합리에 저항할 의지를 갖게 된다. <문예구락부>의 독서집단은 창간호 발간이라는 목적을 조직 형성의 전제 기반으로 작동시킬 수 있다. 이처럼 서적은 지식을 전달함으로써 이 세상을 이해하게 하고, 사회적 에너지를 확대시킴으로써 사회개혁에 기여하게 한다.

Ⅳ장에서 소리매체를 문자적 소통보다 더욱 감각적이고 현장적이며 직접적인 것으로 보았다. 이는 유성기와 라디오와 같은 소리매체가 인쇄매체에 비해 대중의 인식구조 변화에 더 큰 영향력을 행사할

수 있음을 의미하며, 식민지 지배정책 중 하나로써 청각을 통한 취미 제도를 활용하는 것이 효과적임을 의미한다. <가을>의 홍림과 <전기축음기>의 부부를 통해 지배 정책으로서 제도화된 취미를 통해 조율·규제되는 모습을 확인할 수 있다. 1926년 신문화 담당자들은 식민지 시기의 새로운 예술을 담당하는 지식인이라는 사명감을 갖고 있었다. 그러나 이들의 음향 향유는 유행에 따른 것으로 주로 일본을 통해 들어온 외국의 클래식 음악이 대부분이었다. 이는 일제의 기획된 감각의 지배를 인식하지 못한 상황을 반영한다. 라디오는 ≪광분≫에서 부유한 가정에 소속된 작중인물을 통해 놀라운 기술에 대한 만족임을 드러내 보임 함께 중산층의 부의 과시를 위한 대상이 되지만, 라디오의 발달과 보급형이 등장하자 대중에게로 취미 문화가 확산된다. ≪천변풍경≫에서 중년여성층이 라디오 드라마에 열광하는 모습을 확인한 바와 같은 맥락으로, ≪태평천하≫에서 윤 직원 영감의 남도소리·서도소리와 같은 조선음악에 열광한다. 대중은 라디오 매체를 적극 수용함으로써 소리문화를 향유하는 사적 영역을 실현한다. <치숙>의 조카는 일본을 통해 유입된 활동사진, 스모, 만자, 라디오 체조를 유익한 일로 인식하고 적극 수용하길 주장한다. ≪화분≫의 작중인물은 기계 테크놀로지인 유성기와 라디오의 음향을 거부한다.<봄>에서 박은 라디오 방송을 통해 들려오는 소리는 근대 도시의 소음으로 쉬지 않고 돌아가는 기계 소리와 다름없이 거부한다. <피로>와 <소설가 구보 씨의 일일>에서 엔리코 카루소 (Enrico Caruso)의 '엘레지-'와 엘만의 '발스 센티멘털'은 레코드를 통한 음악의 반복적 재생은 일상의 반복을 암시한다. <소설가 구보 씨의 일일>의 산책은 수심가와 엘만 음악의 병치를 통해 식민지 조선의 거리 산책을 멈추게 된다. 이는 유성기의 '듣는' 방식이 아닌, 유성기 매체 유입 이전의 방식을 통해 수심가를 '보고 듣고' 있음을 통해 실현된다. <아담의 후예>에서 안변 영감은 근대적 규율이 엄격히 존재하는 양로원의 규칙을 곧 군대 규율과 다를 바 없는 것으로 판단한다. 안변 영감은 양로원에 대한 거부를 통해 근대적 공간을 상징하는 양로원에서 자신의 존재는 무가치할 수밖에 없음을 깨닫는다. 그리고 이러한 자각은 '곡마단 음악 소리'를 통해 구체화된다. <어떤 아침>은 '나'가 회상하거나 목격한 행위를 통해 식민지시기 조선인들의 모습을 보여준다. K씨와 라디오 체조를 하는 가족들이 황국신민을 상상하는 모습을 '나'의 상상을 통해 보여 줌으로써, 그들의 일제에 대한 모방은 복종의 기술을 통해 훈련을 위한 신체, 권력에 의해 조작되는 신체인 '새로운 객체'일 뿐임을 일깨운다.

Ⅴ장에서 새로운 매체에 해당하는 통신, 인쇄, 소리매체의 문학적 형상화가 갖는 의의와 작중인물의 매체에 대한 수용과 거부를 보여 줌으로써 작가가 의도한 바를 살펴보았다.

| 참고문헌 |

◎ 기본 자료

김교제, <목단화>, 계명문화사편집부 편, ≪신소설전집≫1, 소명출판사, 1977.

김남천, <공장신문>, ≪김남천 전집≫, 박이정, 2000.

김남천, <녹성당>, ≪맥≫, 을유문화사, 1988.

김남천, <등불>, ≪한국소설문학대계≫13, 1995.

김남천, <문예구락부>, ≪한국노동소설전집≫1, 보고사, 1995.

김남천, <어떤 아침>, 박선주 편, ≪식민주의와 비협력의 저항≫, 역락, 2010.

김동인, <김연실전>, ≪김동인 단편 전집≫2, 가람기획, 2006.

김동인, <유성기>, ≪김동인 단편 전집≫1, 가람기획, 2006.

김영팔, <해고사령장>, 안승현 엮, ≪한국노동소설전집≫1, 보고사, 1995.

김유정, <두꺼비>, ≪정통한국문학대계≫18, 어문각, 1995.

김일엽, <어느 소녀의 사(死)>, ≪김일엽선집≫, 현대문학, 2012.

김일엽, <순애의 죽음>, ≪김일엽선집≫, 현대문학, 2012.

나도향, <별을 안거든 우지나 말걸>, 주종연·김상태·유남옥 공엮, ≪나
　　도향전집≫上, 집문당, 1988.

남궁준, <홍도화(하)>, 권영민·김종욱·배경열 공편, ≪빈상설. 홍도화.
　　원앙도≫, 서울대학교출판부, 2003.

박태원, ≪천변풍경≫, 깊은샘, 2010.

박태원, <골목 안>, ≪정통한국문학대계≫2, 어문각, 1989.

박태원, <소설가 구보 씨의 일일>, ≪제3한국문학≫2, 어문서관, 1988.

박태원, <피로>, ≪제3한국문학≫, 어문서관, 1988.

심 훈, ≪상록수≫, 삼중당, 1981.

염상섭, <유서>, ≪염상섭전집≫9, 민음사, 1987.

염상섭, <제야>, ≪염상섭전집≫9, 민음사, 1987.

염상섭, <전화>, ≪염상섭전집≫9, 민음사, 1987.

염상섭, <윤전기>, ≪염상섭전집≫9, 민음사, 1987.

염상섭, ≪광분≫, 프레스21, 1996.

유진오, <오월의 구직자>, 안승현 엮, ≪한국노동소설전집≫1, 보고사, 1995.

유진오, <행로>, 안승현 엮, ≪한국노동소설전집≫1, 보고사, 1995.

유진오, <여직공>, 안승현 엮, ≪한국노동소설전집≫2, 보고사, 1995.

이광수, ≪무정≫, 어문각, 1973.

이광수, ≪재생≫, 우리문학사, 1996.

이근영, <소년>, 김재용·김미란·노혜경 편, ≪춘추(春秋) ①저항≫, 역
　　　락, 2011.

이기영, ≪고향≫, 서음미디어, 2005.

이무영, <용자소전>, ≪정통한국문학대계≫9, 어문각, 1989.

이무영, <제1과 제1장>, ≪정통한국문학대계≫9, 어문각, 1989.

이북명, <공장가>, 안승현 엮, ≪한국노동소설전집≫1, 보고사, 1995.

이북명, <민보의 생활표>, 안승현 엮, ≪한국노동소설전집≫3, 보고사, 1995.

이인직, <혈의 누> 이인직 외, ≪개화기소설; 혈의루≫, 태극출판사, 1976.

이태준, <아담의 후예>, ≪달밤≫, 깊은샘, 2004.

이태준, <봄>, ≪달밤≫, 깊은샘, 2004.

이해조, <빈상설>, 권영민·김종욱·배경열 공편, ≪한국신소설선집≫4,
　　　서울대학교출판부, 2003.

이해조, <홍도화(상)>, 권영민·김종욱·배경열 공편, ≪빈상설. 홍도화.
　　　원앙도≫, 서울대학교출판부, 2003.

이효석, <화분>, ≪이효석전집≫4, 창미사, 1983.

작가 미상, <소경과 앉은뱅이 문답>, 이인직 외, ≪개화기소설; 혈의루≫,
　　　태극출판사, 1976.

전영택, <운명(運命)>, 『創造』 제3호, 1919.12.

전영택, <김탄실과 그의 아들>, ≪정통한국문학대계≫4, 어문각, 1989.

채만식, ≪태평천하≫, 문학과지성사, 2006.

채만식, <치숙>, ≪레이드메이드 인생≫, 문학과지성사, 2013.

최명익, <비오는 길>, ≪비오는 길≫, 문학과지성사, 2006.

최명익, <장삼이사>, ≪비오는 길≫, 문학과지성사, 2006.

최성수, <전기 축음기>, 『조광』제5권 10호, 1939.

최찬식, <추월색>, 권영민·김종욱·배경열 공편, ≪한국신소설선집≫7, 서울대학교출판부, 2003.

한설야, <그 전후>, 안승현 엮, ≪한국노동소설전집≫1, 보고사, 1995.

한인택, <해직사령>, 안승현 엮, ≪한국노동소설전집≫1, 보고사, 1995.

현진건, <B사감과 러브레터>, ≪운수좋은 날≫, 문학과지성사, 2013.

현진건, <신문지와 철창>, ≪운수좋은 날≫, 문학과지성사, 2013.

◎ 국내 논저

1. 단행본

강준만 외, 『대중매체와 사회』, 세계사, 1998.

강준만, 『전화의 역사: 전화로 읽는 한국 문화사』, 인물과사상사, 2009.

강준만, 『한국대중매체사』, 인물과사상사, 2007.

권보드래, 『한국 근대소설의 기원』, 2000.

권혁남, 「매스미디어의 기능과 효과」, 강준만 외, 『대중매체와 사회』, 세계사, 1998.

김만수, 「속도의 기호학」, 『희곡읽기의 방법론』, 태학사, 1996.

김미지, 『누가 하이카라 여성을 데리고 사누』, 살림, 2005.

김병익, 『한국 문단사 1908-1970』, 문학과지성사, 2001.

김성재 외, 『매체미학』, 나남출판, 1998.

김영희, 「개화기 인쇄매체의 등장과 사회 커뮤니케이션의 변화」, 『한국사회의 미디어 출현과 수용』, 커뮤니케이션북스, 2010.

김유원, 『100년 뒤에 다시 읽는 독립신문』, 경인문화사, 1999.

김윤식, 「우리 근대 문학 연구의 한 방향성 -근대와 그 초극에 관련하여」, 『모더니티란 무엇인가』, 민음사, 1994.

김정인, 「왜정시대, 일제식민지시대, 일제강점기」, 『역사용어 바로쓰기』, 역사비평사, 2010.

김창남, 「유행가의 성립과정과 그 문화적 성격」, 김창남 외, 『노래1-진실의 노래와 거짓의 노래』, 실천문학사, 1984.

나애자, 「일제 강점기 전기 통신의 이용과 사회상의 변화」, 『일제시기 근대적 일상과 식민지 문화』, 이화여자대학교출판부, 2008.

박영욱, 『매체, 매체예술, 그리고 철학』, 향연, 2009.

박천홍, 『매혹의 질주, 근대의 횡단』, 산처럼, 2003.

백미숙, 「라디오의 사회문화사」, 강명구 외, 『한국의 미디어 사회문화사』, 한국언론재단, 2007.

신건수, 「파놉티콘과 근대 유토피아」, 제레미 벤담, 신건수 역, 『파놉티콘』, 책세상, 2013.

신인섭·김병희, 『한국 근대 광고 걸작선 100: 1876~1945』, 커뮤니케이션북스, 2007.

엄현섭, 『근대 조선의 대중문예 연구』, 어문학사, 2011.

오성철, 「조회의 내력」, 윤해동·천정환·허수 외, 『근대를 다시 읽는다』 1, 역사비평사, 2006.

우정권, 「고백소설의 구성요건」, 『한국 근대 고백소설 작품 선집』1, 역락, 2003.

이규태, 『개화백경』, 신태양사, 1969.

이승원, 『소리가 만들어낸 근대의 풍경』, 살림, 2013.

이영미, 「일제 시대의 대중가요」, 김창남 외, 『노래1-진실의 노래와 거짓의 노래』, 실천문학사, 1984.

이윤상, 「한말, 개항기, 개화기, 애국계몽기」, 『역사용어 바로쓰기』, 역사비평사, 2010.

이정춘, 『출판사회학』, 타래, 1992.

이진경, 『근대적 시 공간의 탄생』, 그린비, 2010.

임경화, 『근대한국과 일본의 민요 창출』, 소명출판, 2004.

장석주, 『20세기 한국 문학의 탐험』1, 시공사, 2000.

장수익, 『그들의 문학과 생애-최명익』, 한길사, 2008.

조동일, 「시인의식론(11) 유행가 시인과 비애라는 상품」, 『청맥』, 1965.

천정환, 『근대의 책읽기』, 푸른역사, 2003.

최기영, 『대한제국시기 신문연구』, 일조각, 1991.

최명익, 「레프 톨스토이에 대한 단상」, 『글에 대한 생각』, 조선문학예술총
　　　동맹출판사, 1964.

최정호 외, 『매스 미디어와 사회』, 나남, 1990.

한국분학평론가협회, 『문학비평용어사전』, 국학자료원, 2006.

한기섭, 『전통서도소리전집』, 은하출판사, 1997.

2. 논문·평론

고은지, 「20세기 유성기 음반에 나타난 대중가요의 장르 분화 양상과 문
　　　화적 의미」, 『한국시가연구』제21권, 한국시가학회, 2006.

김만수, 「미디어의 보급에 대한 문학의 대응 : 신문에서 인터넷까지」, 『한
　　　국현대문학연구』제32집, 한국현대문학회, 2010.

김병오, 「일제시대 레코드 대중화 과정 연구」, 『낭만음악』제17권, 낭만음
　　　악사, 2005.

김성수, 「근대적 글쓰기로서의 서간양식연구(1)」, 『민족문학사연구』제39
　　　권, 민족문학사연구소, 2009.

김성옥, 「빈궁으로부터의 '탈출'을 지향한 글쓰기」, 『한중인문학연구』제26
　　　집, 한중인문학회, 2009.

김외곤, 「1920~30년대 한국 근대소설의 영화 수용과 변모 양상」, 『한국
　　　문학이론과 비평』제32집, 문학이론과비평학회, 2004.

노지승, 「1920년대 초반, 편지 형식 소설의 의미」, 『민족문학사연구』제20
　　　호, 민족문학사연구소, 2002.

박미희, 「현진건소설연구」, 전남대학교대학원 석사논문, 1989.

박상준, 「소설의 장르 교섭」, 『현대소설연구』제42호, 한국현대소설학회,
　　　2009.

박수영, 「<제야>와 ≪어떤 여자≫에 나타난 신여성의 성 서사전략으로서

의 매체 활용 양상 비교」, 『외국문학연구』제43호, 한국외국어대학
교외국문학연구소, 2011.

박재섭, 「1인칭 소설의 화자 유형 연구: 근대 일인칭 자전적 소설을 중심
으로」, 『한국문학논총』제29집, 한국문학회, 2001.

반인섭, 「현진건 문학 연구:단편소설에 나타난 등장인물의 성격을 중심으
로」, 청주대학교대학원 석사논문, 1985.

서재길, 「한국근대방송문예연구」, 서울대학교대학원 박사논문, 2002.

성지연, 「최명익 소설 연구」, 『현대문학의 연구』제18집, 한국문학연구학
회, 2002.

신헌재, 「현진건의 <신문지와 철창> 考」, 『한국어문교육』제1권, 고려대학
교국어교육학회, 1990.

안기영, 「조선민요의 그 악보화」, 『동광』제21호, 동광사, 1931.

안숙원, 「전화텍스트론」, 『국어국문학』제115권, 국어국문학회, 1995.

양문규, 「1900년대 신문·잡지 미디어와 근대 소설의 탄생」, 『현대문학의
연구』제23집, 한국문학연구학회, 2004.

양문규, 「1910년대 『매일신보』소설문체의 변화와 독자의 형성과정」, 『현
대문학의연구』제40집, 한국문학연구학회, 2010.

양지은, 「1920년대 소설에 나타난 서간(書簡) 연구」, 동국대학교대학원 석
사논문, 2006.

오연옥, 「현대소설에 나타난 통신매체 인식 연구」, 『한국문학논총』제65호,
한국문학회, 2013.

윤대석, 「1940년대 전반기 황국 신민화 운동과 국가의 시간·신체 관리」,
『한국현대문학연구』제13권, 한국현대문학회, 2003.

윤상길, 「일제시대 京城 전화 네트워크의 공간적 배치」, 『서울학연구』제
34호, 서울시립대학교 서울학연구소, 2009.

윤상길, 「통신의 사회문화사」, 유선영 외, 『한국의 미디어 사회문화사』,
한국언론재단, 2007.

이경돈, 「"취미"라는 사적 취향과 문화주체 "대중"」, 『대동문화연구』제57
권, 성균관대학교대동문화연구원, 2007.

이기대, 「근대 이전 한글 애정 편지의 양상과 특징」, 『한국학연구』제38집, 고려대학교한국학연구소, 2011.

이동후, 「기술중심적 미디어론에 대한 연구: 맥루한, 옹, 포스트만을 중심으로」, 『언론과 사회』제24권, 성곡언론문화재단, 1999.

이상길, 「전근대 미디어의 사회문화사」, 유선영 외, 『한국의 미디어 사회문화사』, 한국언론재단, 2007.

이상길, 「전화의 활용과 근대성의 경험:벤야민의 텍스트 <전화>를 중심으로」, 『언론과사회』제10권, 성곡언론문화재단, 2002.

이상훈, 「현진건 단편소설에 나타난 동정 연구」, 연세대학교 교육대학원 석사논문, 2003.

이소영, 「식민지 근대의 잡가와 민요」, 『한국음악연구』제46집, 한국국악학회, 2009.

이승원, 「'소리'의 메타포와 근대의 일상성」, 『한국근대문학연구』제9호, 한국근대문학회, 2004.

이승하, 「한국 현대 소설에 나타난 전화를 통한 일상성 연구」, 『한국문예비평연구』제36권, 한국현대문예비평학회, 2011.

이재봉, 「근대 사적 공간과 문학의 내면 공간」, 『한국문학논총』제50집, 한국문학회, 2008.

이진형, 「'출산(出産)'과 '황국신민(皇國臣民)'의 미래- 김남천의 「어떤 아침(或る朝)」을 중심으로」, 『대중서사연구』제30호, 대중서사학회, 2013.

임정연, 「1920년대 연애담론 연구」, 이화여자대학교대학원 박사논문, 2005.

임종수, 「이광수 소설의 문체 고찰」, 『어문논집』제29집, 중앙어문학회, 2001.

임헌영, 「일제하 혁명적 지식인과 체제순응적 지식인」, 『역사비평』제18호, 역사비평사, 1992.

장영우, 「대중매체 문화와 국문학 연구」, 『국어국문학』제129권, 국어국문학회, 2001.

정경은, 「근대 학생들의 문명인식 고찰」, 『한국학연구』제35집, 고려대학교한국학연구소, 2010.

정근식, 「시간체제와 식민지적 근대성」, 『문화과학』제41호, 문화과학사, 2005.

조광제, 「몸의 매체성과 매체의 몸성」, 『시대와 철학』제14권, 한국철학사상연구회, 2003.

조영복, 「1930년대 문학의 테크널러지 매체의 수용과 매체 혼종」, 『어문연구』제37호, 어문연구학회, 2009.

조은주, 「박태원과 이상의 문학적 공유점」, 『한국현대문학연구』제23권, 한국현대문학회, 2007.

조현정, 「기술매체에 대한 미학적 고찰」, 홍익대학교대학원 석사논문, 2006.

진영환, 「현진건소설연구」, 청주대학교대학원 석사논문, 1985.

채백, 「개화기 한국신문의 간접적 구독방식에 관한 연구」, 『언론과 정보』제4권. 부산대학교 언론정보연구소, 1998.

채백, 「통신매체의 도입과 한국 근대의 사회변화」, 박정규 외, 『한국근대사회의 변화와 언론』, 한국정신문화연구원, 1995.

최성민, 「근대 서사 텍스트의 매체와 대중성의 문제」, 『한국근대문학연구』제7권, 한국근대문학회, 2006.

최성민, 「은유의 매개와 서사의 매체」, 『시학과언어학』제15권, 시학과언어학회, 2008.

최진호, 「근대적 공간표상과 신문매체」, 고려대학교대학원 석사논문, 2004.

한기형, 「매체의 언어분할과 근대문학」, 『대동문화연구』제59집, 성균관대학교 대동문화연구원, 2007.

한채연, 「수심가와 난봉가의 시김새 연구」, 목원대학교 석사학위논문, 2006.

홍순대, 「근대소설의 장르분화와 연설의 미디어적 연계성 연구」, 『어문연구』제37권, 2009.

황국명, 「현대소설의 가상현실 재현전략과 정치적 환상 연구」, 『한국문학논총』제35집, 한국문학회, 2003.

황국명, 「다매체 환경과 소설의 운명」, 『현대소설연구』제11권, 한국현대소설학회, 1999.

◎ 국외 논저

니시카와 나가오, 윤대석 역, 『국민이라는 괴물』, 소명, 2002.

디터 메르쉬, 문화학연구회 역, 『매체이론』, 연세대학교출판부, 2009.

레이먼드 윌리엄스, 김성기·유리 공역, 『키워드』, 민음사, 2010.

마샬 맥루언, 김성기 역, 『미디어의 이해』, 커뮤니케이션북스, 2002.

마샬 맥루한·쨍땡 피오르, 김진홍 역, 『미디어는 맛사지다』, 커뮤니케이션북스, 2001.

미셀 푸코, 오생근 역, 『감시와 처벌』, 나남, 1994.

발터 벤야민, 반성환 역, 「기술복제시대의 예술작품」, 『발터 벤야민의 문예이론』, 민음사, 1983.

발터 벤야민, 차봉희 역, 「중앙공원」, 『현대 사회와 예술』, 문학과지성사, 1980.

베네딕트 앤더슨, 윤형숙 역, 『상상의 공동체』, 나남, 2002.

브뤼노 블라셀, 권명희 역, 『책의 역사(문자에서 텍스트로)』, 시공사, 1999.

아몬드 마텔라트, 「커뮤니케이션과 이데올로기」, 이상희 편, 『커뮤니케이션과 이데올로기-비판이론적 시각』, 한길사, 1988.

앤드류 에드거·피터 세즈윅, 박명진 외 공역, 『문화이론사전』, 한나래, 2007.

어빙 팽, 심길중 역, 『매스커뮤니케이션의 역사』, 한울아카데미, 1997.

요시미 슌야, 송태욱 역, 『소리의 자본주의: 전화, 라디오, 축음기의 사회사』, 이매진, 2005.

월트 J 옹, 이기우 역, 『구술문화와 문자문화』, 문예출판사, 1995 .

제레미 벤담, 신건수 역, 『파놉티콘』, 책세상, 2013.

캐이시 맨 콩 럼, 이동후 역, 『미디어 생태학 사상』, 한나래, 2008.

해럴드 A. 이니스, 김문정 역, 『제국과 커뮤니케이션』, 커뮤니케이션북스, 2008.

위르겐 하버마스, 하석용 역, 『이데올로기로서의 기술과 과학』, 이성과현실, 1993.

◎ 기타 자료

한국민족문화대백과사전.

『독립신문』, 『동아일보』, 『조선일보』, 『신여성』, 『별건곤』.

"≪부인≫ 대신에 발행한 신여성", http://terms.naver.com/entry.nhn?docId=
    2170168&cid=42192&categoryId=51064, (2014.11.24.)

오연옥

인제대학교 대학원 국어국문학과 졸업(문학박사)
2006년 〈실상문학〉으로 등단(소설 부문)
(現)인제대학교 외래교수
〈근대소설에 나타난 과학과 교통기술의 매체성 연구〉,
〈현대소설에 나타난 통신매체 인식연구〉,
〈TV 드라마 텍스트의 서사 분석과 수용자 인식연구〉 발표

식/민/지/시/기
소설과 매체 수용

초판인쇄   2019년 6월 10일
초판발행   2019년 6월 10일

지은이   오연옥
펴낸이   채종준
펴낸곳   한국학술정보㈜
주소   경기도 파주시 회동길 230(문발동)
전화   031) 908-3181(대표)
팩스   031) 908-3189
홈페이지   http://ebook.kstudy.com
전자우편   출판사업부   publish@kstudy.com
등록   제일산-115호(2000. 6. 19)

ISBN   978-89-268-8844-5 93810